悄吟文丛

古耜

主编

第三辑

十里花廊

宁雨

著

中国言实出版社

图书在版编目（CIP）数据

十里花廊 / 宁雨著. -- 北京：中国言实出版社，
2024.1
（悄吟文丛 / 古耜主编. 第三辑）
ISBN 978-7-5171-4740-4

Ⅰ.①十… Ⅱ.①宁… Ⅲ.①散文集—中国—当代
Ⅳ.①I267

中国国家版本馆CIP数据核字（2024）第018513号

十里花廊

责任编辑：张天杨　史会美
责任校对：王建玲

出版发行：中国言实出版社
　　地　址：北京市朝阳区北苑路180号加利大厦5号楼105室
　　邮　编：100101
　　编辑部：北京市海淀区花园路6号院B座6层
　　邮　编：100088
　　电　话：010-64924853（总编室）　010-64924716（发行部）
　　网　址：www.zgyscbs.cn　电子邮箱：zgyscbs@263.net

经　　销：新华书店
印　　刷：徐州绪权印刷有限公司
版　　次：2024年2月第1版　2024年2月第1次印刷
规　　格：787毫米×1092毫米　1/32　10.625印张
字　　数：180千字

定　　价：59.80元
书　　号：ISBN 978-7-5171-4740-4

女性散文何以风光无限

古　耜

在中国古代，知识女性撰写锦绣文章虽系凤毛麟角，但属确切存在，易安居士和她的《金石录·后序》便是这方面的标本和佐证。不过作为一种创作现象或文学品类，女性散文终究是五四新文化运动推动妇女解放的产物，冰心、庐隐、丁玲、林徽因等才是其发轫与前驱，而女性散文真正的强势崛起和蔚为大观，则是从新时期到新世纪伟大时代的馈赠。

近半个世纪以来，在思想解放和改革开放历史大潮的强力推动下，从五四新文化现场一路走来的现代女性散文，越发显示出生机勃勃、阔步前行的态势：几代女作家进一步冲破陈旧观念的束缚和保守势力的阻滞，以崭新的精神风貌、饱满的生活热情和旺盛的创作精力，投身于变动不居而又生机盎然的生活现场，既积极参与公共空间的世相书写与问题探讨，又潜心关注女性自身的发展、提升与进步，从而不断捧出流光溢彩、质文兼备的散文佳作；一大批女性散文家正是在这种有内涵、有难度、有追求的创作实践中砥砺前行，逐渐登上一个时代的散文标高；而整个女性散文创作亦凭借持久的不间断的繁荣红火，成为当今时代散文现场勃发向上的重要一翼。恩格斯说："在任何社会中，妇女解放的程度是衡量普遍解放的天然尺度。"而女性散文的蓬勃发展正是女性解放的卓然呈现，透过它，可以看到国家的昌盛、社会的进步和民族的振兴。

女性散文何以风光无限，其中的原因应该有以下几个方面：

第一，新时期以来的女性散文创作，蕴含一种多方探索，跃动不羁的内在活力。曾有如是说法：在新时期的文学领域，小说、诗歌、戏剧乃至文学评论，都经历了强劲大胆的文体变革，唯有散文安步当车，依然故我，给人以陈旧保守的感觉。这样的说法是否符合散文的实际尚待讨论，但如果拿它来评价女性散文，则明显是圆凿方枘，失之偏颇。

事实上，女性散文并不缺少试验和探索。二十世纪八九十年代之交，"小女人散文"不胫而走，风行一时。其中掺杂的琐碎、无聊和自恋固然需要摒弃，但它对世俗场景的关注，对笔调的经营和细节的把握，以及由此酿成的较强的文本可读性，还是给散文创作以有益的启示。稍后，一种直接以"女性散文"为标识的创作群体亮相文坛。叶梦的《羞女山》、王英琦的《女性的天空是高远的》、韩小蕙的《女人不会哭》、张爱华的《关于爱情：往错了说》、斯妤的《也是叹息》、匡文立的《历史与女人》、唐敏的《女孩子的花》等一批作品，勾勒了这一群体的早期阵容。毋庸讳言，这些作品或多或少带有西方"女权主义"的影子，但更多的还是连接着中国女性实际的生命体验和观念认知，是基于自我感受的艺术表达，唯其如此，它们对于强化散文创作的女性意识，推动女性散文向纵深化和个性化发展自有重要意义。接下来，"新潮散文"和"新散文"交叉或次第登场，其中一批才华横溢的女性散文家，如周晓枫、格致、冯秋子、张立勤、陈染、塞壬、洁尘、杜丽等，以特立独行，高蹈脱俗的创作吸引着文坛的目光，其新颖的散文理念，个性化、陌生化的叙事风格，还有在语言修辞层面的苦心孤诣，剑出偏锋，均为女性散文的柳暗花明、推陈出新提供了有力借鉴，进而成为女性散文创新发展的重要资源和不竭动力。

第二，历史语境的转换和社会氛围的变化，为女性散文的繁荣发展提供了特殊机遇。无论古代还是现代，个体人生的日常生活都是丰富和重要的，然而由于文化传统、历史条件和社会心理的复杂互动，在较长一段时间里，人们的日常生活并没有得到文学书写的青睐，相反常常被忽略或遗忘。新时期以降，随着社会主义市场经济的兴起和人的主体意识的确立，以及商品和消费理念的传播，日常生活开始越来越多地进入人们的视野，并迅速成为文学的主要表现对象。在这一过程中，日常生活不再单单是一种题材或景观，同时还是一种不可缺席的审美要素——即使是篇幅宏大的历史或地理散文，日常生活亦常常是一种基因性底色性的存在。也正是在这一过程中，女作家的特长和优势得以充分展现：约定俗成的社会伦理和家庭分工，决定了她们相对疏离公众诉求与商场奋斗，而更多同衣食住行、儿女情长缠绕厮磨；长期的家庭责任和亲情输出又让她们对日常生活拥有更多形而下的理解与把握；加之有现代女性的思想和知识就中加持，这使得她们笔下的日常生活不但栩栩如生，活力沛然，而且时常发人深思，耐人寻味。近年来很是活跃的女性散文家，如苏沧桑、陈蔚文、李娟、阿微木依萝、钱红莉、王芸、指尖等，虽然创作题材与艺术风格均有较大的差异，但其中异曲同工、美美与共的一点，便是对日常生活的准确把握和生动描摹。而正是这种对日常生活的成功再现，给当下的女性散文增添了别一种精彩和魅力。

第三，在散文和女性之间存在一种微妙而稳定的对话与契合关系。曾有研究者认为：散文是一种更接近女性的文体。这话初听会觉得笼统和偏颇，但细想又不无道理。如所周知，散文属于文学中的"自叙事"，它通常需要作家更多调动主体的才华和手段，以构建属于"我"的精神天地与情感世界。而在"表现自我"的维度上，女作家显然更得缪斯的神髓与钟爱。你看：抒情是散文重要而得力的表现手段，网络背景下，一些沉溺于匆忙叙事的男性作家不同程度地舍弃了它，而在阿舍、安然、许冬林的笔下，一种源于女性生命深处的汩汩深情，或与岁月同行，或请山川相伴，或携诗境共生，则是一派流光溢彩，沁人心脾，显示出"情为何物"的力量。自视与内倾是五四时期女性散文常见的言说特征，这一特征在当今女作家中不仅得以延续，而且获得新生。不是吗？同样的绵绵絮语和娓娓道来，以往主要是精神沉吟，心灵独白，如今则更多引入日月消长、万物更迭，将其化作人在天地间的哲思和同一切生命的对话，张映姝、祁云枝、朱朝敏、项丽敏等女作家的生态书写，可谓这方面的生动展现。尤其值得关注的是，一批女作家如李舫、何向阳、艾平、王雪茜、林渊液等，大抵从弗吉尼亚·伍尔夫的创作理论得到启发，在坚持女性散文基本特征的基础上，开始进行积极的吸收与拓展，如大胆突破约定俗成的题材限制，合理强化作品的理性元素和文化内涵，不断尝试多见于男性作家的技巧手法乃至风格营造等，所有这些都有效地强化了女性散文的表现力、感染力和影响力，同时也为散文的整体发展提供了启迪与借鉴。

正是基于以上事实，窃以为，当下文坛应当对女性散文多一些关注、研究和推动。也正是沿着这一思路，笔者在中国言实出版社的鼎力支持下，选编了旨在展示当下女性散文创作成就的"悄吟文丛"，并于2017和2021年先后出版了该文丛的第一、二辑，每一辑均包括十位女作家的潜心创作。现在该文丛的第三辑翩然问世，再次推出十位女作家，她们是朝颜、阿微木依萝、黄璨、宁雨、罗张琴、蔡瑛、蒖莒、张映妹、斤小米、张金凤。我热切希望读者能喜欢这些作家和作品，同时通过"悄吟文丛"，感受到中国女性散文的风采以及她们欣然前行的跫音。

（作者系著名文学评论家、作家）

目录

去集祥村

落在信笺上的雪

美的故事

集祥风物

去集祥村

数伏获鱼

一个晕岸的人

集祥村村北，正对着滹沱河叶子广场。这两年，码头没有开放，广场也闲了。游轮和几十条两头尖尖的小舟就那样泊着，与岸苇、白芒、红蓼、半枝莲、三棱草、苍耳草构成时光里安逸的风景。间或有野泳者，在广场西边破开一段围栏，不分寒暑地扑入河水。泳者把无风的河面犁出浪花，荡开微澜。微澜涌到岸边，便推动了码头上的驳船，驳船也跟着有节律地轻轻摇晃起来。安逸的风景，瞬息有了动感。

多少次我站在岸边，却以为自己在船上，岸变成了船，缓缓开动的船。晕晕乎乎，赶忙扶住了围栏。仔细想一想，笃定自己，在岸，不在船。一个晕岸的人，注定没有好的水性。为此，我羡慕那些泳者。长期游泳的缘故吧，其体型、皮肤，比常人更接近于鱼类或水鸟。当他们披挂一身水珠上岸，真恍若出水江豚。有好多次，我竟把河心中的泳者误会为大天鹅或青头潜鸭。他们游得那么从容，已经与水融为一体。

初春，摇晃的船，惊醒了船和岸的缝隙中一个静悄悄生长的群族。那是鱼，只有寸把长韭叶宽的小鱼，一团团、一窝窝的小鱼，万亿条成团成窝迅速游动逃逸的小鱼。我猜测，那是刚刚由鱼子变成鱼苗的小鱼。静逸的船体缝隙，正好充当了鱼的孵化场。而鱼苗多的地方，岸上小飞蠓也多，落在人的脸上身上，便黏上不落，人动，只得背负着一身的小飞蠓。小飞蠓的寿命很短，繁殖力却惊人。死亡的小飞蠓，正好是鱼苗和青蛙幼仔的口粮。

自然界的生命链环，原本天衣无缝。鱼苗吃飞蠓，小鱼吃小虾、草籽，水鸟则以捕食鱼类为生。这些小常识，只有在滹沱河边一次次游走中，才在心里描出生动的画面。去年初冬，滹沱河已经开始结冰，我还看见一只大型水鸟独立于一段小水坝上，时而舞动双翅，时而把头探入那片未冰冻的水面，在拂面而寒的风里，那么娉婷而优雅。当然，关于水鸟所有美的想象，不过人的一厢情愿。自上古有水鸟的历史以来，它们的动作训练主要分三类，一是捕食，二是飞翔，三是恋爱。我曾亲眼所见，一只在百米以上高空飞翔的须浮鸥，以闪电一样的速度俯冲到水面，截获赤麻鸭或潜鸭的猎物，又以闪电一样的速度衔着一条不算小的鱼儿腾空而起。

叶子广场往东，水域豁然间开阔。这里是河心岛的东端，再往前一两公里筑了水坝。枯水季节，水坝下面的河段，水分蒸发殆尽，只留下黑黑的淤泥和几汪浅水。小白鹭、黑骨顶鸡、长脚鹬、白鹳鸽最喜欢这样的环境。河滩的芦苇丛，有人拍到过震旦鸦雀的镜头。这是一种有鸟中大熊猫之称的濒危鸟类，名字很有气势，个头却实在娇小，肉眼极难捕捉。今年上游水库放水早，闸坝淹没在水下。浩浩汤汤的河面，颇有一条万古大水的气势。

滹沱河，古又作虖池或滹池，从山西出发，穿越太行，在平山、灵寿境内的群山之间左冲右突，至正定终而成为一条平原上的河流。自发源地繁峙县泰戏山至沧州献县与滏阳河交汇，全程近六百公里。我的故乡和居地，皆在滹沱河流域。在我心里，滹沱河是慈母般的河流，它理应以这样浩浩汤汤的样子存在着。

2021年2月上旬，我第一次见识了这条大水过鸟的尾声。过鸟，即候鸟迁徙过境。搞摄影的，有人专门抱着长焦镜头四处"打鸟"，"过鸟"一词就是他们的发明。我得到过鸟的信息已经晚了，据看水坝的人说，早个三四天，那气势才叫震撼。不过，对我来说，看到过鸟的尾声已经很开眼界了。目力所及，水面铺满一条条墨线，空中时而有鸟阵呼啦啦起落。我无法断定，这铺天盖地的鸟群，从大类上说是天鹅、麻鸭、鸿雁还是苍鹭，更无法从目距遥远的一条条墨线，或者空中演习的阵列变幻，区分出疣鼻天鹅、大天鹅、小天鹅，小白额雁、灰雁、斑头雁、雪雁、黑雁。作为冀中旱庄来的迁居者，对于水和鸟的认知，先天不足。所见过的水，圆的不过村子中央的大坑，长的不过村子外边的小白河。大坑和小河，属于滹沱河末梢神经，多数日子是无水的，坑底、河床在大日头下龟裂得龇牙咧嘴，没有鱼，更没有水鸟。跟我们天天见面的，似乎只有家雀。

正因为无知，对于大水过鸟这件事，我超乎寻常的虔敬。候鸟迁徙，南北西东常常跨越数万公里。滹沱河修复工程没有开工之前，这里跟我故乡的小白河一样，四季倒有三季断流。一条断流的河，被候鸟所鄙弃。途经冀地的鸟群，只选择衡水湖、白洋淀或者滹沱河上游的冶河、卸甲河等作为停歇的驿站。那么，鸟群从何时开始以这片河流为驿？它们，又是以怎样的方法获取河流丰枯的信息？

看水坝的老贾是个邋遢、精瘦的男人，但这个男人却很有原则。无论怎样低声下气地央求，他还是不允许我进入围栏从而更切近一片蒹葭。而在这之前，我用望远镜观察到，那片蒹葭是一群小野鸭的窝。望远镜是在额尔古纳市室韦村旅游时买的，那里地广人稀，适宜用望远镜观察景物。这两年，有了沿着滹沱河闲逛的习惯，就想起了这个望远镜。想借助望远镜的视力，看清楚躲在河心岛岸边的小野鸭如何游泳，如何摸鱼，如何训练刚出生的孩子。也说不定，我在室韦村额尔古纳河边林地曾经见过的候鸟，南北归途也选择了滹沱河河心岛以东水域打尖落脚。人不记鸟，鸟却记人。等闲东风，故人故鸟，几分模糊的祈愿。

老贾习惯了背着大炮镜头、扛三脚架的拍鸟者，却对拿着望远镜晃来晃去的人心生疑窦。老贾问我是不是爱鸟协会的，我说不是。我问他，知不知道远处水面上墨线一样飘动的鸟群是什么鸟，他说不知道。又说，前几天有爱鸟协会的人说，是大天鹅。鸟都快过完了，你们才来，我觉得你们也不懂鸟。按照老贾的逻辑，不懂鸟的人，就没有资格看鸟，更不该架着望远镜，一往而情深地指指点点、磨磨叨叨。

一个微雨的午后，又来到滹沱河右岸，目的地还是集祥村。我已经记不得多少次在这里流连，每一次，似乎都是说要到集祥村。又几乎每一次，走着走着，就忘记了目的地。雨水洗亮了枝头的柳眼儿，柳丝袅袅婷婷的，撩拨着河岸。从云龙桥到子龙桥，走乏了两条老腿，却没有发现一只水鸟，连驳船间的鱼苗也游走了。没有水鸟和鱼儿的滹沱河，仿佛有人刚刚念过"时间规则"中的静止咒。

忽然，河面升起一道彩虹。有幼蛙呱地跃起，又急速躲进船隙的深水中。水面妩媚起来，斜斜的阳光，在河上播下一粒粒金色的种子。我不自主地跳起来，一个晕岸的人，此一刻，化作一尾前世的老河鱼。

荒径与野物

顺着花田北侧参差的河岸向西走，有条比拴牛绳粗不了多少的土路。两边的野草你侵一点，我抢一点，有时候路就给草侵没了。土路把人带离河岸，带向左花田、右野林的更广阔区间。

那应该是一条已经不常走人的路。清晨，野草挂满露珠蛋蛋，走不多久，鞋子裤脚就湿了。再走，鞋头便拖上厚厚一层泥土和草渍混合的泥窠。荒径行走的好处是，在不经意间能碰到山鸡、野兔子、蚂蚱这样的野物。有一回我脑袋开着小差往前走，与一只山鸡碰了个正着，我吓了一跳，估计山鸡也吓了一跳。我下意识往后蹦，山鸡一夆翅忒楞钻到药材田里。当我回过神儿，意识到自己这是平生第一次见到山鸡该仔细观察一番时，山鸡早跑得没有踪影。只有一个华丽的尾巴，在虚空里闪动。那应该是一只雄山鸡。野兔子更快，明明一息之前你看到它在一箭开外一蹦一蹦的，很是悠闲，眨动一下眼睛的工夫，视野里早已空空然。野兔子皮色土黄，跟溏沱河两岸的黄沙土一个调性。土黄，是天然的伪装，是保护色。

在荒径尽头的林边，我有幸见识过一个山鸡家庭。有着漂亮鸡冠和七彩尾的雄山鸡，麻褐色花翎的雌山鸡，带着它们的一儿两女正在悠闲啄食。啄食的声音很响，像是一顿美餐。说起来，山鸡的食物很单调，不外乎虫子和草籽，以及鲜嫩的草尖。为了喂饱肚子，一天不知道要跑多少路，刨啄多少次泥土。野林子不打农药，虫子恣肆繁衍，人不常至，确实是野物们的良地。即使在野林子里，山鸡依然很警醒，远远听见人声，也许是闻到异类的气息，瞬间便忒楞忒楞飞入野林深处。山鸡的翅膀不长，飞得不高，也不算很快，但跟两条腿的人比起来，还是快得没边的。据说，山鸡非常惧怕夜晚突然而来的灯光。偷猎者专门携带大手电筒，趁夜用弹弓射杀山鸡。我在集市上见过卖鸡毛掸子的，说是山鸡翎子做的。果然，每一根毛皆鲜亮，有韧劲，一如雄山鸡生时的翎羽。心里暗暗合十，为那些毫无攻击力的野物祈祷。

那时候，这段河还是野河、枯河。偷采河沙兼自然冲刷后的河槽，有的地方窄而浅，有的地方却很深，形成河床上天然的大水塘。三三两两的人，把车停在花田边，带着鱼竿到水塘钓鱼。伏天大雨后，塘里的水便积得很满。斑嘴鸭、小白鹭、绿头鸭，都在塘里游戏吃鱼。没有上游补给，水聚得快，干得也快。这样的雨水塘，只要连续晴上十天二十天，满塘的水就蒸发得剩下一个底儿了。蒸发留在塘边的痕迹，形成天然的曲线，一层一层的曲线，自然雕塑出很有意味的几何图形。这些图案很耐琢磨。有水，塘里就有鱼，清一色的银鱼。钓鱼的说，银鱼对水质的要求很高。河床上没人打扰的水塘，竟是银鱼生长的好水体。

北岸更野，开阔沙滩上常有人放风筝，有人玩越野车。无人行走的地方，生长各种野草，最多的是野苋菜，也有小根蒜、马齿苋、拉拉草、苍耳棵、蒺藜等。穿过沙滩到河槽的流沙中漫步，对体力是极大的考验。野苋菜的嫩叶子可以采食，入冬前的穗头却长满芒刺，苍耳、蒺藜更是满身披挂，人在里头走一趟，鞋子和裤子上挂满芒刺、苍耳子，半天工夫也摘不净。越过野苋菜和苍耳的迷阵，到河槽去看流沙五花八门的形态、层次，去高低错落的沙岗间穿行，曾是我非常乐意的游戏。更早时，印象是2016年深秋，我曾在这里为一对小恋人拍过很多张合影。野性之美，是照相馆里没有的，也是婚纱照拍外景不会考虑的。

云龙大桥像是一个界桥，分割了桥西的野河和桥东的生态修复一期景观带。高架桥下的漫水路，则是"两个世界"的分界线。

一期景观带的河水是从哪里来的呢？倒是有南水北调工程在这里与滹沱河十字交叉，管道大约是从河底通过的。但南水北调的水，可以补给滹沱河吗？应该不会。另一种可能，是由黄壁庄水库经滹沱河支流太平河（汉河）来补水。太平河在体育大街子龙桥附近与滹沱河汇流，是不是可以通过人工坝实现逆向补水？第三种情况，黄壁庄水库在滹沱河主槽架设暗道补水。终究没有机会向水利部门求证，猜测只能停留在猜测。一条断流河，中间隔着四十多公里干涸的河道，到生态修复区河段却是碧波荡漾、杂花生岸。这件事，始终是个谜。

2021年，三期生态修复工程也完成大半了。西湖草海、邵同烟波，这些画在规划图上的景观，一点一点落到地面上，取代了参差的荒径、坑塘。白鹭、潜鸭还是这里的常客，山鸡、野兔子终而无迹可寻。大片人工栽植的粉黛乱子草，在晚秋时节，成为新的网红打卡地。

在如画的风景里，怀念一段河流的野性。人啊，真是个矛盾体。

数伏获鱼

大孙村，是滹沱河生态修复工程三期的驿站。村子在河北大道以北、中华大街高架路以西，是沿河北大道西行的必经之地，有停车场、民宿、饭馆和超市。闹了两年多的疫情，这里的民宿、饭馆几乎无人光顾，小超市的门倒经常是开着的，一条黄毛小细狗在门前走来走去。停车场规模不大，能停十来辆车。东侧，是菜园和桃园混合的田地。桃林里也混杂着几棵棒子，棒子卖花线的时候，像洋美人的头发，粉里透红，比春桃还鲜艳。

河道主槽疏浚，从2020年夏天开始动工。机械的力量，远远超过人的想象。工程一天一个模样，北岸的野沙滩很快平整了，铺设上灌溉管网，栽了细茎针茅、狼尾草、大花萱草，撒上金鸡菊、麦克兜兰、醉蝶花、红蓼花等各色种子。"西湖草海"，一两个月就有了模样。

今天数伏。早晨天气不甚好，却比昨天凉快。老天爷懂得安顿人心，选这样一个凉快天儿入伏，让人对一个长达四十天的伏天不至于有太多畏惧。

自从河里重新有了水，河边总是比市区凉快两三度。灰蓝色的薄云下，无风，步行很惬意。大孙村路两侧，也属于草海，两侧分别是蓝鸢尾、美洲海棠花田，再往东种着大片的粉黛乱子草。有一个以前的小水坝，春天里无意间走到小水坝上，发现大丛野生的秃疮花，呈明黄色，花型似虞美人，跟虞美人同属罂粟科。直行至与草海观光路交叉处，再南，铺设了灰色的砖道。砖道能连上亲水路。堤坡上种了谷子，苗不整齐，高一丛，低一丛，却粗壮有力，已经开始秀穗，间杂谷草，也可找到几株黍子。谷子，比粉黛乱子草耐看。可惜，它是一年生，不像粉黛乱子草，冬天冻不死，第二年春风一吹，再有几场像样的雨，就又欢快地绿起来。

钓鱼的人真不少。越野车、轿车、小三马、电车，直接开到了水边上。水库没放水，河水一周之间就撤下了半米左右。河滩和河槽很自然地过渡，尚未安装护栏，钓鱼者行动很是便利。

有几个人在争执，其中一个应该是管事的，指责河边的车压着草地了，要求他们开走。争执了几句，车子都开到亲水道边去了。如此大的滩场，有人管理总归是好的。

只要有水的地方，准有人钓鱼。就连曾经臭烘烘的民心河，也有铁杆钓者。他们不顾蚊蝇裹身，在一个地方坐下能待半天。钓鱼爱好者有他们的组织，也有他们的信息渠道。有的人，有自己固定的钓鱼地点，换了地方不钓。有的人，总是搭着伴儿去玩，夜钓，冬钓，带着帐篷、遮阳伞、睡袋、烧烤炉子，总之是想办法过点不一样的生活。

滹沱河生态修复一期那边有围栏，围栏也挡不住垂钓的人。三期刚开始蓄水的时候，没几个人来玩，更没人钓鱼。也许是慢慢摸清了这里的水性，钓鱼的就慢慢聚集了来。

我的家乡是全国闻名的鱼竿之乡，电商直销。钓鱼人中，十根钓竿大概有六七根是那里生产的。我没钓过鱼，也不想添这个嗜好。但跟大多数人一样，我也是个爱看热闹的人。尤其见到钓鱼的，很愿意看上一会儿，扒拉扒拉人家的鱼篓，问问有什么收成。看人家上饵，甩竿，收竿，一立半天，也不厌烦。

同一片水域，有的人能钓上鱼，有的一坐半天，也很忙乎，鱼却不咬钩，篓子空空。这里边有运气，也有技巧。

一对中年男女，嘻嘻哈哈的，一看就没钓鱼的样。猜不透他们是夫妻还是情侣，"钓鱼玩儿"这几个字总是适宜。离他们不远，是个六十开外的老哥，清晨四点钟来，带着两根海竿，一根手竿，鱼篓里已经有了一条中华鲟和七八条小白条儿。曾听说上游发水，人工养殖的中华鲟鱼苗冲到了黄壁庄水库，没想到水库放水，连四十多公里外的河段也有了中华鲟。老哥钓的鲟鱼个不大，目测不过一斤二三两，还是个苗儿。起了大早，能钓到这么一条稀奇的鱼，还是很牛的。老哥不是个话稠的人，而且钓鱼要静，我在他旁边又看鱼篓又多话，难得他有耐心搭理我，可见钓到一条好鱼，对一个钓者的情绪有多么大的影响。他是邢村的，离这里五六里地，家里种花生、玉米，不费工夫，隔上几天，就来钓回鱼。他的海竿老半天没动，忽然动了一下，正好有一只斑头鸭经过，他便对我说，这儿也有人钓到过水鸭子。

水鸭子也能钓上来？这是何等的钓钩，我心下一惊。正巧有只白色鸟飞过来，像红嘴鸥。于是跟着鸥鸟的方向，朝云龙大桥那边走。生态工程一期河段，常有红嘴鸥。鸥的本事是视力特别好，在高空飞着，一个俯冲到水里，能从水鸭子嘴边抢到一条嘣楞嘣楞跳的小鱼。

云龙大桥底下，正在进行着一个浩大的工程。

原来桥底下硬化的水泥面都起掉了，杂七杂八的花草树木也起掉了，通河北大道的林间路也起掉了。工程作业面从河南岸一直到河北大道。打问河心岛景区看门的，说干了一两个月了，这里要修建一个广场，连通一期和三期。修一座高级别的漫水桥，彻底解决滹沱河日常两岸通行问题。

高架桥下，至少往下起土两米多。原本滹沱河在这里分了两汊儿，一汊从河心岛南走，一汊从河心岛北过，到了河心岛东，水面连通，形成一个开阔的水域。这次工程，封堵了北汊儿，南边一汊儿正在修桥。这两年，滹沱河上游汛期连续大量放水，都是临时豁开路面，在周围设置路障。有了桥，疏浚工程三期和一期就真正打通了。

到桥边实地考察。一个胖大的男人，正在往钢丝笼里装石头。一个个大小不等的钢丝石头笼，垒砌成石坝，埋藏在桥两侧，会大大提高桥的抗冲击力。胖大男人鼓捣的钢丝笼，忽然让我想起当年郭守敬修建通惠河上游"清水口"时使用的荆笆笼。从荆笆笼到钢丝笼，七百多年过去，老祖先的治水技艺依然惠及今人，心口忽地一热。我对河流、水利的热心，很大程度就是受郭守敬的影响，自打写了那本书，自内心跟河流亲近了很多。滹沱河，也是当年郭守敬北上见大汗的途经地，他考察过这条河。从桥下工地原路返回，心里便装了一份期待。胖大男人说，桥的工期是两个月，广场的工期也不会很长。

钓鱼的老哥还在。右边第二根海竿动了，收竿，是一条小白条儿。老哥似乎有点失望，甩到五十米外河槽深处的钓饵，只钓到一条小小的白条鱼，确乎不够意思。我说先别把鱼卸下来，他便很配合地举着。我于是拍到了一帧鱼在钩上的图片，背景是足够阔朗的水面和对岸黑绿色的岸树。确切说，鱼并不在钩子上，它被钩子上边一个小圈给套住了。不知道是什么原理，这个小圈套，越挣扎越紧。回到家，仔细端详这帧图，钩子也不是想象中的单钩，而是一个小笼子似的装置，伸出一圈小钩子。怪不得野鸭子也上钩，这鱼钩也忒狠了。

继续往上走，亲水路旁边泊两车。其中一辆车的后备厢敞着，一个鱼篓探出身子，篓子里是两条六七两重的鲫鱼。司机在车里睡觉。朝他的后备厢里瞅了瞅，家伙什儿不少，看来也是个老钓客。鱼篓里的鱼不时在动，还活着。

"嘿，要鱼吗？"身后有人喊话。这个时间点人很少，我回头，车里的男人出来了，正跟另一个刚从水边上来的人在交接渔具。是他俩喊话，喊的就是我。

这两位一个是正定城里来的，一个是河南边一个村子的。他们自我介绍是钓友。刚从水边上来的，岁数更大些，从兜里掏出香烟，先递给车里刚睡醒的那位一颗，说是哈德门的。看俩人递烟点烟的默契，应该很熟悉。他们问我要不要鱼，就是我在他们车后备厢看到的那两条。除此，他们今天没有别的收获。邢村老哥说，今天天气不好，鱼不上钩。他们俩也这么认为。

我问，鱼怎么卖？却说，不卖，给你。非亲非故的，连认识都不认识，却白要人家两条鱼，这种事从来没干过。但他们一片诚意要给，我便收了。岁数大些的说，这样的鲫鱼家里多得是，两条，实在不值得分，更不值得带回家。他们本来想放回河里，但鱼受伤了，放回去也活不了多长时间。一抬头看见我，就决定送给我。

今天入伏。入伏即"入福"，获鱼二，这是路人赐福，姑且也认为是亲爱的滹沱河赐福。

去集祥村

一

　　去集祥村看看吧。行走在滹沱河右岸，有许多次，我都是如此盘算着。

　　第一次注意到集祥村的钟鸣，我正在高铁桥下的村路上数燕子窝。这是京广客运专线，三两分钟便有一列复兴号箭一样从头顶驶过。钟声清脆而悠远，敏感的乘客，一定同我和燕子们一起，听到了那悦耳的声音。

　　我对于钟声的感奋，似乎超越对于时间的获知。一部手机可以走天下。好几年前，手表已经被我收在储纳盒里。村庄里的人，也早不以钟楼的时间为行止之据了吧。你看，高架桥两旁的田地里，起大蒜的早按照头一天晚上临睡觉前的盘算起好了一垄半的蒜，并且麻利地数了头数，每捆二十头，一共捆了八捆；摘草莓的，正蹲着身子一步一步小心翼翼往前挪蹭，怕踩了不熟的草莓，又怕草莓棵子沾一身露水蛋蛋。一个中年女人，正给蚕豆地松土。我跟她搭讪，答是对岸平安村的，在这边有一块园子地，道远，就种了几畦好侍弄的大蒜，小拱棚罩了几棚甘蓝菜。剩了这巴掌大一小片，随便点了几行蚕豆。今年第一回种，图个新鲜，也不知道长不长。女人见我老是看高铁桥上的燕子窝，问我看那干啥。我说，不干啥，就是看着玩儿。女人不信，接着松她的土，不愿再搭理我。

"你想打听钟楼的事，找找集祥村的老黎家。"我掉头走出好几米远，女人还是直着嗓子喊了我。女人是个厚道人。钟楼，我并不急于打问。年纪渐长，已经不似年轻时那般执着，让一件事物维持一点神秘感，比直白于天下或许更好呢。

这段河两岸，平安村和集祥村都是离河最近的村庄。平安村在河之阴，抬脚出村，几十米就是河岸。集祥村在河之阳，河流与村庄之间，隔了大片的河滩地。确切地说，溏沱河在这一岸，有两道堤。第一道堤，就是叶子广场旁边的观光路。顺着穿河而过的高铁桥往南走，一里地之外另有一道堤也与高铁桥十字交叉，我称之为二道堤。这是一条老堤，老远瞭过去，如龙脊高耸，颇有点拱卫者的气度。堤南几十米，就是集祥村。村外，桃杏夹路，菜园青绿。有两三方小池塘，有的种了莲藕，有的作为鱼塘。今年，挨着高铁桥的池塘已经填平，裸白地，不知道要栽树还是改成菜田。

双堤相抱，足见集祥村历史上的防洪地位。如今，村庄的左右，皆为大学区、科研单位。独独一个集祥村，在当代城市文明的缝隙中，依然葆有着活泼泼的村庄形态。

与新堤相比，我更喜欢二道堤的味道，更愿意在堤顶路上盘桓。堤顶柏油路两边，种着白杨、旱柳这些道树，道树种得有一搭无一搭的，榆树、刺槐那些自生自灭的野树，反而长得恣肆。春天里，榆钱、槐花，密匝匝的，悦人眼目。摘榆钱、撸槐花，唾手可得。道树下生满杂草，诸葛菜、蜜罐罐儿、燕子翼、泥胡菜、雀麦草、黄花蒿、五月老、白花糙、甜甜根、墩子草、黑白丑。从春到秋，它们在自己的节令里，开花结子，热热闹闹。走在这样的一条路上，我需要时不时地停下来，跟这些旧相识打招呼聊天，拍照留念。有一种开黄花的植物，身形跟野罂粟相似，花瓣的质感又接近虞美人，曾在邯郸一处山寺的路上见过，却不识得是什么花。这次动用了"形色"软件，终于得到"秃疮花"一名。原来，秃疮花，是罂粟目多年生草本植物，难怪跟罂粟、虞美人像没出五服的亲戚。植物跟人一样，无论直系、旁系亲缘，相同的显性基因会暴露那些没人告诉你的秘密。

在二道堤上，能望到村庄里的很多物事。堤下另一条村道旁边，有一盘碾子，碌石和碾盘都是老物，木撑子和铁碾轴却是新的，透着力量和雄心，一插碾棍，碾子即时就能吱扭吱扭推起来。推韭菜花、推玉米糁子，那经石头碾压散发出的独特香味，大概是属于集祥村的老派人物的。沿滹沱河，不少新农村保留下一盘旧碾盘，其乡愁的意味已经大大超过实际使用价值。

一片苗圃，育着金叶小檗和花叶冬青。靠堤坡挖了池塘，池塘边搭着窝棚，窝棚四周又围了木栅。一个胖大男人，坐在木栅里守着一套茶具，正在自斟自饮。男人抬手倒茶的工夫，腕子上一闪，似乎是一串紫檀的珠子。一个百衲布装饰的窝棚，与一个戴紫檀珠的主人，想想，怪有意思。再往东，茂密的坡树丛，隐约可见老红砖砌就的高墙。拣个疏朗的地方踮着脚望过去，里边是一排排已经不再使用的厂房。厂房再往南，就是一所大学的外墙了。

一堤之隔，北坡下至观光路之间，洼地里竟然隐藏着大片的麦田。麦子已经秀穗，黑绿黑绿的，一副丰收在望的模样。麦田里铺设着一行行喷灌设备，水却是从大老远的地方引过来的。滩地沙性大，不容易保墒，麦子能长这么好，需要花多少心力。很久没见过麦田了，两年，三年，还是五年？滹沱河下游末梢的故乡，在沧州地下漏斗带，已经严格控制小麦种植。在石家庄定居后，二十多年前骑单车往外走两三公里，还到处是郊区田园。现在，麦田在城郊却是稀有的。站在集祥村外，蓊郁的麦田，让人感觉时光其实尚未走远。

如果说钟楼是集祥村独特而神秘的存在，高铁桥下的燕巢，则收纳着高铁的时速，收纳着时光的锐角和滹沱河的温情。

燕儿啾啾，我心悠悠。

二

小根蒜真是惊蛰节气里的一口鲜物。滹沱河边上，虫虫草草的，刚刚张开惺忪的睡眼，连翻个身打个呵欠的时间也没容呢。这女人，一下子弄到这么多小根蒜，该不是把人家祖孙三代都打地里扒拉出来了。

话说回来，集祥村的早市就这点好，菜新鲜，又卡着时令。早市南头儿几十个摊子，全是周边村的自产户，开春卖香椿、菠菜、小葱、韭菜、茼蒿、茴香，拿在手里闻着就香。到立夏，大地草莓、白桑葚、黑桑葚，在竹篮里摆着卖，模样俊，滋味又比大棚货厚实得多。这里靠近五七路，车来车往的，不少市民几十里地赶个早儿，就是冲着一个"鲜"字。

卖小根蒜的女人，平日里卖鹅蛋、鸭蛋，生的装篮，熟的装盆。说是家里圈了片地，散养鸭鹅，自己吃，多了就卖。熟的咸鸭蛋、皮蛋是趸邻居的，也算代销。她的摊子把着路口，旁边正好有一个弃置的电线杆底墩，台秤咔地往上边一蹾，又稳当又方便。女人做买卖有气势，跟邻里摊子的人也热情、义气。惊蛰后第一集，准能在她摊儿上见着小根蒜。有时候，她也顺带挖了荠菜，掐了苜蓿芽。小根蒜，也有人叫野蒜、野葱，雅称薤白。年轻时，我很是有一段时间迷恋刘伯温的《薤露歌》。如今，一切看得开、解得动了，就不再有那么多的小情绪。在女人这里，我第一次见到小根蒜的真身，讨教的只是红烧还是白灼这样的技术活儿。其实，薤白也是药，这种百合科葱属的植物，能治疗胸痹心痛、咳喘痰多、泻痢后重、疮疖痈肿。对于草药，女人或者多少懂一点的。她说，她的小根蒜是沿着滹沱河往上跑出去二三十里地，在一块闲地里找的，保证没有农药。我说，你下次带我去吧，倒不是为了省钱，我想亲自采一回。女人翻我一眼，哈哈一乐。她说，小根蒜有灵性，对脾气了，蒜找人，不对脾气了，它就在你眼皮底下，你也看不见。不知道是不想让别人知道她的宝地，还是真觉得我不是挖薤白的料。关于她懂点草药的判断，在几个星期之后女人帮对过摊子上的一个老妪卖茵陈，得到了佐证。

滹沱河，其情仁厚，天赋颖慧。20世纪初，右岸这一片还是完完全全的荒地，像故事里讲的那样，等待芝麻敲门。一个异乡人顺着京汉线而来，对视夕阳中苍茫的大河，顿然有一种陌生的熟悉和亲切，他认定，这里将是他子子孙孙的血地。一人垦荒，招引着八方的讨生计者，滩地黄土埋下的种子见风长。不过百年之间，这里早已不再是孤零零的村舍。拓村者泉下有知，该怎生欢喜。卖小根蒜的女人，说不准就是当年拓村人的后裔。集祥村，原本叫作笨村。笨，或许是命名者的自嘲、谦虚，也或许是激励。笨村，是个深藏不露的村庄。

我还见识过一个只兴他漫天要价、不许你就地还钱的霸道老哥。老哥两口儿的摊儿，在小根蒜斜对过。农历七月半，老哥卖葡萄。别人家也卖葡萄，绿葡萄，顶露珠，装篮卖。老哥的葡萄，鹅黄浅绿，挂一层淡淡的霜。别人的葡萄卖四块钱一斤，老哥偏要八块。"就八块，少一分钱不卖。你也甭尝，尝一粒三毛钱。农科院老教授给嫁接的，就这一棵，孩子不让卖。没人买，回家俺们接着自己吃。"老哥的话，那叫一个犟，一个钉子砸在地上，把地给砸得一哆嗦。你偏高价卖，我还偏就高价买，我的犟劲儿也上来了。犟对犟，不上当。回家洗半盘，丢一颗在嘴里，香、脆、甜、微微的酸，硬是把我的心头爱牛奶子葡萄给比得矮了半截。八月半，老哥卖黄豆。别人的黄豆卖五块，老哥还是卖八块。"农科院老哥们儿在海南刚试种的，全城独一份儿。"老哥那神态，好像他家的地仅次于科学家的大豆试验田。冬天，我把买老哥的大豆找出来，一发泡，个顶个又大又憨，打豆浆、磨老豆腐合适，生豆芽我更待见土生土长的小笨黄豆。不上当，不上当，相当于给老哥的新品种点赞了。

集祥村的早市，更像我故乡集市的气质。卖吃的，卖用的，瓜果桃梨，针头线脑，通下水道的撅子，做西点的打蛋器，五花八门，无所不包。早市南段集中着本乡本土的人，北段则都是慕名而来的贩子。也有卖熏肉的，卖馒头的，卖现磨香油麻酱的，卖现打烧饼炸油条的。白胖胖，油亮亮，黄澄澄，热气缭绕，把一个早市的烟火气提了八度。买油条烧饼的，多是那些菜蔬自产户。天不亮起床，在地里起了菜，赶来集上占摊位，折腾到早上七点，钟楼的钟声一响，胃肠就条件反射似的咕咕叫。我专门爱跟那个一手拿烧饼，一手卖货的大妈闲聊砍价。砍过价，逗过闷子，才感觉这个早市赶得过瘾。

有个八十岁大妈，种的好北瓜。八瓣灯笼瓜，个儿大，瓜子饱满，一刀切下去，瓜肉如玉。她的瓜，我买回家，先作为清供的。一拉溜四五个瓜，安顿在客厅的木隔断下，要欣赏好一阵子。北瓜大妈一个人过日子，半亩地，种北瓜，种玉米，种韭菜，种芸豆角，数过来的几样。种地卖菜，形单影只。北瓜大妈卖菜不带秤，我估摸着多半是家里没秤。买卖来了，眼睛朝左一抢，喊，张三，给称一下。又一个买卖来了，呵呵一笑，没牙的嘴笑得像个深洞，喊，对面的，给称一下。一个村里住着，蹭个秤，张三和对面的，都欢天喜地地就把活儿给干了。北瓜大妈没有微信，买菜的人，又没几个带现钱的，于是，那张三、对面的，还给她代收菜款。微信进，现金出，北瓜大妈赝等着点现钞。

集祥村早市的饸饹好吃。苦荞饸饹，掺了榆皮面，细溜溜的，煮出来又筋道又滑爽。卖饸饹的，是个胖乎乎的中年女子，嗓音沙哑，一双泡泡眼永远是缺觉的样子。卖饸饹的女子，并不天天来集祥村赶早市。什么时候来，她提前一天在微信群里发布消息。女人建了两个群，群里全是"饸饹粉儿"。不来集祥村的时候，女人要赶别的早市，赶别的集。每天三点钟起来和面压饸饹，装车，赶路，女人把好精神全交给了一把一把的饸饹，身子也着实困怠呢。只有到了群里，她才露出王者风范，两个五百人的大群，加起来就是千军万马呀。

跟饸饹王一样精明的，还有个卖苦荬菜、蒲公英的半老妇人。她除了在早市卖菜，还给一些买主专供。当然，菜卖得好的，还有老黎家。知晓钟楼故事的老黎家，常带着买主到地里采摘。有些买主，跟他们成了朋友，过年过节还到他们家里走动。

老黎家，真是个人物。有机会我真要到她家探个究竟。

三

雨时大时小地下着。这些秋天的果蔬，就是些野泼泼的孩子，才不惧那些小风小雨。最好看的是水萝卜，红兜肚绿簪缨，雨水一洗，透灵得拨浪拨浪的。柿子、山里红、佛手、丝瓜，也各有各的好，但在我看来，这一街最代表集祥村季节标志的，是萝卜。

今天，摆摊的大部分是妇女。清早气温骤降，她们马上穿起了夹衣。红的、橙的、紫的、花的夹衣，和红红绿绿的瓜菜浑然一体。

集祥村已经有个把月没雨了。这雨早不来晚不来，人们刚到地里起了萝卜、砍了白菜、摘了果子，把三马车拉过来，像往常一样安顿到自家那一米两米长的地盘上，甚至没来得及开张，就滴滴答答来了一阵。好在家家都预备了伞，雨一来，伞朵哗哗哗沿街开了两溜，像两列伞阵。女人们在伞朵下择韭菜，择茴香，整理布袋里的荠菜、蒲公英，一根一根的，怡然自洽，有顾客了，就抬眼看一下，算是打招呼。卖北瓜、冬瓜、南瓜的，似乎更悠闲，跟左右唠嗑，观瞧过往的行人。淋过雨的瓜，如同涂了一层油彩，圆的、长的、扁的、半长圆的，个顶个天造地设的艺术品，不愁没有识货的人。

过去管雨天赶集叫赶闲集儿。集市上买的卖的都是农人，很多农事，雨一来，就不得不搁下了。出摊儿的赶集的都放宽了一腔急吼吼的心思，大家好商好量，结果买卖比平时做得还好。闲集儿仿佛二十年前就消失了。这一处雨中的市街，明明还是那么逼仄、拥挤。一场雨袭来，却自然而然就恢复几分闲集儿的从容。

好几家卖柿子的。集祥村左近，并未有单独的柿子林。柿子都栽在庭前屋后，不显山不露水的，等到秋红时，金红温暖的柿香，却成了整个村庄的焦点。即使站在高高的二道堤上张望，你也会被村子里左一簇右一簇的柿红所吸引。原本没打定主意去不去村子里，只为着近前去看看那些柿子，脚下便没了半点的犹豫。这里的柿子都是磨盘柿，个大，饱满，中间有个浅浅的压腰儿，乍看起来还真跟一盘磨有几分相像。有个老太太摊上有"树熟"柿子。黄中带红的皮色已经透亮，敷一层薄薄的糖霜，托在手上，颤颤悠悠。这样的柿子，需要小心呵护着回家，撕开个小口，能用吸管吸，里头是一兜蜜，吸到最后，手上只剩张纸一样的皮。树熟柿子，老太太要三块钱一斤。她也有青黄的硬柿子，一斤两块。我指定要树熟的，却又嬉皮笑脸还价，要求按硬柿子的价钱买。没想到老太太是个好说话儿的，四个水晶样的柿子，只收了四块钱。我常嫌弃旁人办事"专拣软柿子捏"，记下这段文字的时候，猛然间就嫌弃起自己来。我家也曾有两棵柿子树，也是磨盘柿，柿子招喜鹊、家雀，红一个啄一个，熟好的柿子哪里能留下个囫囵的。可遇不可求的物事，比如这堪称完美的树熟柿子，是不该乱还价的。倒非愚痴之念，实在是一份对天地的敬意。老太太通透，而我唐突了。

眉豆角，独一份。女人也眼生，不过四十出头儿，圆脸，白净。她摊子上的货也只有这一种。平素常在二道堤附近的田里转悠，也没见谁家园子篱栏上爬了眉豆秧，忽就冒出来这些紫生生的眉豆角，说不准也是种在庭院墙边的。清明时节，庭院里点几粒眉豆籽，立秋之后，便是热热闹闹一大架眉豆，红的花，白的花，引来土蜂蛱蝶。我们双楼郭庄管眉豆叫扁豆，冀西滹沱河沿岸好像都叫眉豆。眉豆真是个好名字，让人想起女孩子弯弯的黛眉。细细瞧，眉豆角两根边线真的酷肖人的眉线。"好漂亮的眉豆！"我拿袋子就抓，一边抓着才问价。女人见我喜欢，如逢知己，她也帮着抓，还顺手把长得不太好的几枚从袋子里捡了出去。女人的支付二维码也特别，有一尺见方，一个顶人家摊子的十个大。扫码付款，我直乐。我要拍个照，女人大方地配合着，举到我跟前。拍二维码，顺便也拍摄到了女人。女人的眉好看，弯弯的，黑黑的，怪不得种一手好眉豆。

集祥村人种的是河边地，沙多肥薄，百十年间养成好种好收的熟地，不易。他们因此惜地，即使家家都在城里打工，有了其他更重要的营生，还是绣花似的把一片地种到边边角角。庭院间，给柿子、石榴、山里红，甚至眉豆、佛手，都留了地盘，一早一晚的，搭一点工夫收拾，并不觉得累。院子给的回报，往往是自家吃不清用不完的。于是，主人家抽个早晨，就来市街。

这是一个跟泥土、跟人家最知心的早市。除了二维码支付，它最接近原初集市的朴素和自然。过些日子不来逛一趟，就会想得慌。每次来，我都是先去滹沱河二道堤附近转转。转二道堤，已经成了我来集祥村必须的仪式。地里转转，集上转转，一颗心就慢慢安妥起来，焦躁、思虑种种顺着脚印种回土地，回归粪肥。

那道堤，其实也是一个村界。堤北属于平安村，堤南才是集祥村的地。

过了一个夏天，北瓜大妈也可以扫码付款了。市街里卖北瓜的摊子很多，但只有她适合这个称呼。北瓜大妈的摊子在南头东侧，春夏有韭菜豆角，入秋就只卖北瓜。大妈种北瓜是祖传，籽种叫"谢花面"。

她的北瓜，嫩的墨绿，老的黄红，饱满，干净，比一街的北瓜都出挑。北瓜大妈胖乎乎的身形，算是富态相，却没见她笑过，瘪嘴，深深的额纹，估计日子并不舒心。本该买大妈几个瓜的，无奈亲戚从老家捎来不少。

走出市街，不自主回头看了大妈几眼。有年纪的人了，不知道什么时候，她才能舒展开那满脸的愁纹。揣摩着她的性情，断不会把"谢花面"种子传给旁人。

一些美好的事物，就是那么阴差阳错地错过去。另一些美好的事物，又在不经意间悄然而来。就如集祥村的市街，就如我们所经过所迎来的日子。

细雨胭脂河

一

这深秋的雨，真像群顽皮的小姑娘，沥沥沥沥哼唱着小调，漫山漫坡地奔跑跳跃。

雨中的城南庄小镇，人家梢门上的大红福字更显得鲜亮。小径上的一对大白鹅也给洗得更干净了，排着队从一片树林里走出来，气定神闲的，它们知道自己很萌，很招人待见。

我的住所旁边，是镇里一个叫新房的小村，与晋察冀边区革命纪念馆相向坐落，距离不超过两百米。村庄不大，也就几十户人家，东一叉西一支的水泥小路，串起新屋旧房骈列的胡同，诸如邸家胡同、王家胡同、李家胡同。无论新旧，这里的房院都拾掇得挺各节（整齐之意），家家户户开着几簇秀气的秋菊或草茉莉。晨雨中，村庄安逸而静气。偶尔驶出一辆摩托车，青年摩托手穿着大红的雨披子，像一朵雨中飘飞的花。

王家胡同口停着辆崭新的白色城市越野车，车身后是一处花格窗、带出厦廊柱的旧民房。房子有年头不住人了，但那窗格、廊柱的气韵犹在。一位早起的老汉溜达过来跟我搭话。我说是来纪念馆参加活动的，他就不再见外，眉目中透出和气。城南庄人对纪念馆的事格外热情，老汉也如是。

似乎看穿了我的好奇心，老汉说，老房子，是分给他兄弟的，兄弟一家子在外工作安家了。车是老汉儿子家前年才添的。老汉姓王，七十多岁，高个子，黑脸膛，就住旧民房旁边的新院里。那院子相连的两处，分属于他的两个儿子。一水青砖粉墙，高大而宽敞，安着空调、太阳能。见他笑悠悠的不厌烦我这个陌生人，便与他多拉了几句。老汉两儿一女都已成家立业，大儿子在新疆开运输车，二儿子在北京干建筑，六个孙辈儿都还在念书，大孙子刚刚考取成都的研究生。我问老汉跟着哪个孩子住，他说一直跟着二儿子家。又笑模呵儿地补充道，你看我这体格，好着呢，平时帮孩子们拾掇拾掇地里的庄稼，一年也在周边工地里打三四个月的工，每天闹一百多块，一个人花不清。

我打算穿过村子，去看看那条著名的胭脂河。按照王老汉的指点，一路和着细雨的节拍朝南边走，一路探看庄户人家的房舍、门楼、对联，还有小篱笆墙里闪出来的西红柿棵子、眉豆架。村街并不长，三走两走的，就出了村子。坡两边是庄稼、菜园，苞谷、红薯、萝卜、白菜、北瓜，所有庄稼植物都清凌凌的，让人心里跟着清亮。两只正在对唱的白鹅，迈着优雅的红蹼，要做我的向导。

二

"十年驻马胭脂河，抗日反顽除万恶。我来共话艰难史，人民事业壮北岳"，这是陈毅赠聂荣臻，赞扬他开辟晋察冀抗日根据地的诗作。沿着秋雨中的河流漫步，想起它，眼里心里便有了一份对于岁月的共情。

胭脂河，多美的名字。据说，这条河的沿岸曾出产一种稻米，叫胭脂米。胭脂米煮的粥，不光颜色好，还有一股子爽利的清甜。阜平多山少地，上苍却独独把鱼米乡的气质赋予这条河。1938年晋察冀边区政府在阜平成立，军区司令部设在城南庄。从此，胭脂河便拥有了全新的使命和意义。

我与胭脂河的名字，是神交已久的。在孙犁《山地回忆》、仓夷《婚礼》《冬学》等名篇中，我已经跟前辈们一起记住了这山地间的河流、故事，以及故事中那些可爱的人。那个在河边因为洗脸、洗菜与孙犁犟嘴的女孩子；那个邀请仓夷给大家讲讲政治课的十五岁冬学小先生；那热闹的、拥挤着参观集体新式婚礼的人们……胭脂河养育过多少晋察冀的军民，恐怕只有那些过往的涛声说得清。有多少人经过胭脂河，就一定有多少条如诗如画、如泣如诉、如歌如咏的胭脂河，流淌在他们心间。

斯人已往，胭脂河的波涛青春依然。恍惚间，清脆的流水声中，我听到小姑娘问青年孙犁，"（袜子）保你穿三年，能打败日本不？"关于打败日本和打败日本之后的漫长岁月，孙犁先生和他笔下的小姑娘，也是参与者和见证者。阜平八年脱贫攻坚和乡村振兴的新时代，则由王老汉和崭新的城南庄替他们经历了。在王老汉那双和善的眼睛里，在村庄随处可见的红福字和小草花中，真真地写着当下给岁月的答卷。

因着参加陈勃、顾棣红色摄影艺术成就暨收藏展，有缘见到展览嘉宾、《大眼睛》作者解海龙。"大眼睛"的原型不在河北，但从拍摄"大眼睛"的1991年开始，解海龙与希望工程结缘，与河北许多地方结缘，当然也包括革命老区阜平。把镜头对焦孩子，对焦脱贫攻坚，对焦乡村振兴，一个摄影家每年都到一个老地方，每次记下的却都是新故事。从仓夷笔下的冬学，到解海龙镜头中的希望小学，这当中所承载的时代巨变，多么值得细细体察和思索。而从孙犁、仓夷到解海龙，文艺人自己所走过的路，所担当的文艺传承，也多么值得体察和思考啊。

在展览现场，面对顾棣老亲笔撰写的四百多本中国红色摄影日志，我不由双眼濡湿。那么艰难的战争岁月，这一秒活着，下一秒就有可能牺牲，没有谁给一个十几岁的摄影战士下达"记录"的命令，可他就是那么自觉地详详细细开始自己的观察、整理和记录。这一记，就是七十多年。这四百多本日志，仅是他所进行的海量文献资料记录、整理的一部分。以一己之力，进行中国战争摄影史的保护光大、梳理赓续，只这一个方面的成就和功德，就堪为楷模。

作为阜平走出的中国红色摄影双星传奇，陈勃、顾棣也上过当年的冬学。当然，他们比一般冬学毕业的人更幸运，他们赶上了沙飞、石少华和《晋察冀画报》，赶上了画报社开办的摄影班，一种以照相机为武器，培养摄影战士的"艺术冬学"。少年许国，青春离家。他们以一生的奋斗，实践着当年胭脂河沿岸各村冬学里诵读的誓约，"中国人，爱中国！"

三

我给阜平文友张金刚发微信："我到胭脂河了，你的菜先生呢？"他很快回复："菜先生在对岸的蔬菜基地呢。"《胭脂河畔菜先生》是他之前写的一篇报告文学。其实，"菜先生"不是某一个人，而是一群人，一支很雄壮的队伍。胭脂河畔的冷温室大棚和露地菜，实行传统土作与现代科技相结合，有机栽培，在县商务局帮助下安装了农产品追溯系统，特菜专供北京、石家庄、保定等大中城市。张金刚，就是一个跟"菜先生"缘分很深的人。他不仅写下了大量记录阜平脱贫攻坚的优秀作品，还编辑着县里的文学刊物《枣花》，参与策划组织了若干个摄影展览，经管着一个专门在网上为老乡义务售卖农产品的"香菜团"。文友们给他起了一个绰号——"金刚葫芦娃"，他也乐得承认。

每次见到这个金刚葫芦娃，他的眼神里总是充盈着满格的活力。"文艺人能干的事很多呢！"张金刚这么说。

四

从胭脂河边蹚回新房村，雨已慢慢停歇。不大的广场边，一位中年人开着新式垃圾车装运垃圾。一边干活，一边跟一个老哥有一搭无一搭聊天。他们告诉我，村里的街道卫生、垃圾处理早就跟城镇一样了。难怪，家家户户看着那么各节、讲究。

老哥六十出头年纪，姓李，跟中年人比起来，更显得精明干练。听说我是石家庄来的，马上跟我拉呱开了他在石家庄的亲戚，又指给我看他家新装饰的大门楼。门楼左边画着"喜鹊登枝"，右边画着"松鹤延年"，粉墙黑漆大门，贴着两个大大的双喜字，着实又喜庆又气派。老哥禁不住我的夸奖，悄声透露，当年，他家小院里曾住过八路军的"大领导"。怕我不信，把我请进家门，拿出村里发的"红色宅院"牌匾。李老哥说："我家赶上了当年的土地革命，也赶上了改革开放，现如今又赶上乡村振兴。这日子，就如同芝麻开花节节高。"他家闺女毕业后留在外头工作，儿子也在外边读大学，房子根本住不过来，正打算着拾掇拾掇，开个红色宅院里的乡村旅馆。

告别李老哥，再次遇到王老汉。一回生，二回熟。提起村里的红色老宅，老汉亦颇为自豪。"你知道著名的'五一口号'吧？1948年毛主席亲自修改的'五一口号'23条，就是从我们村发出的！""有'中华民族解放万岁'的'五一口号'？！""对，对！你知道得还真不少。"1948年城南庄会议期间，《晋察冀日报》编辑部正在新房村，近水楼台，成为发布"五一口号"的第一家报纸。新房，这个小山村，也增添了一个令祖祖辈辈为之自豪的红色文化资本。

细雨迷蒙，村里村外弥漫着庄稼和林果的清芬。葡萄园、枣园、梨园、栗园、核桃园迷人的甜香，随胭脂河的风飘进辽阔的山野，飘进每一个人的心田。

十里花廊

十里花廊

到鹿泉的十里花廊，是为了一群白鹭。那是平生第一次见到白鹭，一只、两只、五只……在太平河一片沙渚上，这白羽长腿的精灵，觅食、嬉戏，那么优雅、悠闲。四周一派安谧，清亮的河水，映着它们矫捷的身姿，与水草的影子时而重叠，时而分开，像水中皮影之舞。

忽然，一只鹭飞起来，收腿，展翼，朗声叫了两嗓子，像呼唤同伴，又像说再见的意思。紧接着，精灵们便像白色闪电一样，倏忽之间便消失在绿树接天的云际。沿柳荫匝地的滨水步道一路追寻。心想，它们飞得快，飞得高，但不一定飞多远。步道旁边潺潺的河水，夹岸的菖蒲、苇丛、水芹与三棱草，时时拽人目光。寻鹭，也寻美景。噗喇，一个小跳，是撒欢儿的鱼；咻的一下，水波漾起一圈圈的涟漪，是水蝎子或蛤蜊。记起"西塞山前白鹭飞，桃花流水鳜鱼肥"，这里没有西塞山，却邻卧佛路。沿着卧佛路，可至卧佛山。好奇心把我引向太平河更远之处，也是离山越来越近的地方。

河水愈加开阔，步道另一侧的花阶、花坛越来越密集。河的左岸是花，右岸是林。林拥着花，花又连着花。尽管没追上白鹭，却走遍十里花廊。

花廊全长五公里，秋阳高照，汗水打透衣衫，身体顿然轻松清爽。蝉鸣，蛙鼓，蜻蜓飞，甚至一棵草穗的声音，也会在心里荡起小小的涟漪。极目远眺，黛色的卧佛山安详如许。卧佛之外，还是山。山连着山，云接着云，莽莽苍苍的视觉和心绪浑然如一。

走着走着，腿脚走了岔道，拐进月季园、海棠园与牡丹园，糊里糊涂迷失在花路深处。

十里花廊也隐藏着小镇和村庄，比如，北新城村和南新城村。花廊的路线走熟了，就深入到村庄去。村庄的故事，更令人着迷。北新城村，传说附近曾有一座古城。新中国成立后，发掘出唐代相国"墓志铭"。现在都说是明代山西移民至此，因着古城的传说，取村名"新城"。村庄扩大，向南跨越了太平河，以河为界，分村而治。北新城有赵、米、姚、王诸姓，南新城则马姓最多。1948年春，华北军政大学成立于南新城村。这所大学由原晋冀鲁豫军政大学、陆军中学、青年教导团、晋察冀军政干校和步兵学校合并而成。在村口，一座镶嵌军政大学标识和毛泽东主席题词的灰色门楼，与太平河岸十里花廊的巨型标牌遥遥相望，牌楼庄严典雅，花廊缤纷明丽，仿佛历史与现实相望、对谈。

走过牌楼，村庄也是灰色调，当年，紫花布染成的军装颜色就是这样。旧址所剩不多，都是原来大户人家的房舍。青砖雕花的大门洞，是老时光里的辉煌，也是红色历史的见证。如今，这座村庄实行街长负责制，管整洁，管美观，还管秩序，目标是乡村振兴、美丽乡村。谁家的石榴在小巷深处红了，欢喜得小花狗汪汪叫。院墙上，丝瓜花探头探脑，一只狸猫蹿上了二层楼顶的太阳能光板。

花廊不远就是获鹿镇，不大，却安逸。去镇里，只为了买一个缸炉烧饼。古镇皆有名吃，是"吃货"总结的规律。这里的熏肉、炸花花、饸饹以及煎卷夹肉都有吃头儿，有讲究，我却最馋烧饼捉肉。

烧饼捉肉，又叫"老虎大张嘴"，老获鹿人将熏肉、猪头肉和缸炉烧饼结合在一起，做成美食，这种滋味，远在唐朝就有。熏肉要用果木、松木锯末，柴火细煮慢熏方好。熏的肉，肥而不腻，瘦而不柴，下酒，蒸干萝卜包子，做熏肉面，都是棒棒的。烧饼捉肉，给肉切薄薄的片，塞进酥脆的烧饼中间夹层，咬一口，那才叫香。走在法桐蔽日的街上，看人来车往，漂亮的女孩子裙裾飘飘，一边走一边咀嚼着老烧饼的滋味，灵魂也跟着小城一起安逸起来。

夕阳衔山，群鸟翩翩，霞红铺满画面中央的水面，一叶小舟微荡，让人浮想渔舟唱晚。水岸之上，垂柳蒲花，亭台栈道，亦披了一身霞光，端然，又有几分柔媚，俨然江南。鹿泉建设绿屏、绿廊、绿网、绿园"四绿工程"，山为骨，水为魂，绿为底，人为本。十里花廊，堪称杰作了。

漫步四季花廊，白鹭已成好朋，见与不见，都在心里装着。白头鹎、花咕咕、绿头鸭、大雁、珍珠斑鸠、灰喜鹊以及花喜鹊，稀有的和不稀有的鸟，也在花廊绿带或水滨做窝、小住。去看鸟，便是亲赴花廊时，抬脚就走的理由。

在梨花村

肃宁曾有滹沱河的三条小小支流，其中一条叫老唐河。

这从远古流淌而来的小河，20世纪60年代后逐渐被废弃。十多年前，我第一次拜访老唐河，只余故道及若隐若现的堤坡。而历史上，老唐河从南面邻县饶阳县进入肃宁，滋养了一方土地，也滋养了一方人民、一方文明。从一些散碎的资料看，东周列国时代，这一带设有行宫驿馆；唐代，小河两岸村庄密布，许多村子因河而得名，比如饶阳的东西刘庄，因濒临老唐河下游的长流河，史称"长流庄"，万里镇，处于老唐河河湾，在1958年前一直叫"湾里"。

吕庄，曾经的"码头村"，地处老唐河西河湾。哗啦啦的流水声和热闹的橹声帆影，停泊在时光左岸。天籁依旧在，却是风过梨林，绿涛的合奏。是的，是梨林，而非梨园，有自然的野性和历史的浩瀚在。老唐河断流了，消逝了，却把一群坚守者——一棵又一棵几百岁的老梨树送上历史的前台。老梨树生于堤，生于坡，生于故道，尹庄壮年汉子的爷爷不知其岁，爷爷的爷爷亦不知其岁。一棵树，儿孙满堂，旁逸斜出，繁衍而成家族、世系，而那些世祖们还健朗地活着，继续生儿育女，继续硕果满枝。这样的故事，只有古老的半天然的梨林能发生。

看不到河，就看梨林、看梨树吧。梨林，就是一条波涛万顷的绿流，串起昨天、今天和明天。

在林边一排红砖垒起的简易房前，有几个中年汉子在拾掇活计。问房子做什么用，答曰：梨品收购站。又问哪里有百岁老树，答：向北一百米，满坡子都是。于是，我和同行的朋友说笑着，评点着那些崭绿的梨叶、微红的梨叶、细碎的落花、嫩绿的果实，一路走入梨林深处。阿建弟是林果专业出身，他说，梨树叶子的颜色不同，说明品种不同，刚才那些老树干上，枝条全是新的，那是"高枝换头"，市场上时兴的黄冠梨、红酥香梨，全是这么换来的。"换头？"我不由回头重新打量刚刚经过的那片老树新枝，打量老干上累累的锯口创痕。黢黑粗壮的树干，柔韧的新条，亮绿的嫩叶，娇柔的花朵——老梨树的生命力、适应力、创造力，让我肃然起敬。

老唐河的梨林啊，曾产下多少果实，回报养育她的皇天后土，勤谨百姓。这块土地，得河水的泽被，沙壤肥沃，雨水充沛。这里的鸭梨，果形端正，色泽鲜亮，甜脆无渣。明朝时，湾里鸭梨即被指定为皇宫贡品。20 世纪 50 年代后，老唐河鸭梨成批量经天津口岸外销，为新中国的发展建设换取外汇。

树，还是树。春的香雪海已经错过，梨树枝头，绿华冉冉，只点缀着星星点点的白。但没什么可惜，梨林一天一种景致。少了繁花的吸引，反能腾出眼力给那些老树。老的只剩下深根、树皮而擎起勃勃新枝的生命树，老的千疮百孔、丑陋不堪而无怨无艾的自在树，老的华枝春满、天心月圆的修行树，老的连理垂枝不弃不离的并蒂树，每一棵老树，都像一位睿智的先师，似一部深邃的著作，如一件活着的雕塑。

林深叶茂，我和朋友们不时走散，不时迷失方向，只有高声呼唤，甚至动用手机，才能保持联络。我说："抗战时期要在里边打游击，敌人准找不到。""你说对了，抗日战争年代，老唐河两岸都是游击区。这老唐河堤上，至今还埋着抗日烈士的遗体。"丫丫的回答，再次令我肃然。

老唐河故道，是一片红色的热土。离尹庄不远的万里村，有当年齐会战斗临时指挥所旧址，贺龙元帅当年还在村里住过。战争、遗址、烈士、老唐河、坟墓，当我一次次咀嚼这些字眼时，便对那些老梨树的创伤，刀劈火燎的疤痕，那些龟裂的树皮，被洞穿的树干，有了另一层的解读。

在一处老堤坡，我们有幸结识了吕庄的尹哥夫妇俩，他们在给梨树松土锄草。大姐五十大几岁，性情开朗，快人快语，尹哥不爱说话，却也一脸和善厚道。见我和朋友们喜欢他们家的树，大姐特来神儿，教我们锄地，与我们合影。大姐还约我们常到他们家的梨林玩儿，"看到没，从这棵最粗的老树，一直到东头的老官道，都是俺家的。树随便爬，梨熟了管够吃。俺家梨的品种可多呢，酥梨、面梨、鸭梨、广梨、黄冠、秋子梨、杜梨，想吃什么摘什么，不要钱啊！"

多可爱通达的梨农，大姐不经意间为自己的梨做了个广告，而这个广告做得暖心达肺。人与人之间的缘分，就因这么一次偶遇而起。

再赴老唐河、古梨林，是七年前陪公婆游梨花节。那个明媚的夜晚，看完万顷梨花，我们踏着月色回家，满脑子都是花香蜂萦。"梨花搭台，文旅唱戏"，那梨花节的主场，还是吕庄一带。或许从那时候开始，家乡的梨花潮已经与美丽乡村的大潮融为一体。阿建弟说的老梨树"高枝换头"，只是潮起潮落的一个细节、一个音符。

一次次老唐河故道行走，梨林、人家，以及来自梨花村庄的消息，在我的心里密织成另外一条活态的、蓬勃的河。

由肃宁人自编、自导、自演的电影《梨花村的笑声》走进了清华大学的艺术欣赏课，本色出演的大爷大娘们，就是"梨花村"的梨农，他们在梨林里疏花、疏果、套袋，甫一收工，擦两把脸，掸掸身上的落花轻尘，一转身便走入片场。二百岁古梨树下搭戏台，梨林剧社起社了，老老少少忙完梨果合作社的事儿，坐下来，吹着清甜的梨风，拉个胡琴，唱上几嗓子，别提那个美。梨乡挖掘红色文化内涵打造特色小镇，对贺龙、白求恩故居，齐会战斗指挥所，都进行了原汁原味的保护。

这些消息，有尹哥夫妇传递的，也有我回乡去亲见亲历的。大姐自豪地告诉我，她也被选上了电影《梨花村的笑声》里的演员呢。年轻时曾参加过村文艺宣传队，大姐文艺细胞充盈，她自编歌词《春到梨花村》，一边在梨林干活，一边哼唱，用她的话说，连梨花都给唱醉了。

今年入冬，吕庄大姐过世了。大姐年逾古稀，身子骨一直硬朗，不该早早谢世。我和她不是亲人，却有着亲人一般的缘分和情谊，我默默流泪，祝祷大姐灵魂安息。大姐是在幸福中离开的，她的歌声、笑声会留在人间，为子子孙孙更美好的未来祝福。

立冬时节，故乡古梨林的梨叶正红。萧萧风过，一坨一坨的红叶翻卷着，涌动着，像古老的波涛漫过。红叶，是初冬对大地的情谊，是大地对春花的呼唤。来春，我还会回到故乡，去行走老唐河，拜会古梨林。学着"梨花村"人的样子，在梨树间打地摊，闻着花香，撮起一抔抔沙土细捻。

三杆火

农历正月十八，上午十点左右，太行深处，清凉山脚下的一个村庄，从雾霭中拔出脑袋。

忽然间，鼓乐喧天，人声鼎沸。刚刚从雾霭中拔出脑袋的村庄，情绪饱满地跟远客们打着招呼。

这里，是石家庄井陉矿区贾庄镇的西岗头，行政区划刚改为西岗头社区，但谁也叫不习惯。今天，西岗头要"过会"。

"过会"，是矿区一带对元宵社火活动最亲切的叫法。各村过会都有固定的日子和固定流程。自正月十二开始，一直到正月二十，几乎天天都有村子过会，特别是正月十五到二十这六天，每天过会的村子都有四五个。不管是不是自己村过会的日子，所有过会村的社火花会都要参加，不受行政区域划分影响，一些厂矿企业也积极组织自己的社火队伍加入。这就是"连庄会"。

过会，始于祖先对土地和火神的崇拜、祭祀。

"社"，古指土地神。《白虎通义·社稷》记载："人非土不立，非谷不食，土地广博不可一一敬也，故封土立社。"郑玄作注:"后土,社也。"之后为便于祭祀土地神,又称社为地域区划最小的单位。《管子·乘马》曰:"方六里,名之曰社。"即方圆六里为一社。以社为单位"击器而歌,围火而舞",故称社火。社火是中国民间传统庆典狂欢活动,具体形式随地域而有较大差异。比如井陉矿区这一带,过会、耍社火,除了祭祀土地神,还增添了祭祀火神的内容。他们在过会这天,要举行独特的祭杆仪式,入夜,燃放杆火,这与当地人对火神的崇拜有关。

西岗头过会从哪年开始,已经无从考证。传承至今依然红火热闹,却实为难得。

我们到达的时候,村中央文体活动中心戏台上,已悬挂起"矿区西岗头连庄会表演中心"的大条幅。活动中心广场两侧的区间路以及旁边的大街上,甚至临街人家的墙头上、房顶上都站了人,大家伙儿拔着脖子等待着即将开始的表演。卖棉花糖、烤鱿鱼卷、冰糖葫芦、麻辣串、气球、毛绒玩具的摊位,跟人流搅和在一起。社火小演员,脸上勾着浓重的彩妆,身上穿着鲜亮的行头,在人群里穿来穿去,一会儿凑到小吃档跟前买个糖葫芦,一会儿弄个烤肠,边玩边吃,格外引人注目。

提前几天,村里人已经邀约了周围村庄的亲戚,甚至给县城、省城的熟人朋友打了电话,以过会的名义来热闹一天,叙谈叙谈、歇年、喝酒、喝茶。所以,除了街上一大早就有了过会的味道,家家户户也已经为过会忙得不可开交。酒肉菜蔬茶果置备齐整，女人们天不亮就开始操办一整天的流水席，家庭成员中有做花会会首、演员、指挥、维持秩序者、播音员的，也到街上各就各位。负责杆火的，头一天已经把杆火扎好，并且立到预定的位置。过会日早晨，要举行迎杆、祭杆、拜神等仪式。

西岗头这些年进行了大规模的新民居建设，老房子所剩无多，村民大多搬进了集中连片的多层住宅楼中。随着生活方式的变化，过会的程式也有所改变，比如，燃放杆火的火场转移到了村外一个比较空旷的地方，社火表演则在文体活动中心广场。

我们的车子停在文化中心西侧的居民小区内。很多外来车辆也停在宽敞的楼间空地上。轿车、面包车、机动三马、摩托，胡乱停了一大片。人们脸上荡漾着喜悦，不管认识不认识的，见面点头致意，村民和客人们，相互簇拥着、寒暄着，汇入大街上涌动的人流。

作为远道而来的客人，一到现场，村里一个管事的漂亮女孩就递给我们每人一份关于花会安排的文字材料。哎哟，今天可不是普通的过会。这会，叫"连庄会"。连庄会的意思，就是好多村子一起过会，光花会表演方阵就有来自十多个村子的数百名演员。

过会，从迎杆开始。今年一共扎了三杆火，并且提前立到了村外公路西的火场，很多程式自然简化或分散了。但仪仗依然很讲究，炮队、仪仗队、烟火队一项都不少。

迎杆队伍从村子东头出发了。

炮队头前开路，炮手们一路布下"炮阵"，二踢脚、窜天猴儿等各种各样的爆竹依次点燃，炮声震得人心慌，年轻妇女和小孩子们都捂着耳朵。一个小女孩哭了，嗲着嗓子撒娇，说耳朵疼。男孩子只嫌炮不响，踮足仰头，看着那些爆竹飞上高空，电光一闪，炸开一朵灰白色的烟云。炮声高亢，浓烈的火药味道在街上流转。似乎，只有这传承已久的声音和气息，才足以烘托迎杆、祭神的神秘、庄重和热烈。

炮队之后是仪仗队。两位扛着小红旗的"总指挥"走在最前边，引领由小学生组成的彩旗方队，紧跟着的是演奏铜锣、唢呐、钹、镲等的人组成的吹歌队伍，吹歌队伍之后是举着"肃静"招牌的执事，执事之后是威风凛凛的西岗头村女子军鼓队。

仪仗队过去，盛装的花会方阵才姗姗登场。

迎杆程式隐去。或许很多年轻人并不了解杆火的来历，也不懂得迎杆、祭杆的诸多讲究，但村里人对过会的热情不减当年。踩街、撂场表演，招来一番又一番叫好声、口哨声。对多数人来说，祭祀火神并不重要，看一场原汁原味的社火花会，才是最过瘾的。

龙鼓队的小伙子们，打着两条彩色绸缎扎制的巨龙站立于街道两厢，龙头朝着队伍前进的方向高高昂起，气派非凡。等待花会踩街经过的村民、记者、自由摄影人自觉排成两溜儿，站在巨龙之后，街当心就成了一处随时可供撂场演出的舞台。

眼巴巴的等待中，花会方阵终于行进到了跟前。没什么商量的，停下来演吧，跳吧，扭吧，只有拿出看家的本事，演出最拿手的绝活儿，才对得起父老乡亲们热情的掌声、叫好声。

北凤山拉花，赵庄岭抬皇杠、跑旱船，白彪村猪八戒调媳妇，西岗头晋剧、老娘送闺女，井陉二鬼扶跌，全是国家级、省级、市级非遗项目。有的几次上中央电视台，有的参加各级比赛载誉而归。不管走过多少地方，获得多少荣誉，只有家乡的春节、元宵花会，才是最好的舞台。今天，他们都拿出了看家的本事。

赵村店安塞腰鼓，矿区镇的抖空竹、跆拳道等，是井陉矿区花会表演吸收外来艺术形式的再创造。尤其抖空竹，这一古老的民族艺术，被现场表演的几位师傅操练得炉火纯青，闪展腾挪之间，红旗、灵蛇等造型的空竹旋转起来快似流星、疾如闪电。安塞腰鼓队，把陕北高原的民间艺术引进来，演员虽都是土生土长的矿区人，一招一式却颇有"陕北范儿"。

花会方阵停停走走，走走停停，接近文体中心广场时，已经是中午时分。在这里，各村的花会要轮流下场表演，这是过会的一个高潮。

我喜欢武戏社火。西岗头的《三英战吕布》，场面十分宏大。演员就是村里的普通人，素日里该种地种地，该打工打工，但他们一装扮起来就成了"角儿"，打筋斗、前后空翻，个个身手不凡。小伙子们使用的兵器也花样繁多，刀枪剑戟斧钺钩叉齐上阵，动作流畅，气势撼人。演员的勾脸、服装、道具，也格外讲究。

抬皇杠，要有过人的力量，更要有苦练而成的功夫。七八十斤的杠箱，由两人抬行。抬杠行进中，抬前杠的杠头顶着自己的膀子，抬后杠的杠头顶着自己的锁骨，一人向前倾，一人向后仰，右手叉腰，脚踏鼓点，随着抬杠人的扭动和木杠的自然颤动，两只铁环发出嘭嗒嘭嗒的敲击声。抬杠队的步伐很有讲究，往前走七步，举杠牌者向后一转身，杠牌就地一蹾，杠夫就换肩，换肩不用手，动作利索而有节奏。抬杠在行进中还有凤凰展翅、孔雀开屏、梅花盛开、牡丹流香、四龙聚首等造型表演。

我暗下里想，如果没有火的图腾崇拜，就不会有"杆火"的诞生，不会有迎杆的古老仪式，那是不是也不会有过会习俗的产生？采访中，村里老人说，杆火不是西岗头所独有。井陉矿区人，在敬奉土地神之外，都拜祭火神。交火费，立杆火的习俗，一代又一代流传至今。每年过了正月初五，村里有地位的尊者就开始组织人上门入户收火费，各家各户根据自己的能力，自愿捐献一定资金，村集体再出一部分，周边厂矿企业也赞助一部分。火费有了，就张罗购置各种各样的鞭炮、礼花弹、闪光雷。

西岗头正月十八过会，十七上午就必须扎杆火。扎杆火由村里有经验的老人组织，先找一根长度在八米高的树干，支起平放，用高粱秸秆扎制一个长方形框架，中间再扎一个一个的小方格，然后在高粱秸秆扎成的骨架上插上各式各样的焰火，按由下向上的顺序连接好，不能出一点差池。扎好的火杆，专人看管。有些富户为了还愿，有时会单独捐一杆火。多数还愿的，是准备一些供品，由自己家的人用方桌抬着，随着踩街队伍到火场还愿。

今年，西岗头除扎了三杆火，还安排了八桌面牲作为供品。

在迎杆队伍中，走在最后边压阵的是烟火队。由于杆火已经提起立于火场，队伍里最耀眼的，自然就数那八桌面牲了。

面牲，专指用来作为供品的面花，是面塑的一种。井陉矿区毗邻山西，人员往来频繁，文化相互交融。西岗头的面花，就明显具有山西面塑的特点：规格硕大，造型逼真，色彩艳丽。我数了数，今天的八桌面牲一共是二十四组面花，每桌三个。迎杆队伍行进中，抬面牲的男男女女，也随着前边的炮队、仪仗队、花会方阵走走停停，人家摆场演出，他们也将供桌依次摆放在街道当中，一桌连着一桌，像一条面塑的一字长蛇阵。如果留心细细观看，你会发现，同样是一个基座、一个馒头状的主体、最上边装饰各种花饰图案的二十四件面牲，基座和最上部的装饰，造型和色彩皆千变万化，没有一件重样的。惟妙惟肖的灵蛇，栩栩如生的祥鸟，咧嘴儿的石榴，盛放的菊花、牡丹，无不令人叫绝。

村里民俗学家赵爱生说，老年间村里遇白事，都要蒸面花，逢年节上供也蒸面花，几乎家家主妇都会。现在，村里巧手的人不多了。而一个抬供桌的姑娘却不以为然，她说，今天这八桌面花不是最好的，有的人家过事儿，那面花蒸的，比这个可漂亮多了。

晌午，花会在文化中心广场的汇演还没结束，我专门到火场去转了转。果然，三杆火已经绚烂地矗立在那里。微风从山中吹来，用来装饰的纸花轻轻摇曳。一杆火，就是一架精美的艺术品，即使不燃放，也美得惊人。

三三两两的妇女，应该是扇鼓队、军鼓队的吧，还没脱下演出的服装，也没卸装，就结伴来火场拜神了。火场布置很简单，没有见到土地和火神的神像。八桌面牲安放在离杆火五六米开外的南边一侧，供桌前边是一个砖块垒成的香炉，香炉再南边就是跪拜磕头的地方。妇女们很虔诚地跪下去，土地和火神已经常驻在她们的心间。

杆火在入夜以后燃放。燃放杆火，是过会的最后一个高潮，也是祭杆仪式的终结。按照惯例，杆火由村子里长者点燃。各色烟花沿下部开始向上依次燃放，腾空而起的七彩烟花映照着星空。到了杆火的顶部，会有太阳和月亮图案的烟花出现。

一个短暂的停顿和静止，人们屏住呼吸，目光凝聚。期待中，太阳和月亮图案清晰映照在高空，人群里爆发出一片喝彩声。

有民俗文化学者提出，中国也有狂欢节，在正月十五，并且历史悠久。早在宋代，大词人辛稼轩就曾如此描述元宵盛况："东风夜放花千树，更吹落、星如雨。宝马雕车香满路。凤箫声动，玉壶光转，一夜鱼龙舞。"

的确，元宵节期间民间娱乐活动，将中国的春节文化生活带向了全身心释放的另一极——狂欢。住进高楼大厦的 21 世纪西岗头村农民，延续着始于穴居时代的图腾崇拜、自然崇拜，并且将传统文化精神与时代精神相融合，生发出一种新农村社区社火花会文化的新模式——逢节日娱神、娱人，在平日则"娱市"。

娱市，意即走市场化道路，并且在闯市场的过程中创造、分享文化红利。当我问到春节花会活动好不好组织这个问题时，一个管事的人爽脆回答："非常好组织，村干部稍微一动员，村民们都积极参与。"他说，一是矿区民间社火有传统，二是这里不少的农民从中见到了效益。比如拉花，闻名全国，除了文化展演，也参加商业演出。西岗头村的清凉山龙鼓艺术团，从 2003 年成立之初的四十人，发展到二百多人。

每到冬季，西岗头村的孩子们在周末，特别是寒假，都愿意参加村里的社火花会节目排演。今年的武戏《三英战吕布》，吸收了十多个娃娃演员。孩子们从小看社火，亲自耍社火，传统文化印在心里，一辈传一辈，就是自然而然的事情。照这样的势头，不发愁非遗传承后继无人。

西岗头的龙鼓艺术团，外出演出见过大世面，用赵爱生的话说，女人们一个个都"疯"着呢。跟拍花会踩街表演时，漂亮的大妈、大姐们果然特别大方，你的镜头越是对着她，她扭得越起劲，脸上笑得越欢。我想给社火小演员照张相，一个小家伙儿马上招呼来他的同伴，并且出主意，要我以村里的戏台为背景给他们合影。相机准备好了，小演员们啪啪啪摆出酷酷的造型。

我为社火小演员合影照的背景，是悬挂于戏台一侧的"金鼓王"大旗。这面旗，是龙鼓队在石家庄市鼓王争霸赛上得来的，被村民视若珍宝。而戏台对过，一条道路相隔，则是村里尚未拆尽的少量传统民居。正月，春联、福字正红，那些高大的门楼上分别挂着"和为贵""谦受益""松竹梅""勤俭持家"等匾额。

镜遇

六点三十五分，我准时出现在洗面台旁。这个时间点儿，西邻二宝往往会有一声穿云裂帛的赖床哭，而十分钟前楼下的豆浆机已经扯着嗓子轰鸣过第一遍。晨洗，赖床哭，以及豆浆机的轰鸣，其实都可以看作人生的某种程式。结庐在人境，分分秒秒，都可以拆解为一帧帧由各种画面来呈现的程式。

洗面台贴着西墙，墙上装着一面镜子。洗脸毕，我并不急着去擦，而是习惯性地抬起头，望一眼镜子里的自己，确切地说，是洗面这个程式结束时的自己。一个水珠从额头簌簌而下，跟脸颊、鼻头儿上更小更细密的水珠汇合，在鼻翼旁形成小小的溪流和湖泊。皮肤如干涸的土壤暂时性缓解了旱情，湿漉漉的，享受着江南水乡的富足。眼的干旱，却是一个洗面的程式所不能够缓解的，不同方向的折光，遮蔽住它们原本的澄明，显得混沌而斑驳。

六点四十分。Sun 在厨房里喊："嘿，快来看，咱家来喜鹊了。"我带着满嘴的牙膏泡沫从洗面台前直接把自己弹射出去，还是没赶上看一眼那只据说专门负责给人间报喜的喜鹊。从洗面台到厨房，至少有六米的距离，我都惊奇自己有那般本事，能在瞬间完成弹射的高难动作。原本，我应该在完成洗面刷牙的程式之后，以近乎优雅的状态跟Sun一起把早餐端上餐桌，然后对面而坐，边进餐边刷朋友圈边交流各自感兴趣的新闻或趣事。一只喜鹊的光临，却打破了程式之间的固定衔接模式。

那一定是只瘦削的灰喜鹊，而不是体形健硕的花喜鹊。灰喜鹊在城市和乡间都做窝，有一棵树或者一片草，它们就能过起小日子，雄鹊和雌鹊一递一声聊天、传情、拌嘴，或者邀请来一群老老少少的七姑八姨三叔四弟，开一场看上去既亲热又喧闹的家族会议。灰喜鹊的适应力让人叹服，在废弃的工厂区，在冬季毫无生机的臭椿树上，它们都能准确地获得食物，嘎嘎地大声说笑，从不介怀家族性嗓音喑哑的缺陷，更不管他人是否介怀。花喜鹊在我印象中只在大野中过活，它们的饮食起居一定更为讲究，比如坚持有机原则、膳食平衡，比如坚持锻炼，保持肌肉的形态和力量。蓝羽白肚的花喜鹊，飞翔比停泊更为优美，它们属于天空中的自由诗人。

喜鹊，让我蓦然想起格子，那个每天早晨咬着一个烧饼上班的女孩。格子细细高高的身材，脸上的皮肤细致白皙，一双不加修饰的凤眼尤其俊朗。那丫头人前经常是微笑着，晨光中，她一笑，眉毛、眼睛、嘴角一起笑，脸颊显出淡淡的粉晕。微笑着的格子，让人心疼。二十五岁的格子，其实不简单，公事私事各有章程，我这个中年人倒每每自愧弗如。买房和结婚，都需要大钱，格子对自己的每一餐饭、每一件衣服都卡得很紧。

一个阳光透亮的早晨，我跟格子一起看一只停驻在办公室窗台上的灰喜鹊。鹊儿圆溜溜的眼睛跟那个钟点的阳光一样，透亮得像两面小小的凸透镜。它隔窗与屋里两个即将开始工作的女人对视一番，一声没吭就飞走了。我说，灰喜鹊，早报喜。格子说，喜事确有一桩，一个短篇小说某杂志拟留用，听说是有稿费的。看着格子的波澜不惊，我心里羡慕的小火苗呼啦冒了一下，要知道，我这个老文青也在偷偷做着作家的梦，我怕嘴里的"恭喜"也含了点点酸味儿。格子似乎没在意，到底有一份小小的兴奋，她的眼睛、眉毛和嘴巴都要笑得比平时深刻。她说，要是不用加班就能挣到足够生活的工资，她就一晚一晚地写作。足够生活，是指每天早晨一个烧饼一袋袋装牛奶的标准吗？我没问过她。格子对自己的刻板甚至苛刻，让我感觉到跟她年龄不相称的强大内心力量。那天，格子收到了一份样刊，外省纯文学刊物，公开刊号，却没有稿费。那是我第一次看到喜鹊在清晨光顾我们办公室的窗台，也是第一次得知公开出版物也是可以不给作者开稿费的。格子微笑着，熟练地拆开装样刊的信封。格子的笑，分明沁着一丝凉凉的东西。

七点二十分，再回到镜子前。我的家，只有这一面镜子，一面镜子，对于不经常照镜子的人，已经足够。美丽的女人，身上都揣着一面镜子、一支口红。我自知平庸，照不照镜，抹不抹口红，都改变不了我的平庸，干吗还要多此一举！我号称，自己同这个世界的联系，有一撇一捺相互支撑的那个字就够了，不希望再增加花里胡哨的定语。我曾经那么笃定，在汹涌的人潮中，每个人不过是一尾面目模糊的鱼。城市街巷，早晚各一次涨潮时刻，真的人潮如鲫。每个人都以极快的速度游动，如同坐在高速行驶的列车上，旁边驶过另外一辆高速列车，会有瞬间的失速感，好像两辆车都停滞着。通常，处在这种失速的状态，我总是目视前方，旁若无"鱼"。既然互不相干，我只需照管好自己。到底有走神的时候，猛一甩头，入眼竟是一个抹口红涂眼影，妆容讲究的中年女子。紧蹬几下单车，潜意识要拉开距离，甩头，又是一条口红鱼！快速游动的人群，会不会因为一抹性感的口红，带来一波额外的心电波动，我无从知晓。但口红鱼事件，立即打碎了我心底那一点点混迹于人流便可掩盖平庸的自欺。这个世界，谁又能逃脱谁的眼睛，哪里真正存在一条面目模糊的鱼？城市口红，非我同类，也非格子的同类，站在性别的角度，她们又确乎是我的同类。一抹游动的明艳，在我素面朝天的信仰面前，如玫瑰绽放，如旗帜招展。

洗面台前的镜子，只能照到我的头发、面部、脖子、肩膀。这四个部分，写满一个人、一个女人的所有秘密。

好在，镜子镶在我的家里，家是我的私产，它忠于我，我所有想要隐藏的东西，它都守口如瓶。每天，我洗三至四次脸，三至四次与我自己的镜像相遇，我觉得，这已经够了。夫子说，吾日三省吾身。夫子那个时候，用的是铜镜，或者干脆在铜盆里盛满水，以水照影。能够让人在镜子里纤毫毕现的玻璃镜，明朝才传入中国。铜鉴再精细，也只能照到一个模糊的面目，这一点我在很多个博物馆亲自试验过。所以，夫子更重视心鉴。每日三次以心为鉴，他终而修炼成圣。我每天三至四次相遇镜子，却越来越慌张，力不从心，缺乏底气。镜子告诉我，你又该染头发了，你的左脸颊生出了一小片暗斑，你的法令纹比几个月前更深了。我家的镜子，对外替我保密。对内，它可像诤友一般，一天告诫我三四遍，喋喋不休。

不喜欢镜子，镜子却无处不在，比如灰喜鹊的眼睛，冬天一片小小的冰面，无风时的太平河、滹沱河，单位的玻璃门，写字楼的玻璃幕墙。无所逃避的镜子，有时让我产生窒息感。人与人，四目相对，两心相照，镜像相互映现，瞬间的投影，即便错位，即便表象甚至假象，善恶美丑，瞬息永恒，也许一辈子不会再有修正或解释的机会。

周末，我也骑单车在城市穿行。人潮终于停歇，小街，由清一色的国槐撑起嫩绿色凉棚，行人寥落，春色深深深几许。一只灰喜鹊从路右侧的一棵槐树，飞到路左侧另一棵槐树，吱的一声喑哑歌唱。喜鹊族的嗓音都是生锈的，实在与优美婉转等字眼相去甚远，与其为人间报喜的功能不相匹配，我常常因此而遗憾。

路左侧的槐树，正对着一家烧烤店，是我曾在夜晚时分喝过一杯啤酒、吃过一串烤串儿的店。散步路过此处，H教授坐在小店门口一张小桌旁。他跟我是一个小区的，见我如见亲人，热情招手，邀我过去喝一杯。坐定，方发现教授摆的是流水席，另外三个座位刚刚有人走了，正空着。教授的脚边，立着四个空的啤酒瓶，桌上碟子里，躺着六串烤好的肉串。教授说，他是吃过晚饭之后来吃烤串的，他就好这口儿。他一个人占领着一张小桌。他说，一直观望着两边的便道，有路过的熟人，就喊过来喝上两杯。H教授属兔，已过知天命之年，头发花白、稀疏，四肢纤细，肚子却很大，像一口扣着的锅。那一口锅中到底盛着多少过剩的能量，多少过剩的寂寞，没人知道。一个为人解除无数病痛的医学教授，却无法戒断嗜好烤串儿啤酒的习惯。他又喝了不少酒，却清醒着，任由过剩的能量充斥于所有的血管和脏器以及皮层下的空隙。他正一步步把自己送进当代城市病的行列。H也为减重努力过的，有一段时间我和Sun每周到南高基公园爬扶云山，好几次遇到他一身短打满头满身的汗水。终究，他是放弃了。

另外一个夜晚，在烧烤店对面的便道上，我碰到过另外一个邻居Z。瘦小身材，猫一般轻灵。槐影制造的深深黑暗中，他怀里抱着一只狗。他也是一位教授，省内知名教授。可是，一定没有人知道，他在暗夜里亲昵地抱着一只小型宠物狗散步。白天，他只能是一个体面尊贵的教授。只有夜晚，他才是一道怀抱着婴儿一般怀抱着爱犬的影子。后来，我在白天与他相遇，竟脱口而出，你的小狗儿呢？他愣怔片刻，脸颊掬出一抹笑意。死了，车祸。他说。声若游丝。我再也没有于夜的槐影中见到Z教授的影子。后悔，那一问有点唐突。Z教授的故事，让我认识到，有一些脸需要借助夜来辨析，而不是镜子。

老C倒是经常见面，她开着宝马轿车上班。她的家到单位直线距离只有五百米，为开车，每次上班沿着单行道绕行一周。我家到现在的单位是八百米，单车骑习惯了，八百米我依然骑行。同事劝我改健步，可我放不下单车，如同H教授的身体里不能没有烤串儿，老C的路上不能没有宝马。据说，老C是个极能挣钱的人，她那副娇小的身板，长着无数张无影无形的钱笆子。她最本事的是，把人卖了人家不但帮着数钱，还把她视为神明一样的存在。H教授得脑梗的消息，是老C告诉我的。"你说说挣那么多钱有啥用，好不好的就过去了，就算活着，也得瘫啊拐的。"老C的嗓子居然那么哑，跟喜鹊的音色仿佛。那一刻，我敢保证，她的眼神充满真诚。一个钱笆子的满目真诚，真是喜感的反讽。

Sun有次在晚餐时讲了一则寓言。某一天，专司人类财富的神（姑且称财神），想看看自己在人类心中到底什么地位，于是幻化为凡夫俗子的模样来到人间。一到下界，刚巧遇到正在出售泥塑的雕塑家。他问，宙斯多少钱一个？雕塑家说，一个银币。他接着问，维纳斯多少钱一个？雕塑家说，一个金币。忽然，财神见到自己的雕塑，不禁窃喜。他问，这个财神多少钱？雕塑家抬起头，看看他，说，你若真心要，三件泥塑，你就付一个金币加一个银币吧，财神算是赠品。那夜，我枕着寓言入眠。

八点整，我准时抵达单位。我把单车泊在车棚的第三根柱子下。只要这里空着，我每次都在此泊车。我不在寓言中的雕塑之列，雕塑都是一个比一个大的神。我是一个肉眼凡胎的人，只需要一个实实在在的位置，停泊我的单车。

灰喜鹊在头顶飞过，喑哑一声，似乎是跟我打招呼。这是今天第二只吉祥鸟。第一只，曾光临我家厨房窗台，可惜，那时，我正在洗面台前照镜子。格子在失联几年之后，偶然在"金秋书市"相遇。这是一个声名显赫的书市，利用老火车站的地盘，每次都能吸引来全国上百家出版社。书市往往能淘到折扣很低的好书，幸运的话，还能搞到大作家的签名版，甚至有合影的机会。书市也是一处人海，人气高的展台，水泄不通。格子的声音依然明亮而有磁性，一笑，眼睛、眉毛、嘴角一起笑。不同的是，格子涂了口红抹了眼影敷了粉底，她的微笑里，把一分疏离藏得更深。失联这几年，格子到底怎么生活的，她没提，我也没问。

她只淡淡地说，这次书市，出版社将为她的新书做一个发布活动。我依然是个潜水的老文青，起了低调的笔名宁雨，算是文学面具吧。宁雨二字，偶尔出现在报刊上，一些场合，也会被介绍为作家甚至著名作家。开始时，我感到惭愧，惭愧到整个饭局都不敢言一声，慢慢地，脸皮和内心都长了茧子，茧子越来越结实，也便从容了。格子始终不知道我也写东西，不知道也许更好，两条熟悉而又陌生的文学鱼，各自游弋，也各自自在。

若不是因喜鹊而想起格子，几乎忘掉今天是周日，我是来单位值班的。值班之外，我还时不常安排自己加班。作为一个小团队的头儿，不加班也没人在后边拿鞭子抽我。但凡手里压着活计，我就上火，舌苔厚，嗓子疼。加班，是一杯败火的清茶。就像 H 教授离不了烤串儿啤酒，Z 教授爱宠物狗，老 C 爱宝马。我的职业，是跟方块字打交道。暗淡的夜色里，整座办公楼唯有我的窗口灯光摇曳，这样的时刻，假若我的灵魂站在我的对面，一定可以看到我平庸的皮相居然笼了一层光晕，甚至有点妩媚了。

办公楼里很静，只有装修工在公共洗手间里施工。那些装在洗手台上方的镜子，因为重新装修的需要，全拆除了。五楼楼道里有一方镜子，那原本是嵌着杂志社名字的玻璃，镶在一间会议室的墙上。人多了，办公室不够用，就把会议室也改造成了办公室。玻璃拆出来，靠墙支在楼道里，总有漂亮的女同事在此流连。楼下的也有人来照镜子，年轻女孩，有好几个我不认识。人到了一定年龄，不认识的人就不想再认识了。人与人，彼此互为镜子，也互为驿站。这十几年里，办公楼来了多少人，又走了多少人，谁能说得清？

洗手间的镜子拆了，幸亏我们还有一块玻璃可以代替镜子。干活累了，在走廊里溜达一圈。如遇美人于镜前巧笑倩兮美目盼兮，终竟心生欢喜。

春树理发馆及其他

一

这风，仿若一个穿粗麻裙的高挑女子，走得不疾不徐，只见得裙裾款款摆动，眉目温婉自若，却把气温招惹得急慌慌的，一夜之间降了十几度。

街，更贪睡了。

早晨六点多钟，街上物事还笼在幽暗中。此刻，最引人注目的，是那些泊在垃圾站前的环卫专用三轮。清一色的浅橘红，见棱见角，却又分明是温情脉脉的，与黢黑的栏杆、婆娑的树影、灰白的墙壁，恰到好处地配合、冲突甚或对抗。环卫三轮，总离不开它的主人左右。比如今天，环卫工们一定比平日都来得早。你看，路牙石旁边，国槐的落叶已经打成了堆儿。街的那头儿，有几点模糊的浅橘红慢慢移动着，是他们在劳作。说实在的，我个人并不赞赏今天这样的劳作。那些落叶，自然堆积在路边多好呢。这条街的街树，是清一色的国槐，落叶也绝无掺杂，都是鹅黄浅绿的薄薄的写满筋脉的卵圆，素朴而内秀。待到太阳升起，小小的叶片在风里聚成群，舞着蹈着，从行人的眼前经过。细听，它们还唱着一种太行山里的民间小调。那些舞蹈，那些歌唱，会让一条街的整个落叶季平添一抹小小的浪漫。

当然，落叶情结，不会影响我对这群早起者的敬意。甚至，他们偶尔在黎明前粗声大嗓地招呼、调侃和嬉笑，那么粗糙地打破一条街的晨梦，我也觉得没什么了不起。他们的恣肆、粗糙，才更真实，更轻松，更自在。一如我居住了十年的这条街，跟这座都市里会聚了诸多酒吧、练歌房、咖啡馆、茶楼等所谓时尚元素的名街相比，有些破落、土气、保守、不起眼，可是，它踏实、静气，有点像闹市中的隐者。

街上曾因为发生过一条新闻，而在省城名噪一时。那是若干年前，街道连续三次出现大面积路面塌方。于是，"某某街塌了""某某街又塌了""某某街又又塌了"，作为头版头条，相继出现在一份在市民中很有影响的报纸上。那段时间，我跟人说话都变得有些口吃了，似乎是受了"又……又……又……"的心理暗示。跟着新闻，来了一批又一批抢修人员，机器轰鸣，挑灯夜战。奇怪的是，看热闹的并不多，如我这般好事之徒，也只是晚上遛弯时，顺便扒着施工围挡的缝隙，看看进度，转身便走了。因此，出事时，街上的秩序还算井然。

还有一桩值得一提的事件，是街中央丢过一个雨水井盖。所幸，丢失井盖没有造成更大的事端。在我这个早起一族发现井盖丢失时，雨水井的周遭已插满干树枝作为警示。没有人去追寻好人好事的线索，也没有人为了公共设施被盗而愤愤不平。街上的人，依然我行我素。据说，街上也安装了治安电子监控系统和电子警察。不过，我从没注意过，也不知道它们在什么位置昼夜站岗。

我最喜欢的，是在风日晴好的白天或者晚上街灯亮起来以后，在街上悠闲地逛来逛去。修修自行车，钉个鞋掌，换颗夹克上的扣子，买把儿芫荽、香葱……随便一个差事，便是我逃离电脑，蹿到街上的理由。一来二去，街上的三教九流，多数都能混个脸熟。街角卖菜的，是河南来的小两口儿，秤上口碑很好，对买菜的回头客们"阿姨""大姐"地叫着，就像自家人。修自行车的老杨，竟然是我们单位的编外"档案局长"，故人逸事，无所不知，甚至三言两语便能勾勒出某个老艺术家的行为做派。卖鸡蛋灌饼的汉子，喜欢养鸟，他家摊子附近的道树上老是挂着两个鸟笼子，一个笼子里是画眉，另一个笼子里是八哥儿。八哥儿爱说爱笑的，行人经过，未见其鸟，先闻其声。画眉则显得有些沉闷，性子有些像他的主人。

有个叫春树的理发馆开在了李小莉理发馆的对门。店主是个二十出头的小姑娘，身材纤细，一双眼睛像清早的湖水，神情上看着就像个学生。小姑娘的店一开张，李小莉这头儿清闲了几天。清闲下来的李小莉，坐在自家店门口，二郎腿搁在另一个小凳上跷着，嗑瓜子、喝茶，得谁走过跟谁唠两句闲话。没过多久，一街上的人都晓得了"春树"的底细。小姑娘来自一个山区县城，原本是跟另一个女人合作开店的，那女人比小姑娘大个五六岁，有夫有子，可是她的丈夫迷上了外面的世界，十天八天不着家，回趟家，张手就朝女人要钱。女人对小姑娘好，比对亲妹妹还好，好到眼神都离不开小姑娘的身子，剪发剪破了顾客的耳朵。后来，女人就跟小姑娘闹掰了，小姑娘来我们街另立门户。到"春树"理发，洗头、剪发、护理、染烫、收款，里里外外都是小姑娘一个人儿。

街上人在"春树"尝过新鲜之后，大部分重新归顺了李小莉，小姑娘并不忙碌，甚或半天也不开一个张。即使手里眼里忙着，一张嘴也不闲。我去理发，她自始至终与我聊天。她以为我是个教师，并且把教师等同了心理咨询师，所以，她很急切地与我讨论着关于交友、恋爱、家庭这些既深又浅的问题。她说，等我在她的店里染够三次头发，就送我一瓶纯植物萃取的营养液。

街北端，死葫芦头儿，是所重点中学，没人说得清它有多少年的历史。学校是不是出过什么重要人物，也未经考证。不过，我们的街很沾了学校的光，是真的。每到上学时间，学校门口就站着八个纪律值周生，一般是四男四女，分列两厢，着统一校服、披绶带。有老师到来，全体深深鞠躬施礼，口曰"老师好"。逢到这样的情景多了，便生出学校原是当代最大书香门第之慨叹！有了学校，这街也就有了书声，染了一点书卷气。街上的小书店，竟可以买到《国家地理》《三联生活周刊》之类的杂志。运气好的时候，碰到的就不是学生机动车道上成群结队大摇大摆的恼人状况，那是早晨，用功的孩子在清冽的风中朗声背诵英语课文。不过，学生调皮的样子，也很可爱。逆风，一个孩子驮着另一个孩子来上学，骑车的自我鼓劲，"加油！加油！"，坐车的伸胳膊踢腿狂喊，"漏油！漏油！"，让人莞尔。

街上的各色食档，好比学校这个大树上的寄生植物。我之所以叫它们食档，实在是因为它们太简陋，甚至连个门脸儿也不是。那些食档，有固定的，也有流动的。固定的，比如街北头的一家油条豆腐脑、一家煎饼馃子、一家怪味儿鸡、一家水豆腐、一家油酥烧饼，街南头儿的一家驴肉火烧、一家鸡蛋灌饼、一家小笼包子、一家烤红薯；流动的，更多也更富于诱惑，除炸馓子、麻花、排叉、豌豆黄、荞麦扒糕、麻辣串、铁板鱿鱼之外，还有荷叶江米年糕、蜜枣竹筒粽子、爆米花、驴打滚、炸薯片、香饽饽、麦德基、珍珠奶茶、牛肉板面、糖葫芦。不同时令、不同节气，街上总会及时地冒出一两份新的"口水档"，被放学的孩子围个里三层外三层。

街里有个垃圾转运站，曾为我家一位偶然来访的客人所厌弃。她是一位青春女子，大概尚未经过柴米油盐酱醋茶的淘洗，一见到我，就诉说与垃圾转运车相遭遇的不幸。

告别时，她是捂着鼻子走过转运站门口的。我天天路过它，却感觉不到一点异味。我想，这个转运站，很像这街的一个排泄系统，虽大俗，但须臾不可或缺。有意味的是，转运站的旁边，今年春天开了一家牛肉罩火烧、牛肉蒸饺馆子，铺面不大，却买卖红火；紧邻馆子的右边，是个寿衣店，昼夜不打烊。这垃圾转运站、馆子和寿衣店，兄弟般亲密无间地连在一起，是一种偶然还是一种隐喻？

居住一二十年，我还摸不准这街的脾气。寒风凛冽的傍晚，街灯是抬头可见的一点暖意，那牛肉板面的香、辣、咸、厚的热气，跟着风的脚一起舞蹈或奔跑。夜深，还有人家传出钢琴练习曲悠扬的声调，间或也能听到长尾巴灰喜鹊的一两句清唱。

春树理发馆，果然中了李小莉的谶语，没过完一个冬天就关门大吉了。阳光普照，李小莉站在她的店前，白底绿字的招牌重新漆过，"我行，2008"几个字古怪而鲜亮。可能因了大作家村上春树的名字吧，走过早已易主的"春树"的位置，我心中总是无来由地疼，期待着来一场雨。我固执地以为，春树和小姑娘，就是在一场雨结束的时候离开的。

二

大隐隐于朝，中隐隐于市，小隐隐于野。自汉代神人东方朔后，此言在士大夫阶层流布甚广。

与"火柴盒子"一般层叠的楼房不同,城市的无数公园,是"隐者"集大成的地方。每天凌晨、清早、上午、下午、入夜,不同时段会有不同阶层、性别、年龄的"隐者"出没。他们沿着甬道、湖边、假山的小径快走、慢跑、急奔,旋成人的流;他们在某个角落、某个空地画地为王,或歌或咏或吹或唱或弹或跳或耍或舞,亦成为一种场。

"隐者"之一,我私称其"虎皮裙儿"。

公园里雕塑多,"守株待兔""曹冲称象"成语雕塑等,分列于东南西北各个角落。有一巨大石雕,为"盲人摸象",雄踞于公园正门口不远处一片稀疏的白皮松林,地面铺设考究,灰色花纹大理石,光洁可鉴。可能这块地盘过于显眼的缘故吧,原本每天清早这里都空荡荡的,只那几个人形石头重复着那场关于大象是面墙抑或是根柱子的争吵。倒是旁边枫丘一带几个男人,兴之所至将其壮硕或单薄的身躯一路扭摆着到这里来巡游几番。男人们扭摆的姿势单调而机械,有点似偶人或皮影人,好像被某根肉眼看不见的线牵着。刚见到他们的时候,颇觉滑稽,忍不住笑。后来见得多了,也就视若无睹。

终至有一天,摸象者不再孤寂。是一个花枝招展的高个子女人,把这个类似小型雕塑广场的地盘开辟成了舞场。

开始,女人的拥趸并不多,三五个或者七八个。女人的半旧黑色大音箱特别忠于职守,不管舞者几何,总是一路激越、高亢地播送着一支接一支曲子。女人很惹眼,她的舞姿幅度很大很狂热，每天一身极为鲜艳夺目的打扮，特别是黑色打底裤外边飘着的及膝裙，让人想忘掉都难。裙子的款式一模一样，颜色却个性分明，红条纹一条、绿条纹一条、紫条纹一条。那些裙子的装饰效果绝对大于穿着，老让我想起孙行者的"虎皮裙儿"。

不知道是虎皮裙儿的魅力还是音箱的魅力，不久，拥趸就满了小广场。男女老少皆有。众多的舞者中，我还是打老远就能够一眼挑出虎皮裙儿。

有一天，我正巧在路上遇到她。高高的圆规般的形体，拖着一个简易手拉车，车上就是她那宝贝音箱。哦，原来，虎皮裙儿也住得这么远！哦，原来，虎皮裙儿的年纪已经六十开外。

虎皮裙儿的地盘越来越大，不独那个盲人摸象雕塑小广场，连旁边的海棠林、连翘坡、梅花坞，还有远一点的蔷薇小径、紫藤萝架下，都成了舞者的世界。

枫丘上那几个男人依然每天准时扭腰摆胯，但再也没有下来巡游的机会。

好多日子，舞者还在劲舞。我却没能大老远从中挑出虎皮裙儿。她生病了吗？她出游去了吗？不知怎的，我担心起她。

"隐者"之二，我叫他"吟者"。

小时候上早读课，老师总让朗读课文。《小马过河》

《为人民服务》《从百草园到三味书屋》《登鹳雀楼》《登幽州台歌》，书页哗啦哗啦地翻响，长腔短调的童音，隔了这么多年，依然温暖着我的记忆。那时候朗读，全班一个调儿，没有抑扬起伏，很嘹亮的声音，几乎整齐地平着飞出教室，飞到村庄的上空，飞到村外的田野。及至在书页里添加了自己的情感，添加了自己的腔腔调调，朗读却成了一种奢侈。

发现公园里梅林中那个吟者的时候，我便是带着那些温暖或奢侈的回味，一下儿惊住了。

吟者是一位老人，或者六十多岁，或者七十多岁，说不准。声音洪亮，底气充沛。远远地，就能够清楚分辨出他朗诵的内容。我早观察到，他是不用翻课本的，也没有稿子，一字一句，全出自他的头脑。《为人民服务》《纪念白求恩》《岳阳楼记》《赤壁赋》《蜀道难》《梦游天姥吟留别》，无论内容如何变化，老爷子的声腔一律是长长的，拖曳着，却跟我们小时候一样没有抑扬。感觉得到，老人很陶醉。有时候，忍不住就停下来看他一眼。他永远微扬着脸，眯着眼睛，正襟危立。

说实在的，若让我评分，老爷子的朗诵肯定不及格。其一，不是标准普通话，浓重的乡音总在字里行间跳跃；其二，听不出感情，那拖曳的长调平平的，如同我们儿时的朗读。

自从虎皮裙儿的势力范围拓展起来，吟者便搬了家，到公园西北角的萱草园，隐在旁边的一棵大雪松背后。

当然，隐的是身体，声音依然高调洪亮。

"隐者"之三，我命名为华衣妇人。

公园，常让人联想到风花雪月。的确，亲密的情侣，也是一道耀目的风景。但清早的公园，更主要的功能是练功。

既是练功，行头自然以宽松和舒服为主。夏天，也会有大汗淋漓的袒胸露背者。虎皮裙儿的地盘上，隔三岔五，总有几个衣着光鲜者，有点像舞动的蝴蝶。光鲜是光鲜，但算不上讲究，跟虎皮裙儿的装备等级，也就半斤八两。

在一个穿着简单的环境里，突然冒出一个华衣妇人，真把我唬住了。

第一次遇她，是早春，在湖边。紫色镶小花儿的宽边呢帽，紫色半长羊绒大衣，紫色薄呢裙，紫色羊皮低靿软靴，同样色系的皮手包儿，远远看，华贵，惊艳。

再遇，是初夏。我正仰头看那棵大海棠树的果子，差点跟她撞上。妇人一款蕾丝边的软帽下，是修剪有度的如云卷发，一袭精致的白底子小碎花旗袍，左手是一只镶着金线的小包，脚上依然是一双小羊皮软靴，只是颜色换了白色。妇人的项链，是红宝石串起来的，看上去价值不菲。

妇人的口中正念念有词，听不清楚她讲的什么，但情绪显然很激烈，个别词语蹦来，像是 20 世纪六七十年代的语境。情绪激烈是激烈，但她的步态却是款款的，猛看起来像大户人家的太太。

后来，我发现妇人在公园的出镜率其实挺高的。每个星期，总要遇见两三次。每见，必是华衣美服，恍若时光重回20世纪三四十年代。

妇人并不美丽，胖胖的，中等身材，白皙的皮肤已布满岁月的沟壑。我猜度，她有七八十岁的样子。

妇人走起路来永远很优雅，妇人的嘴中永远念念有词，甚至能听得一两句很恶毒的咒骂。

显然，妇人的精神是受到过严重刺激的。是谁，是什么时间什么事件让她受到严重刺激，无从知道。

但妇人的经济来源充裕，至今过着锦衣玉食的生活，应该判断不错。有次，我晨练完了，心血来潮去肯德基吃早餐，那么巧，就碰到华衣妇人推门而入，俨然常客。妇人款步走到点餐台，说道："两只虾肉春卷，一碗皮蛋瘦肉粥。"声音又软又甜，又唬了我一跳。

很多回，我差点儿走上前去，跟妇人搭两句话。

我承认，我是一个偷窥者。这偷窥的毛病，也许来自乡间的基因。我儿时的乡村，是个人人皆为"耳报神"的熟人社会。

好在，这些城市的"隐者"，只是脸熟，依然谁也不知道谁的名字。虎皮裙儿、吟者、华衣妇人，茫茫人海，他们只是一个传说。

落在信笺上的雪

白蕈子，黑蕈子

一

滹沱河二道堤在这里厢跟京广高铁线十字交叉。

高铁桥上跑和谐号和复兴号，车去人声远，但桥梁并不寂寞，一个个小洞洞里鸟儿来去，啾啾、唧唧、咕咕。桥下水泥路，咣当、咣当、咣当当，跑三蹦子、轿车、电动车、共享单车，跑两条腿的人和四条腿的小猫、小狗、野兔子。

燕子剪剪，忽一个停顿，亮出花羽，人的眼眸也跟着忽闪一亮。河鸥掠过，是偶然飞到天上的浪，清冷而欢愉。布谷鸟终也开始唱歌了。它们声音浑厚，似埙，骨子里有种苍老的忧伤。"咕咕——好苦——"闭上眼睛听，久了，会流泪。每年这个时候，总闻这种精灵的歌声，但从未见其模样。我这个对鸟类认知匮乏的人，居然能借助声音识辨，且亲切如老戚，布谷鸟是唯一。

路边，暂时荒下的无花果园，由苦荬菜花墁下一地娇黄，花喜鹊成群栖落，大模大样接管了一片土地。此处没有戴胜鸟，秀水公园那段太平河有，南高基村的林地也有，但这里从未见。不知是季节不对，还是它们不属于这里。人有社区，聚落，团体，小群，鸟或许也划分领地和边界。

农历四月初八。小满第六日。

我用键盘敲打下这个日子，就如同三千年前白狄人在正定新城铺附近一块土墙上记下这个日子。不同的，只是书写介质。

我记下这个日子，连同所见和所未见。这是我的日志，或节气志、田野志。但我自愧我的所记，竟不如三千年前的白狄人甚至万年前的滹沱河先民，那么充满发现的智慧。

无论我们记还是不记，日子总会有它自己的了却方式。比如，两周前这条路边大蓟草正在盛开，而今天所有的艳丽已经化作白蓬蓬的种子，甚至连植株都枯干了。再过十天左右，这方圆几里之内唯一一块麦田将黄熟。这一刻，天空像个洗过的婴孩，麦田与天空，构成这个季节最风雅的事物。蹲下身子拍照，镜头里的麦穗高过远处的群楼，青涩而结实的芒针切断薄如蝉翼的白云。麦香也还青涩，如同少女的体香，干净而绵长。剥开一粒麦子，青俊，透灵，忍不住疼惜，含在手心里，久久。

我还是选择记下。我企图以记录的方式，找到打开日子的缺口或暗号。放下轻佻，回归体面。放下潦草，回归庄重。

二

堤顶路跟高铁桥底下的南北路也十字交叉。左边有一棵桑树，右边也有一棵桑树。竟日无人修剪的桑树，绿蓬蓬的枝条铺天匝地，远远打量起来，倒也有几分护路者的威仪。以桑为某条道路之拱卫，第一次见识。当年植桑者，定然颇费了一番思量。

有些嘲讽的是，第一次发现这里的桑卫士，完全是贪馋所至。记着还在谷雨时令，四野到处飘荡着槐花的香气。这几年渐渐养成吃槐花饼的习惯，眼见得槐树一夜萌动，花米随风而长。在二道堤，追着槐花的香气走，抬眼见槐，也见桑。槐是野槐，石家庄这一带，没人在院子里栽植槐树，有一种解释是槐树的书写自带一个"鬼"字。滹沱河左岸，平安屯附近，有大片的野槐林，槐林里栽着大片的族坟。而几百里地之外，像我们双楼郭庄那样很郑重地植槐，将其作为院树，作为家树，以槐为记，估计这边的人很难理解。桑，那次只见到路左侧一棵，枝条横斜，浑身披挂，便以为亦是野桑。桑与"丧"谐音，是不是也会遭人顾忌，沦落于野？人的思维极容易沿着固有的方向游走。

我们小区有一棵野桑，当初不知是飞鸟衔来还是人到野外带来，或者建房时买了郊野的土，桑的种子跟着母土一起迁徙而来。第一年长出来，细细长长一枝，没人注意，也没人伤害。过了几岁，竟潇潇洒洒长成少年模样，长身玉立，绿冠如盖。从2014年到现在，小区老了，野桑树却在壮年，二世、三世都有了。挨着铁篱笆边儿，一拉溜好几棵，石榴树、香椿树、红花槐树都萎了下去，或寄桑屋檐下以求全，或向死而死。人工植树和偶然降临的野树，在少外因干预的环境下，积二十年时光，形成如此奇妙的微型混和林带，肯定不在设计者的预判之内。野桑就此给我留下繁衍能力强悍的印象。之后，我在其他的小区也陆续发现长势很好的野桑。小区都是杂居者，习俗也在跌跌撞撞中融合，于是有了对于一棵桑的包容和大度。再者，小区的树，不管是原生还是野树，都算公产。对于公产，自然放松了一份警惕，减少了一份在意。

野桑，这个命名其实不靠谱。偶然看一个文献，方知桑科桑族桑属之下，有鸡桑、蒙桑、奶桑、黑桑、川桑、荔波桑、裂叶桑等许许多多的品种。但凭借一篇文章，根本不能够让一个人瞬间脱盲。我只能固执地将之区分为家桑和野桑。

堤顶路左侧的桑，结白葚子。穗果不大，也不算稠。每片叶下，两三颗。印象中结白葚子的桑，都是家桑。一棵野桑结出白葚子，忽然间，既有了一丝亲近，也有了一丝疑惑。直到发现路的右侧，同样位置，同样有一棵桑，高大挺拔，如封似闭。路右侧的桑，结黑葚子。穗果也不大，也是每片叶下两三颗。白葚子，黑葚子，如同阴阳两极，如同黑白二煞，以颜色相生相对，以数值相对相生。

如此，可以修正自己最初的误判。然而，这并不意味着可以窥破植桑者的初心。

三

20 世纪 70 年代，双楼郭庄植桑的人家很少。

其一，是夏至。其二，是我们隔壁的姑姥爷。

夏至姓张。张姓在村里是独姓。那时夏至有四十出头儿的样子，膝下儿女成行。他的三女儿唤小满。小满这个名字与季节无关，命名如此，只因为前边已经生了两个丫头，老大唤张兰英，老二唤张兰荣。夏至他娘给三孙女起名单字一个"满"，意思是闺女生够了，不能再生了。夏至却在"张"和"满"字中间，给她加了个"小"。爹疼闺女，小满未满，三个不少，再生一个也不多。

张小满和我小学同班。那时学校没有水喝，课间时兴同学相跟着到谁家去喝水。有一回学校组织学生去拾麦穗，返回路上小满拉着我去她家喝水。那是我第一次去她家，也是第一次见到她家的桑树，着实给吓了一跳。

姑姥爷的桑，瘦长，树冠不大，结黑葚子。夏至家的桑，矮而阔，几乎笼盖了多半个院子。从大门口到住房，桑下是必经之地。一条青砖小路，曲里拐弯，早被走路的人磨得很旧。因在桑树下，很容易联想到一条刚出生的细蚕。

夏至半躺在旧藤椅上，在堂屋门口晒太阳。他剃了光头，汗珠晶莹，有的已经顺着脖子流到汗衫上，应该是晒了很久了吧。夏至媳妇，也就是小满母亲，圆圆胖胖，欢眉喜眼，很是随和。她招呼着我和小满进堂屋喝水。一只水桶戳在瓮根底下，里头盛着早起新打的井拔凉。喝了水，夏至媳妇又端来一个浅子，浅子里盛着白里透紫的大桑葚，葚子底下铺了一层绿崭崭的桑叶，瞅上去那么讲究。葚子自然是让我们吃的，她把我俩安顿在小凳子上，挨个揉了一下我们的发顶，便去忙其他的事情。串个门，竟有这么大的口福，我看着一浅子桑葚，老半天不敢动。小满早是吃惯的，自顾自两手左右开弓往嘴里送着葚子，见我老半天不开张，俩大眼睛笑眯眯着朝我吐舌头，呀，她的舌头已经染成白里透紫的颜色，像故事里的小妖儿。

夏至家是村里唯一的养蚕户。养蚕这个营生专属夏至媳妇。夏至媳妇不是本地人，到底是哪儿的人，村人也说不清楚。有一年收秋之后，夏至又推着他那辆专门装盐土的胶轮小车外出了，车上还捎着一卷行李。盐土能熬硝，硝是私下流通的物件，村庄里有人冬闲擀炮仗、做小鞭、做小摔炮，都得用硝。于是，走村串巷顺着老房子打扫盐土，也成了一种半公开的营生。打扫盐土的，都是熬硝高手，手艺祖辈相传。张夏至家的硝，闻名三乡五屯。但那个冬天，夏至外出打扫盐土一冬天没回来，所以提前定了他家硝的，就白瞎了一季收益。等春天夏至回来的时候，小车里并没有盐土，也没有硝，他带回个媳妇。夏至媳妇刚来时细高挑儿，白净净的，说一口普通话。过了一年多，杨柳腰成了水桶腰，普通话成了双楼郭庄的村话，夏至媳妇几乎成了真正的双楼郭庄人。但她从不像郭庄其他女人一样下地，她在家里守着桑树和孩子，养蚕，缫丝，织布。夏至家的桑树有年头了，是他曾祖那时候栽的。当年，没人知道他曾祖为什么动起在院子里栽桑树这样与众不同的念头。过了百十年，来了夏至媳妇。却原来，这桑树，是长在这里等着她的。

夏至媳妇的蚕一年养两季。冬天不忙了，夏至媳妇的肚子也长到跟一颗即将吐丝的蚕宝一般透明。张兰英、张兰荣、张小满之后，最终生了带把儿的双胞胎张大寒和张小寒。此后，夏至媳妇不再生养，但夏至的肚子却出人意料地大了起来。医生说，肝腹水，没治，在家里养着吧。于是，大肚子的夏至就天天坐在堂屋门口晒太阳，养着。夏至媳妇跟夏至一样，深居简出，依旧养蚕，缫丝，织布。所以，这个人家即将到来的风暴，只是人们嘴里传说的风暴，院墙内外，都跟夏至生病前一样安安静静的。

白葚子终究是比黑葚子甜得多。这是我吃过夏至家桑葚后，在心里种下的执念。从他家出来，经过边家车道，好像有个老头儿跟我打问过夏至的病。我当真没看出夏至有什么病，也许他半躺在藤椅上，大肚子就不明显了。我印象深刻的，是他满头的汗豆子。一层汗豆子在太阳下闪着光泽，恍若一颗颗将要吐丝的蚕。

四

滹沱河二道堤上的葚子，个头小小的，丢一颗到嘴里，汁水不多，味道也淡淡的。这说明，桑树还没嫁接过，其主人便放弃了。所以，它们也可以称为野桑。无主之桑，倒成全了路人和路鸟，随随便便停下来，够到一颗吃一颗，一边吃一边望风景，没有拘束，也没有偷嘴吃的耻感。一天当中，吃葚子的人和鸟，也不知换了几茬，两棵桑树只管站在那里，有一搭没一搭从地心里摄取营养，把春天里结下的葚子一颗颗养熟。

有时候，来桑树底下，却不为吃葚子。就想在树底下歇会儿，看着别人欢天喜地地够桑葚吃。我把那些孩子一样放下耻感、无拘无束够桑葚吃的人，私底下化归成我的同类。有时候，待上一两个小时，也没人停下来够桑葚吃。树尖上，人够不着的地方，熟透的葚子啪嗒一个、啪嗒一个落在地上，给树底下的土地都染了颜色。那是最好的葚子，人和鸟都没有口福。

堤顶的地势到底是高一些的，站在这个十字交叉路口，看平安村科技园的麦田，视野正好合适。灌满浆的麦子，英英挺挺的，阳光下，有光在遥远处波动。闻闻葚子成熟的气息，听听高铁经过时带起的风声，内心好不安然。被堤上的熏风吹久了，昏然欲眠，多少个瞌睡虫哄闹着，恨不能爬到桑树枝上睡上一觉。这时候，真想有一片桑田。如果这二道堤上不是两棵桑树，而是一块桑田，是不是可以效法古人，醉卧其间了？

堤下的麦田，五六千年前，原本应该是种桑的。离这里只有十多里的正定南杨庄遗址，曾发掘出两只非常可爱的陶蚕蛹。而从此向东二十多里，藁城台西商代遗址，则发现了产于三千多年前类似泡泡纱的蚕丝织物。这两处遗址，都是近一百年来河北有影响的考古发现。据说，滹沱河沿岸正定至藁城、深泽、晋州段，小的遗址还有很多。而众多的发现，共同指向新石器时代仰韶时期至商代中期，这里曾有过以养蚕纺织为代表的地域文明。

我曾一路沿滹沱河右岸东行，真的看到几处类似南杨庄村北"卧龙岗"的土丘。至于土丘成于什么年代，作为一个历史研究的行外人，无从判断。但经过最近七十多年的土地整理，河北大平原已经比历史上任何时期更与"平原"这个称谓相称，这一点，是所有过来人都有印象的。凡是留下来的土丘，都有讲究儿，比如划归"国保""省保""市保"的，比如那些动不得的祖坟。南杨庄遗址和台西遗址，也属于祖坟——我们先祖中某个群落文明的坟墓。清晨，我在台西遗址仅存的两个大土疙瘩之间徜徉许久。我想象着地层之下，古桑林的风依然在呼呼作响，果酒的香气从酿酒作坊里朝着四野飘散，织娘一边干活，一边馋得翕着鼻子，一个喷嚏接着一个喷嚏。

丝织的历史，在这滹沱河两岸，到底还是中断了。一种叫作棉花的植物替代了广袤的桑林。桑，像那些被遗弃的孩子，沿河奔命。它们靠着飞鸟，靠着风，靠着人们贪婪的胃口，把种子带到更远的城邦和村野。

五

总是有懂得树的人。或者说，总有人愿意跟一种树缠绕不休。

在我两岁的时候，刚刚学会说话没多久，便很顺溜地理解了"嫁接"这个词，并且付诸行动。我把母亲栽在院子东南角的一棵杏树给"嫁接"了。而嫁接的结果，当然是那棵树的无辜牺牲。这件光荣的历史事件，无数次被母亲提及。

我的老师，是那个被我喊作姑姥爷的人。初春，他拿锯子锯断了一棵小野桑的树干，取砧木嫁接，并且麻利地用布条进行了捆扎。不久，姑姥爷嫁接的桑树钻出一个嫩绿的小芽。第二年，小芽长成老高的单条儿，姑姥爷给它顶了尖，单条便慢慢有了树冠。到第三年，桑树长了六颗瘦瘦的绿桑葚。绿桑葚越长越大，越长越胖，连颜色也开始变，绿中着了浅浅的红，接着，整颗桑葚都红了。姑姥爷嫁接的原来是红桑葚！但姑姥爷说，这不是红桑葚，是黑桑葚，是黑桑葚中最有价值的品种！

姑姥爷跟夏至媳妇一样，是个外乡人。说是外乡，并不远，就是出了我们县往南，饶阳滹沱河北大堤上的某个村庄。他迎娶姑姥姥的时候，已经在北京闯荡多年，给人当过账房先生，也看过戏园子，还在动物园卖过票。那时候北京还叫北平，姑姥爷有时候给我讲故事，会提及动物园门口把门的巨人，北平的电车，天桥的艺人。也就是给我一个小孩子讲，在其他人前，姑姥爷几乎就是个哑巴，他给生产队种园子，天天背着个筐头，筐头里边放一把小手锄和一把剪子，早出晚归。

我姥姥说，他是东邻姥姥家的借住户。不在北京干了，他就回双楼郭庄跟媳妇一起在娘家长住。说住娘家，也是单过，借住东邻姥姥家的耳房。东邻姥姥管姑姥姥叫姐，是没出五服的大姑姐。我出生的时候，姑姥姥早死了，姑姥爷依然借住，也在东邻姥姥家吃饭。他住的耳房，不知道为啥显着比旁的屋子黑，大白天屋里也是黑的，我都不敢进去。姑姥爷通常也不在屋里，他要侍弄桑树、果树，还在院子西头开了几畦地，专门种旱烟。最不济，他也是在耳房门口的小板凳上坐着抽烟袋锅，或者拿放大镜看线装书。

姑姥爷嫁接的黑桑葚长成一棵大树的时候，我还没上小学。东邻姥姥家娶了儿媳妇，我喊妗子。妗子蹬着梯子摘黑透的桑葚给我吃，姑姥爷在他的旱烟地里侍弄烟苗。黑桑葚的味道是带着酸口的甜，无论熟得多么透彻，始终能吃到那么一点点酸。

姑姥爷的娘家侄儿来瞧过他，劝他回家。但姑姥爷不走，他在耳房借住了一辈子，哪儿也不想去了。

想想，姑姥爷跟一棵桑树的命真是一样。他在北京奔波了那么多年，终于把自己嫁接到了双楼郭庄的土地上。这里便是他的归宿。

六

李硕的《翦商》，有一章专门写到藁城台西遗址。照他的考证，三千三百年前，台西是商王朝后期权力体系最末梢的完整个案。这里的统治者是几十名商代低等武士及家眷、仆从，流行殉葬，人殉和狗殉。男女武士都饮酒，吃狗肉。那时，滹沱河一带属于亚热带气候，湿地浅水中到处是奔跑的麋鹿，武士们以水牛为运输工具。在沼泽湿地之间，有草地和树林。树木中，最重要的当属桑树。

在男女武士监管之下，桑田和工坊里的劳作，并没有一点美妙可言。但精美的丝织品、令人精神振奋的甜酒，甚至药酒、手术刀这样高技术含量的东西，就是在这里被制作出来。蚕丝织造的泡泡纱，简直天工之物。

丝绸，是桑的极写；酒，是粮食和果品的魂灵；细布，是棉花的续章。倏忽间，便挽起一个轮回。

癸卯年四月初八，小满第六日。滹沱河二道堤上的白桑葚、黑桑葚次第成熟。一阵风吹过，黑的白的葚子啪嗒、啪嗒落在地上。一列高铁呼啸而去，桥梁洞洞里住的燕子翩翩飞舞。这些燕子，是崖沙燕，在高铁桥梁洞洞里做窝，属于就地取材。

落在信笺上的雪

煤火炉子早早封上了。插门，止灯，我和外祖母各自钻在一条紫花被里。

月光被窗外的老槐拦着，只有星星点点漏进来。这星星点点的光亮，让夜的黑色更添了几抹清寒。冷，瞬间箍紧了我的每一寸肌肤，上下牙嗝嗝嗝乱撞。我试图把被子裹得更严实一点，但无论怎么努力，粗硬的被面还是撑起它得意的棱角，制造出数不清的穴隙。这个叫作"冷"的怪物总是在炉火熄灭的时候悄然而至，现在，被子里四处都有它的地盘。外祖母纠正了我很多次，她说，冷不是怪物，是从比口外还远的地方跑过来的一种空气。我却固执地坚持着自己的想法。

口外有多远，我不知道，恐怕外祖母也不知道。村里有几户人家胞兄热弟在那里讨生活，于是口外这个遥远的地理名词一下子跟我们的村子拉近了距离，一如父亲工作的青海于我们一家人。外祖母也没有睡着，她低低的声音念叨着母亲从青海写来的信，像是跟我说话，又像是自言自语。我不情愿理睬她的叨念。我想在给母亲的回信里，告诉她今年的冬天有多冷，告诉她我亲眼见到月光洒在院子里都冷得直打哆嗦，月光一打哆嗦就变成了厚厚的一层冰凌花。邻居五奶奶的魂儿，就是被"冷"给抓走了，她的魂儿三天三夜也没回来，于是，族人们抬了装着五奶奶的大红棺材，把她埋到了离村子很远的荆条地里。那里，整个夏天都有红荆开着粉红的花穗儿，冬天里却没人走动，兴许"冷"的老窝就安在那里。可是，这些，外祖母一句都不准我写，她只让我跟母亲说，今年冬天是个暖冬，家中一切安好如常。

什么叫一切安好如常？我努着劲儿地翻了一个身，心里头竟有点恨恨的。那封写不下去的回信还躺在柜子上。忽而，有轻微的窸窣声响，是趁夜活动的老鼠爪子无意中划到了信纸。

嗓子痒得难受，剧烈的咳从胸腔冲出，我把自己从梦中震醒。窗户纸已经透进极白的光亮，迎门柜上座钟的粗针刚指着六点。旁边被窝儿已经没有人。炉火早打开了，我的棉裤棉袄搭在旁边烤着，像另外一个我，直愣愣地瞧着被窝里的我。炉子上，坐着那个已经熏得漆黑的锡铁壶，壶嘴里吐出丝丝缕缕白色的蒸汽，水马上就要开了。我喊外祖母，却不应。又一阵剧烈的咳嗽，我似乎有点恼怒，不知道是对自己的咳嗽，还是对壶里的水那吱吱啦啦暗哑的歌唱。

雪，老厚的雪。推开堂屋的木门，刺眼的白色，晨光中的雪的白，竟让我有些愕然。柴垛盖上了厚厚的白毡，枣树的枝丫间开出大朵大朵的白色花。土墙、茅厕、鸡窝上，雪，拥挤着，压迫着。"冷"这个怪物，趁着夜黑人静把我们整个村庄给搬到了雪的世界里。

脚底下，一条细细的小径儿，是土黄的，一直蜿蜒到影壁墙西边大门口的木栅栏外边。小径两旁，是锹铲起的参差的雪垛，雪垛上的雪也是掺了黄色土星儿的。一垛一垛掺了土星儿的雪，连成两道矮矮的雪墙。

远处传来梆子声，有节奏的，在这个独特的整个村庄都覆着大雪的早晨，那"梆梆梆"的声音，传递得格外遥远。这是卖豆腐的在招徕生意。卖豆腐的，他的梆子也是一个怪物，一个可爱的小怪物，它发出的声音，能够带着新磨豆腐的香味满村子疯跑。我曾兴冲冲把这个重大发现讲给外祖母，外祖母摇着头说那根本不可能，梆子不是怪物，是"死物"。她还说我的鼻子是狗鼻子，狗鼻子灵，就算卖豆腐的不敲梆子，也照样闻到豆腐香。

现在，我使劲耸着自己的"狗鼻子"，却不灵了。只有"梆梆梆"的声音，逗引着满胸膛的咳嗽虫跟着"咳咳咳"地狂叫。小巷另一头，转过来一个瘦小的围着毛蓝头巾的人，低着头，双手端着什么东西，一双小脚快速地颠着。猜都不用猜，是外祖母。外祖母是整条胡同里最瘦最矮的人，是整条胡同里唯一整个冬天围着同一条毛蓝头巾的老人。

早饭，外祖母给我端上柳芽茶汤炖豆腐。柳芽还是早春的时候，我跟外祖母一起采摘的。一芽一花苞，从柔柔的枝条上摘下来，又苦又香。柳芽盛在浅浅的柳条盘里，放在台阶上，晒了整整一春天的太阳。外祖母用晒好的柳芽泡茶汤，热热的茶汤，飘着又苦又香的白色蒸汽，熏蒸她的一双病眼。外祖母的眼睛里，有一层白色的云雾，医生说是白内障。外祖母用柳芽茶汤的白色蒸汽，治眼病。外祖母的父亲是乡间中医，外祖母手上有很多偏方，据说都是祖传的。

外祖母居然用治眼睛的柳芽茶汤炖豆腐给我吃。外祖母说，怕是我的气管炎又犯了，半夜老是咳，吵得她睡不着。她说，这个东西最润肺的，让我快快趁热吃下。陈了一夏一秋的柳芽，泡起汤来又浓又涩，柳芽茶汤炖豆腐，样子要多丑有多丑，比掺了麦麸的菜团子还要丑。我的"狗鼻子"彻底失灵了，我闻不到豆腐的香，只凭着碗里中药汤一般的颜色判断出它的苦。

我拒绝吃下外祖母的柳芽茶汤炖豆腐。外祖母不许我去上学，要上学，先喝汤吃豆腐。外祖母的眼睛睁得很开，她不吃饭，就那么定定地看着我。她的眼睛里，是一片又一片白色的云雾。

雪花又飘起来。整个天空，变成一个巨大的弹棉机，雪絮子突突突地向着村庄、原野倾倒下来。这样的雪，一直持续了三天三夜。

水瓮里的水成了整个的冰坨，水瓢也给冰封住。没有谁敢在这样的天气到井上去挑水，整个村子都断水了。好在柴火还是有的，从雪毡下面掏出的干树叶、谷莛，表面有些潮润，但内里是干透了的，不好点火，燃起来却还带劲儿。

外祖母的水加工厂开张了。我们用面盆子去院里舀雪，挑拣着雪层中间那些洁白干净的，倒进大锅里，烧柴，加热。雪化了，是微微浑浊的水，再舀回盆里放上一阵子，慢慢便清澈了，盆底却积着厚厚的一层黄泥。在外祖母的指挥下，我们一老一少在院子里开出了几条雪道，通向柴垛、茅厕、鸡窝，并连接巷子里我上学的路。

学校是风雪无阻开放的。我咳着，有几天早晨起来额头烫烫的，但我还是想上学，跟外祖母软磨硬抗。外祖母依了我，她在大门口的栅栏边站着，一直目送我走到胡同口。课间，外祖母颠着小脚跑来学校，端着一茶缸雪水柳芽茶汤炖豆腐。盛着茶汤炖豆腐的茶缸，是包了一层又一层毛巾的，最外一层，还包上了外祖母的毛蓝头巾。不围头巾的外祖母，裸露着一头白花花的头发，风一吹，肥大的黑色挽裆裤鼓荡起来，像一个瘦小的人儿乘着一架黑色的风车。

外祖母跟老师是一伙儿，他们串通好，逼着我在课堂吃下那一茶缸在外祖母看来是治病的神药。又瘦又小的外祖母在村子里有极好的人缘，人们跟我一样，惧怕她那双被白色的云彩遮蔽的眼睛。要是外祖母的眼睛早一天被柳芽茶汤的热气治好了，那该多好。也许，那样，老师就不必顺着外祖母，跟她一起逼迫我吃下比中药还难以下咽的柳芽茶汤炖豆腐。老师怕外祖母，我怕老师，外祖母拿我没办法，老师却不用半点力气就让我服服帖帖，外祖母很狡猾地利用了这种关系。

卖豆腐的梆子声，在每个清晨准时响起。每天上午的课间，我依然要喝下一茶缸子柳芽茶汤炖豆腐。这样的日子，一直持续了两个星期。直到鸡窝、茅厕、屋顶上的雪被风舔舐干净，整个村庄又裸露在冬天的眼睛里。那年，在柳芽茶汤炖豆腐的滋养下，我的气管炎竟大好了，甚至多少年没有再犯。

大学刚毕业，我第一次一个人到外地生活。单位租在一个制刷厂的顶楼办公，办公室旁边有四间单身宿舍。晚上，工厂下工，同事下班，另外三间宿舍的哥哥出去会朋友，整栋楼里就剩下顶楼的我和一楼的门卫师傅。楼外，是一条宽大的马路，夜很深了，马路上还不时有车辆驶过。寂夜，拉长着内心的孤独和莫名的忧惧。汽车突然减速时车胎碾轧马路的刺啦声，似乎就响在我的心里。

这样的夜晚，我时常给外祖母和父母写信。笔尖不管跑出多远，信的结尾都会循路而归——"一切安好如常"。放下笔，眼睛湿湿的，丢下许多泪水。

阳光下的铃铛翠

夏至的声音

夏至的声音，是从一只铃铛翠的身体里长出来的。

二队的瓜园这天开园儿，卖清一色的铃铛翠。铃铛翠卖上几天，黑皮菜瓜、羊角酥瓜、落地黄面瓜、红瓤小甜瓜才能次第下来。姥姥说，这些个瓜里，黑皮大菜瓜是最好吃的，叫菜瓜，其实是甜的，瓜汁儿吸溜一口，赛过蜜，又清凉又解暑。她总是这么说，买回家的，却永远是铃铛翠。或许铃铛翠最便宜吧，也或许是有什么别的讲究。姥姥做事一板一眼总有她自己的道理，她并不把道理直戳戳讲出来。比如，母亲反对我跟一群小丫头片子去土岗儿上疯跑，姥姥却每次私下放我出去。其实，铃铛翠也是蛮好的小菜瓜了，从第一片叶子开始，一叶一花，一叶一瓜，翠白的瓜妹子一结一大串，风吹瓜田，阳光哐啷碎在叶上，便惹来她们一串清凌凌脆亮的笑声。

快到麦月，向晚的阳光锃亮。我们放学先不回家，背着书包一路小跑去村口的土岗儿。小静和小妹，脑门上、鼻子尖上全是汗，汗珠一直滚落到她们粉红的脸蛋上，细细的汗毛上闪着光华，可她们谁也不会去擦汗，只顾得咯咯咯地笑。我也在笑，脖子后面的汗水已经流成一条小溪。任它去流吧，我要笑，我们要笑。我们似乎只会笑，常常一人笑，大家也笑，笑得肚子都疼了，却还不知道为什么笑。姥姥说，我们笑起来的样子，没心没肺的，就像瓜园里满地滚着长的铃铛翠，圆溜溜儿的，又水灵，又透亮。

麦假开学，但接下来还会放秋假，中间这一两个月，就像是老天给富余出来的日子，功课不多，大人们歇晌、闲聊，歇够了又紧着下地，根本顾不上教训我们这些满地滚瓜蛋子似的孩子。漫长的中午和黄昏，我们都会在土岗儿上打发掉。土岗儿其实是个堤坡，堤坡西侧，是深深的车道沟，旱年行车，涝年走水。车道沟分两叉，往西经过一个坑塘通往村外大片的田地，往北二三百米则是东西蜿蜒的小白河。土岗儿上敞亮，站在上边喊一嗓子，声音能传出好几里地。早晨或夜晚，女人们专门来这里吆喝，吆喝走丢的鸡鸭，吆喝不回家的孩子，踢踢踏踏的鞋子，把一条小道磨得又白又亮。有时候，我们学着女人的样子，双手叉腰踮起脚尖做吆喝状，还没吆喝什么，就不由笑起来，恨不得笑得岔了气儿。更多的时候，我们站在岗子上是为了向村外张望。五岁时，我曾经由母亲带着去青海找过父亲，父亲那时候在一个遥远的山旮旯银行当会计。村子里的人，不知道父亲的山旮旯比我们的村庄更荒寒，他们说他在外头。"在外头"三个字，是享福、挣大钱的代名词。我们在岗子上的张望，或者小小的潜意识，也是对"外头"的一种探知的欲望甚至神往。有时候，我们干脆脱掉鞋子，坐在岗子上，两只小脚丫搭在坡沿上一摇一摇的，那岗子仿若一条船，坡沿儿就是浩浩的河水，我们的小船慢慢飘向远方的"外头"。小静和小妹一左一右靠着我的肩膀，听我给她们讲青海的事。我说，青海在一个比西边更靠西的地方，要坐汽车倒火车，摆渡过黄河，再坐汽车，搭马车，走几天几夜。她们不相信。她们用一串跟铃铛一样清亮的笑声，把我认真的讲述淹没。

土岗儿东侧，相邻一片少有人光顾的闲散地。那里是我们的"百草园"。这片地的南侧，有几棵枣树，几棵槐树，几棵榆树，还有人随意栽的一片苋苋谷，几株望日莲。最北拐弯，挨着五姥姥家后墙，树木多少年无人修剪，大树和紫穗槐、红柳墩拥挤在一起荫蔽成林，就算是小孩子，也只能猫腰双手分开树枝钻进钻出。这里有蘑菇、马粪包、狗尿苔、野枸杞果，有狸猫、蚂蚁、野鸽子蛋、知了猴，有鬼鬼祟祟的小花蛇和小青蛇，还有倏然跑过的壁虎。据说壁虎的尿滋到人皮肤上会生白癜风，我们都怕。

大表姑每次来我家，都穿过小白河顺着土岗儿下的车道沟进村。大表姑并不大，我上小学四年级，她刚升初三，可惜没上下来，她娘让她赶快种地挣工分，她还有两个弟弟一个妹妹。有一天我和小静正在"百草园"找蘑菇，大表姑来了。前一天刚刚下过雨，林子里散发着湿热好闻的气味，确切地说，是蘑菇的气味。藏在林子里的蘑菇，会释放一种非常特别的味道，一种由腐木和泥土结出的清气，氤氲着菌孢子的体香。明明应该有蘑菇的，却一时找不到。越是找不到，我们找得越仔细。隐蔽再好的一朵蘑菇，也会因为自我散发的浓烈气息而最终暴露。忽然，有人揪我小辫子，吓得我心里突突的，没来得及呼喊，头已经被往后扳过，大表姑另一只手拇指搭在嘴巴上，低低嘘一口气。她从一个布袋子里掏出一只甜瓜，像佛手一样小巧的甜瓜，浅绿瓜皮均匀撒着深绿的小圆点儿。甜瓜在她手上一掰两瓣，我一瓣，小静一瓣，瓜肉金黄，香气扑鼻。我让大表姑吃，她不吃，声音低低地说："我来事儿了，肚子疼，不吃。"小静问大表姑，来什么事儿了？大表姑突然把脸一黑，摁住小静瘦瘦的肩膀："来事儿你都不知道？你这个傻瓜。是女的早晚都得来事儿，女人这一辈子，除了生孩子，就是来事儿。"大表姑的话，像一阵儿乒乒乓乓的急雨，我和小静都是没带雨具的，我们吓着了。

　　长相秀美的大表姑，一直跟我们很好，她知道许多关于我们和"百草园"的秘密。可姥姥说，她的脑袋出了问题。她娘喊她去地里打猪草，她答应慢了，一笤帚疙瘩砸在后脑勺上，当时就停了呼吸，人抢救过来，脑子落下毛病。大表姑的娘，我叫表姑奶。如何"表"成亲戚的，却直到现在论不出来。那是个急吼吼只知道干活儿的人，纸板一样瘦而薄的身体，凶巴巴两只往里抠着的眼睛，高耸着两个大颧骨。她生气的时候，揪大表姑的脑袋往墙上撞，像老法海撞钟，她忘记了孩子的脑袋可不是钟锤。我很奇怪，这样的一个表姑奶，怎么生养出好看耐苦的大表姑。她的头好硬，似乎骨头是特别加了钙的。当然，村庄里丫头片子几乎都挨过父亲母亲打，包括我自己。也有比表姑奶更孟浪的，一巴掌抡下去，孩子的命就没了。

我和小静，谁也没有看出大表姑脑子里有毛病。她身量长得好快，在我们面前，像羊群里闯入的一匹小洋马，高大、伶俐、泼辣。她跟我们一起满树林子里钻着寻找蘑菇、野鸽子蛋，她甚至不怕蛇，不怕壁虎，也不怕枣树上锋利的圪针。她带我们偷枣子，偷半生不熟的向日葵，跟野小子们一般将起光腿到小白河里筑坝淘鱼。大表姑神秘地说，小白河是一条上千年的老河，河沙中到处混杂着鱼的种子，只要下一场雨，或者上游来点水，鱼子一天之内就变成小鱼。女孩儿的身体里也有一条河，藏着许许多多小娃娃的种子。

大表姑很快就说了婆家。我上初三了，大表姑已经生了两个孩子。夏天，她还是经常来串亲戚，买一篮子的小甜瓜。她从来不买铃铛翠给我们，她说铃铛翠是最轻贱的瓜，送人拿不出手。她买的甜瓜小小的，一口咬下去尽是蜜汁，甜得人一溜跟头。她背上背着丫头，右手抱着小子，左手扛着篮子，两条大长腿从小白河那边翻过来，顺着车道沟，一路颠颠地到我家。到我家，第一件事是给两个小毛头喂奶。她不避人，咕咚坐到门口的台阶上，衣襟一撩，两个饱满而挺拔的奶子一览无余，两个毛头拱在她身上，一边一个，咕嘟咕嘟吸食着奶汁。大表姑的乳汁，是她身体里的另一条河。

或许是课业重了，我和小静、小妹，几乎忘记了土岗儿和"百草园"。娘下田回来，说那片林里有狐子，狐子在某个清早拐走了村里一个姑娘。

跳舞的桃花

这一年，同学阿仁穿起全校第一件花洋布褂子，霞戴起白的确良布的假领子。阿仁个子高挑，宽肩长腿细腰，眼睛黑亮，又粗又长的辫子也黑亮。她小跑着上学，她一跑，两条大辫子就在背上跳舞，花褂子上一朵一朵玫瑰粉的桃花也跟着跳舞。全班男孩子、女孩子的眼神，跟着一起跳舞。阿仁看到大家的眼神为她跳舞，就羞涩地笑，一笑起来，粉红的脸蛋便开成两瓣桃花。霞也身材高挑，她不像阿仁那么好看，但那个罩在学生蓝上衣领子外的白色尖领，衬得脖子雪白，一张鹅蛋脸也雪白。她的步速很匀，款款的，从门口进到教室，绕过讲台一直走到教室后部的课桌。没有人用看阿仁的眼神为她跳舞，教室里静悄悄的，似乎没有霞这个人从讲台前款款走过，悄无声息的，一直走到教室后部。此时，男孩子的眼神长在心里，女孩子的羡慕和妒忌也藏在心里，款款的，绕过讲台一直跟到教室后部。

班里在悄悄传阅一本叫作《收获》的杂志，接下来又有《河北青年》《辽宁青年》，等等。杂志上登着很多小说，小说里的字常常让我们脸红心跳，感觉很不正经，很不要脸，可是我们个个五迷三道，欲罢不能。为了争取一晚上的阅读权，我这个大班长跟其他同学一样低三下四，去讨好杂志的主人多儿。有一篇小说写到甘肃敦煌莫高窟的飞天女神，也写了一个叫飞天的女孩，写了爱情，甚至写了男人和女人亲热的细节。我们在《收获》中悄悄收获了性和爱情的启蒙教育，也收获了与我们的生活完全不同的另一种生活。

这时节，匡家园子发生了一个故事。园子在小白河对岸的泊庄，匡家的两间土房子，在园子的北头，后墙是一圈带圪针的老杜梨树。这是一个废弃的梨园，离村庄人家稠密的街巷有一里多地。杜梨树是为了给大片的鸭梨树授粉，兼作护墙而保留的。园子的西头和中间，各有一条车道沟通往村里和村南的小白河。小白河素日并无水，车道沟接通河床上曲曲折折的小径，直达我们村北的土岗儿。

把西边的车道沟，离老年间的五姑庙不远。穿过对过的苇坑，再翻过一道坡就是。五姑庙是清朝时起的一座家庙，为纪念五个十七八岁的女孩子而建。当年皇家选秀女，泊庄宋姓大户人家，齐整整五个女孩被选上，按辈分是三个姑姑两个侄女。赴京前一晚，女孩在母亲们的帮助下，于大木盆中洗净了身子，换上簇新而柔软的红缎子衣裳，仿若天仙下临凡间。第二天清晨，官家接秀女的车子到了门口，鼓乐班子吹吹打打，一街筒子乡邻围着看热闹。宋家后院的绣房却紧紧关闭着，女孩子们已经趁夜集体悬梁自尽。

每次单独从车道沟经过，脑袋里老是不自觉地想着五姑的样子。我朝着老杜梨树丛直勾勾地盯视，脚步落下去又轻又软。这期间，我与匡家大女儿玲玲成了朋友，并且向她讨教过五姑自杀的问题。玲玲大我两岁，个子高高的，略黑的瓜子脸，两颗黑葡萄似的眼睛，脑袋后头扎根粗粗的麻花辫。每次遇到，老远的，她就喊："小秀才，快来，玩会儿再走。"玲玲常常送给我意外的惊喜，或是一束将开未开的杜梨花，或是一两枝黄刺玫，抑或几只甜丝丝的风落梨。玲玲说，她要是被选了秀女，就不死，好死不如赖活着。

那天放学后，我照例去离小白河不远的一口苦水井担水。家里小菜园的灌溉任务，由我承包着。刚到井边，玲玲冒了出来。她神色有点异样，叫我放下水桶到旁边说话。玲玲和我并排坐下来，微笑着说，她爱上了一个人，是我的同班同学阿木。她找我，是想知道阿木是否在爱着其他女孩，如果没有，就托我把一封信送给他。

后来，两个村子的人，都在议论阿木和玲玲搞对象的事儿。娘很严肃地教训我，再和玲玲来往，就打断我的腿。

玲玲是中年妇女们眼中的坏女孩儿。尽管我知道娘不会真的打断我的腿，但我怕被当成坏女孩儿。村里的妇人们，一个个都长着毒辣的舌头和毒辣的眼睛。那些舌头和眼睛，能吃人。

父母亲又吵架了，起因是一只跟茄子肉一起炒在菜里的茄子把，俗称"茄子腿"。俗话说，贫贱夫妻百事哀。自从父亲从青海调回家乡工作，他们俩为一点小事儿擦枪走火逐渐成了家常便饭。母亲总是把茄子腿以及那四瓣生长着毛刺的茄蒂一起炒在菜里，可能物以稀为贵吧，我和妹妹弟弟，总以为那只独特的茄子腿是世界第一美味。若炒一只茄子，茄子腿自然非我弟弟莫属；炒两只茄子，妹妹就有轮到一只的可能。他们俩都不稀罕吃的话，茄子腿就是我的舌下美食。而这样的情况，几乎是不存在的。一般，我家只炒一只茄子。那天，父亲没有任何预兆地吃下了独属于他宝贝儿子的茄子腿。弟弟还不到三岁，他大哭不止。"茄子腿"事件，成了整个村庄饭后的谈资，包括我的班级。我不经意间听到过冯奶奶问我父亲："傻小子，茄子腿好吃不？"冯奶奶微笑着，缺了一颗门牙，她的声音跑风漏气。我觉得我应该飞起一掌，打掉冯奶奶另一颗门牙，我的手发抖，继而浑身都在暗暗发抖。我发誓，我长大了要为父亲做一顿丰盛的茄子腿饭，红烧茄子腿、素焖茄子腿、清蒸茄子腿、酱香茄子腿、油爆茄子腿。

村里考走了第一个大学生，硬邦邦的大学本科，全国重点，北京师范大学。早几年，村里也有几个考上学的，都是师专、财校、卫校之流，上不了台面。我们村老时候出过秀才，也有过考上西安交大、复旦大学的，攒鸡毛凑掸子的末流学校，根本不入人们的法眼。这回不一样了，文曲星转了一个圈又回到属于村子的天空。每个有孩子的人家，都憋足了劲儿，要供出自己家的大学生。我不知道大学是什么样子，但我心里的大学，女生一定都穿跟阿仁一样的花褂子，戴像霞那样的假领子，并且笃定地以为，大学早晚都是属于我的。我是班里的第一名、年级的第一名，也是全公社数学、作文会考的第一名，我不去上大学，谁还能去上大学？

村里派了一个叫凤的女孩做代课老师。凤长得不算好看，但她喜欢照镜子，照她两颗有点发黄的门牙。她还待字闺中，镜子里的两颗黄牙是她的心病。那两颗黄牙，经常把她气昏了头。她给我们讲代数，代数就长成了 $\log \frac{1}{3} + \log \frac{1}{2} = \log \frac{2}{5}$ 的幺蛾子。蛾子满教室飞，飞过阿仁的花褂子、霞的假领子，落在多儿秘藏的《收获》上。文曲星照耀着村庄的天空，我们教室里却飞翔着数不清的幺蛾子。那会儿，教师力量青黄不接。我开始在课堂上大张旗鼓地自学数学。

上大学的梦想，穿越青涩年华的半条街，照彻冲刺中考的一百多天，我不再理会多儿带领的班级秘密阅读。但我却摊上了一件大事儿。一位郭老师，我的本家、邻居娃子舅，要我去老师办公的小院子替他拉上午第三节的上课铃。我犯了拧，就不去；娃子舅也犯了拧，非让我去。在一棵大枣树底下，我们俩戗戗起来。娃子舅也就二十出头儿，我是个十三四岁的毛丫头，俩人都梗着脖子，谁也不肯让步。最终，我还是低了头，一路小跑去拉响上课铃。我一路奔跑着，泪水满世界飞，连上课铃的声音也濡湿了，哽咽、喑哑。我飞跑着的双腿绊到操场上一把大铁锹，整个人扑倒在地，仓皇间右手碰上锹刃，血滴如红色的雨露。我起来，继续奔跑，血滴一朵朵在小径上绽开。我想退学。

太阳透过纸窗，无数颗金色的星子飞舞。眼睛肿成了两颗水灵灵的桃子，我在炕上躺着，似乎末日临近。母亲要出工，扔下句梆梆硬的话："瞅你那点儿出息，一张纸画个鼻子，念半天书，脸给我长到哪里去了？"姥姥推着她出了屋子。姥姥在家里陪着我。她让我把学生蓝小翻领褂子脱下来，又一次仔细检查我手背上的伤口，一边看一边故作轻淡地说："没事儿，过几天就好了，就是得落个小疤。谁家孩子胳膊腿的没疤啊，这是记号，记号越多越成人。"

姥姥到灶屋为我洗褂子，冯奶奶来串门。我听见姥姥轻柔的搓洗声，还有两个老太太轻柔的交谈。冯奶奶说，洗这衣服不用打肥皂，她一会儿用这水去浇她的凤仙花。她每年都种一株开黄色花的凤仙花。她曾用黄色凤仙花的花瓣给我和小妹贴过眉心，染过指甲。

毛蓝之蓝

毛蓝之蓝

染好的蓝粗布，要拿到院子里晾晒。拴在两棵老枣树之间的晾衣绳，在深秋的风里轻轻荡着，整匹的粗布给娘搭成高高低低的音符，音符们便随着晾衣绳荡来荡去的节奏呼啦啦地唱起歌，诞下晶亮晶亮的水滴，在黄土地上画成湿漉漉的弧线。

村子里没有染坊，却有织布坊。织布的人家姓宋，就住在小白河对岸的泊庄村，院子外边是一面坡，坡上密密麻麻生满杜梨树。宋家是雇农，祖辈都会织布，织布机是土改时分的，那家也姓宋。织布机和织布的手艺人都没变，甚至织布机待的地方都没变，所以，到了秋后，人们还是习惯性地说，该去宋家布坊织布了。

娘把一夏一秋中偷工夫纺好的线，送到布坊，挨个儿等着织布。织好的布，是棉花的原色，牙白。这样的布，浆洗之后可以直接缝被里，粗剌剌的，晒一回被子，能吸饱足足的太阳味，裹着一条吸饱太阳味的被子睡上一宿觉，第二天早晨起来，连呼吸都是香的，有棉花和太阳的味道。

但大部分的粗布，没有福分成为一条被子的被里。娘和其他女人一样，早就盘算好了，要给孩子做鞋面，给老人做棉袄，给屋子换门帘，给自己和男人缝过年穿的罩裤。供销社里不是没有洋布，宽幅的花被面，好看的黑色、蓝色卡其布，给小闺女做罩衣的细花布，一卷一卷在柜台上最显眼的地方摆着，凭布票购买。布票根本不够用，就算凑够了布票，钱也不凑手，还是自己纺花织土布来得实惠。

没有染坊的村庄，家家户户都能开个临时的染坊。一锅沸水，一包染料，一根枣木棍子在冒着热气的锅中仔细搅动，然后把粗布投进去，浸泡，翻身，再翻身，再浸泡。几番折腾，白粗布就成了毛蓝布。响脆的晴晌，家家户户染布，家家户户的院子里晾晒刚刚染好的毛蓝布。晾到半干的布，在晴风中鼓荡起来呼啦啦响，像毛蓝色的布阵。我们一群小孩子，在布阵里奔跑，一家接一家，从胡同口一直到胡同尾。在大人的呵斥、追打中，我们响脆地笑着，笑得跟头顶上的蓝天一样响脆。

我问娘，为什么都把粗布染成毛蓝色？染成红色、绿色、黄色不成吗？娘说，毛蓝好上色，不容易掉色，还禁脏。再多问，娘嫌我烦，不说了。她自顾自地忙，她要趁着冬闲赶针线活儿。姥姥、妹妹和她自己的衣服、鞋子还等着开工，她总是先缝我和父亲的衣裳。不用问，这衣裳当然是用毛蓝粗布裁剪的。

娘说，她其实给我穿过很多好看的穿戴，印着梅花、菊花、桃花的上衣，绣着云朵的方口鞋，但我很不喜欢，一直偏爱毛蓝。我对儿时穿没穿过花衣裳却一点印象也没有，连做梦都是穿着毛蓝布的衣裳。街里，所有的人都穿着蓝颜色的衣裳，在响脆的蓝天下走来走去。蓝天把老井里的水染成了蓝色，把老井旁的坑塘染成了蓝色，把村子外的河水也染成了蓝色。

村子里的世界真蓝。娘终日里穿蓝斜纹布上衣、毛蓝粗布裤子，姥姥穿毛蓝斜襟小袄、毛蓝大裆裤，肥大的裤腿用绑腿带子一圈一圈绑起来，绑腿带子是藏蓝色的。后院的莲姥姥、坡姥爷、小四儿姨也各自穿着一身的蓝。

似乎，蓝色是村庄里一种秘密的护身符，或者是村庄的精神律条。大家裹在清一色的毛蓝粗布里，不愠不怒。

七姨姥来我们家走亲戚，竟然也穿着蓝衣蓝裤。她的衣料跟我们的毛蓝布显然不是一个路数，光溜溜的，在太阳地儿里闪烁着水一般细腻的波纹。七姨姥的头发也梳得光溜溜的，没有一丝乱发。芒种天气，老天爷发威，即便在老枣树底下歇着，温度也超过三十八度。她手里握一块雪白的手绢，时不时在鬓角、鼻尖轻轻擦一下，那样子，像电影中的女特务。

姥姥说小七穿的是蓝府绸。小七是七姨姥的名字，她是姥姥的老表亲，过去家里是地主，他哥参加八路军，她也随着在地下党的交通站工作，后来不知怎么跟组织断了联系，新中国成立后跟着丈夫一起在家务农。七姨姥不善农桑，也不会干家务，男人死得早，又嫁了一个人家，膝下没有孩子。亲戚们都说，小七命不济，脑袋掖在裤腰上出生入死的，也没闹出个敞亮的名分，娘家成分又高，这往后恐怕没好日子过了。对于命不济的七姨姥，我似乎没有任何好感。她举手投足分明就是地主婆、女特务，这样的人怎么可能是八路军的地下工作者。

七姨姥走了，我却满脑子全是她的样子，她用雪白的手绢擦汗的样子，她跟姥姥说话时咯咯咯地笑着，笑得胸脯子乱颤的样子。七姨姥也穿蓝色的衣服，可她和我，和我周围的人，显然格格不入。她是隐藏在蓝色之中的异类。对于这样一个异类，我无法回避和拒绝，因为她是姥姥的表妹。她夸我聪慧伶俐，要给我做一件好看的衣服，亲手绣上花儿，下次串亲给我带来。她的白手绢上绣着一枝花，她展开给我看，问我是不是喜欢。她说，那是野百合花，她自己绣的。

说不清为什么，我害怕七姨姥再来串亲。秋天，父亲从青海寄来一块金红底子撒黑花儿的条绒布，让娘给我做件上衣。做好了，我说什么也不肯穿到街上。我当时正热衷于割猪草，喂猪。每天放学后，撂下书包，一身蓝衣蓝裤，背起筐子就往地里跑。辫子散乱，宽大的衣服呼啦啦响着，毛蓝色的风把我带到田野深处。

家里养了一头小猪仔，没猪圈，在房子东侧用破木板圈了一片空地，代替猪圈。猪仔长成了一头五六十斤的小壳郎猪，食量大，吃饱了不睡觉，撒欢儿，拱木板子。终于有一天，它成功突围，到别处撒欢儿去了。家里，胡同里，邻居家，都没有它的影子。娘着急，骂壳郎猪，也骂人。天下着雨，胶泥土垫的路湿滑泥泞。在村边的苘麻地边，我发现了正在撒欢儿的壳郎猪。我伸手去揪它的尾巴，它一蹿就挣脱了，沿着小路狂奔。追上去，再揪它的尾巴，它又一蹿就挣脱了，这一次，把我甩在泥地上，弄了个大马趴。

最终我是擒了壳郎猪回家的。它五六十斤，我的体重也不过五六十斤。我的右膝盖在人猪大战中磕破了，血水混着雨水顺着裤腿往下流，毛蓝粗布裤子洇红了半条裤腿。一时之间，我成了一个榜样。在街上一走，老太太们就说，看人家这个闺女，多泼辣，真是个好庄稼人的坯子。

没人知道，我的膝盖结了一个老大的血痂。那个血痂落下很难看的疤。到了时兴穿裙子的时候，我也从来没穿过短裙。毛蓝粗布裤子，换成了蓝色牛仔裤，我依然躲在蓝色里。蓝色，是一种很安全的颜色。连很像电影里女特务的七姨姥，估计也在蓝色中逃避着什么。

灰色的云朵

姥姥为我讲羲和给太阳洗澡这则故事的时候，她也正在给我洗澡。姥姥给我洗澡，是在夜的大幕之下。那时候，夜幕是深蓝色的缎子做的，爽滑、洁净、柔软，缝缀着无数颗大大小小十字形的星星，那些星星的光芒高贵而明亮。姥姥说，女孩子不能在白天洗澡，白天洗澡被太阳看到是羞耻的事情。夜间则不怕，因为星星也是女孩子。地上每一个女子，都对应着天上一颗星星。

通常，姥姥说话的语调都是柔和的，语速是缓慢的，就像初夏经过村庄的风。可是那天她讲到星星，村庄的风倏忽变大了，老榆树上的麦知了都慌张起来，叫唤得有些不知所措。到后夜，我发起高烧。

我梦见自己变成一颗星星，一直一直往天上飞，一片灰白色的云彩跑过来蒙住了我的眼睛。姥姥不见了，老榆树不见了，村庄不见了，大地也不见了。

我几乎不迷信什么，除了梦。

据说，人进入睡眠状态，就会与梦纠缠在一起。在梦里，你的生命开启另外一个存在界面。大多数的梦，人是记不住的，能记住的，只是浅睡眠状态下很小的一部分。关于梦，弗洛伊德出版过风靡全世界的《梦的解析》。曾经有一段时间，我的同学们开口闭口都是弗洛伊德，似乎不提这个名字，就无法与世界沟通。我的解梦、破梦方法，却全然跟弗氏理论不沾边。从小到大，我沿袭着一个冀中平原上双楼郭庄的体系，更确切地说是我姥姥的体系。比如说，你梦到了死去的人，哪怕是你的亲人、朋友，跟他（她）说了话，吃了饭，或者一起在田里干了活儿，醒来第一件事，赶紧着朝墙上、地上、手上狠狠吐几口唾沫，"呸呸呸"，越果断越坚决越响亮越好。否则，死人的灵魂会一直跟着你到现世来，给你霉气晦气病气。再比如，你梦到了一件坏事，恐怖的事、伤心的事、倒霉的事等，不要紧，赶在太阳升起之前，把你的梦境说与三个人，梦就会反过来昭示好事。这个体系，从逻辑上说常常是相互矛盾的，从情感上则冷漠、残忍，滑稽而无厘头。但你做了一个梦，尤其是噩梦，弗洛伊德是不会给出破解的办法的。没有破解的办法，总归会搅得人六神不宁。所以，姥姥那个相互矛盾、漏洞百出的体系，比《梦的解析》奏效。

当我梦到自己变成一颗星星飞到天空的那天，姥姥一定使出浑身解数来为我破梦。因为我高烧到了四十度。四十度是可以要人命的体温了，或者把一个伶俐的孩子变痴茶呆傻，那可就真的要变成一颗星星飞到天上去了。我是她老人家跟星星的总管月母千岁千难万难讨来的一颗小星星，小星星成为她的小外孙女，在她的怀抱里宠溺惯了，她离不开小女孩，小女孩也离不开她。倘若怀里的小孩要重新变成一颗星星回到天上，姥姥怎么能舍得？谁也不能舍得。

而这个梦，在之后的日子里还是应验了。

梦里那片长着长腿的灰白色云朵，它尾随着我归来，隐藏到一个不为人知的角落里，伺机攻占了姥姥的眼睛。

姥姥一遍一遍清洗脸盆，换上瓮里的清水，洗脸，洗眼睛。她一改吝惜水的习惯，瓮里还存有多半瓮水，就催着我母亲淘瓮。她说，是瓮里的水浑浊了，才使她的眼睛总也洗不清亮。

后来，她迷恋上了艾蒿。夏天，她用带露珠的艾叶贴脑门、太阳穴和上下眼皮。她贴上艾叶面膜的样子，有点像课本上原始部落里爱美的女子。入秋，她一茬一茬收割的艾蒿，在小草棚里晾透了。她用一把小巧的剪刀，一剪一剪地剪成寸段，收到一条手工织的布袋里。漫长的冬天和春天，她都要做一种艾蒸。她从瓮里舀两瓢水，盛到一个搪瓷脸盆里，抓进去几把干艾，端到煤火炉子上去烧。水到半开，盖脸盆的秫秸盖子上热气一缕一缕往外滋，老艾的苦香跟着热气跑，姥姥便把盖子去掉，扯个小板凳坐到炉子旁边，伸着一张脸开始艾蒸。她好像很享受艾蒸的过程，眯眼，身子往前倾着，双手支在腿上，维持这个姿态的稳当和恒定。每次，艾蒸的时间都得有一个多小时。按常理，一个多小时维持同一个姿态，对于一个六七十岁的老人，并不是多么轻松的事情。但姥姥的世界里，本身就没有多少常理。

北京医生诊断，姥姥得的是白内障合并青光眼，不可逆，她的视界只能一天比一天模糊，直至完完全全失明。对此诊断，我们一家人似乎都是一下子就接受了，那么平静地接受了，包括姥姥本人。既然医生说没治了，我们又能有什么办法。姥姥命中注定老来是一个"睁眼瞎"，本来这个名词是代指文盲的，在姥姥生命的最后二十年，她的眼睛真的一天比一天不行了。

　　姥姥依然在院子里溜达来溜达去，依然在夏天用带露珠的艾叶贴脑门、太阳穴和上下眼皮，冬天里守着微弱的炉火享用艾蒸。更多的时候，她端坐在炕头上，一言不发，眼睛是睁着的，眼角和唇边含着和善的笑意。看不到她的眼神，她的眼睛里罩着灰白色的云翳。

　　在另一个梦里，我再次变成了一颗星星，飞到了天上。我乘着一朵灰白色的云，越飞越远，越飞越快，冲出太阳系，进入混沌的星际高速公路。当我吓醒的时候，我正独自躺在一家宾馆的床上，浑身是凉凉的汗水。我已经在报社工作，多少见过些世面，不自觉就放弃了姥姥的那套解梦体系。高中、大学的同学星散，偶尔碰面，也没人再谈弗洛伊德。原来关系比较近的，会问问过得怎么样，孩子多大了，单位分到房子没有。关系一般的，则不过敷衍几句更漂亮了、更帅了，恭喜发财之类。这个梦，却猛然间让我记起儿时的梦，呼啸着远离的树木、村庄，长着长腿的云朵。

　　在石家庄工作之后，我常常几个月甚至是一年才回一次双楼郭庄。姥姥眼睛里的云翳越来越重，越来越浊。她的视力障碍已经转移到双手和双耳。有时候，我刚刚走进大门口，她已经忙不迭地挑起门帘从房里出来。有时候，她并不出来迎我，她跟家里人要梳子，她自己梳头发。我进屋了，她还在梳头发，花白的头发，一根一根，安顺地理到后脑勺，挽起一个纂儿，一丝不乱。她冲我咧嘴笑，她已经缺了很多颗牙齿，那裸露着牙床的笑靥，像个孩子。

我怀孕了。家里每个人都盼着生个男孩儿，姥姥却没有态度。她一辈子只生了母亲一个，母亲稀稀拉拉地生了三个，二女一男。姥姥还是嫌家里人口单薄，她过怕了人少的日子。

姥姥送给我一块蓝缎面的布料。这块布料我认识，就藏在她的秫篾箱子里。秫篾箱子，是用高粱秆最外一层篾皮编的，村里很多老式妇人喜欢用这样的箱子。箱子一般是圆柱形的，分为箱体和箱盖，里边有衬，外边糊上一层花纸，缠枝莲或喜鹊登梅。姥姥的箱子，花纸上画着牡丹和喜鹊，箱体和箱盖上的图案合在一起，严丝合缝，是完整的一体。她的箱子先前放在两只木头箱子的顶上，后来放在家里新打的立柜顶上。我们姐弟仨不停蹿个儿，她的箱子也放得越来越高。其实，房子里任何一个高度，对我们仨都不再是什么问题。倒是姥姥，一双裹过的小脚，眼睛又不好，登高爬低不方便。我们是姥姥心中的仁义孩子，就算调皮到把天地翻转，也没有起过心去动姥姥的箱子。

那只秫篾箱子，姥姥一年也不过打开两三次。里边有攒给我们的压岁钱，有姥爷的烈士证，还有一个小小的包裹，蓝缎子布料就在包裹里。她曾给我看过这块布料，缎面上织着云纹和缠枝牡丹，手摸上去那么软那么细。那天，姥姥很高兴，因为弟弟出生了，她要从这块布料上裁下一块，给弟弟做个兜肚。她轻声跟我讲，这块布料来自她娘的娘家，是她姥爷过世时从铺盖上扯下来的布头，叫"富"。"富"做了衣服给孩子穿，成人；藏在家里，能给主人带来好运。姥姥她姥爷家是财主，老太爷走了，家人干脆买来好几匹缎面，闺女儿子每人分了好大一块儿"富"。姥姥收藏的"富"，给我娘做过一个小坎肩儿，也给我做过一个小坎肩儿，妹妹是一个兜肚，弟弟也是一个兜肚。还剩下一块儿，也只够一个兜肚了，姥姥说留给我的孩子。

姥姥说到做到。我怀孕了，她把最后一块蓝缎面的"富"给了我。她已经不能登高爬低，她的眼睛不行了，是我代替她把箱子拿下来，放到炕上的。姥姥用双手代替眼睛找到那块宝贝，递到我的怀里。她把脑袋移到我身边，耳朵贴着我的肚子，她想听到孩子的声音。

后来，我的孩子没了。这个消息，谁也不敢告诉姥姥。可她硬是知道的。之后的每次回家，姥姥都穿戴整齐迎在门口。她的头发全白了，整齐地梳到脑后，小纂儿剪掉了。头发越来越稀疏了，挽不起纂儿，就剪了齐耳朵的短发。她说自己还没有完全看不见，熟悉的路她找得到，熟悉的人她能辨出模样。

院子里养了玉簪花和懒月季。姥姥摸索着浇花，摸索着看花。每年花要开的时候，她就让弟弟给我写信，催我回家看花。我也是爱花的人，明白姥姥的心意。这花是专门为我养的，它们一茬一茬开花，却不结籽。这是靠扦插和分根来繁衍、续命的花，耐活。我害怕姥姥陪我看玉簪、看月季的样子。她青年守寡，她苦了一辈子，老来又瞎了二十年。她本该四世同堂，安享天伦，我却毁了她一生中最后的梦想。

坐在院子里，我把姥姥环在怀里，让她再给我讲个故事。姥姥说，她老了，讲不动故事了，该我给她讲故事。讲什么故事呢？我空读了那么多的书，脑子里竟是乱纷纷的。慢慢地，有了一些故事，想想，却都是姥姥以前讲过的。

姥姥大字不识，她叫自己"睁眼瞎"。她讲的故事，在我成年之后，多数在古书中获得本源，包括这则羲和为太阳洗澡的故事。以至于她百年之后，当记忆越来越模糊、零碎而不可靠，我甚至开始怀疑，姥姥不认识字，到底是她亲口相告，还是我基于她那个年代"女子无才便是德"的一厢情愿的胡乱推断，或者，姥姥彻头彻尾隐瞒了她识文断字的真相，而甘心以一个病歪歪的文盲农妇的面貌终了一生。

奔跑的葫芦

一

此刻，我专心打磨一只葫芦。说打磨有点含义模糊，其实我干的活计，就是给它刮皮。刮掉自然生成的一层表皮，是一个刚刚成熟从瓜秧子上摘下的葫芦脱胎换骨的起点，无论它要成为把玩葫芦、烙画葫芦、脸谱葫芦还是酒葫芦、药葫芦、瓢葫芦。有人给我传授经验，再怎么头脸端正的葫芦，如不趁着一层青皮光洁如肤时把它刮掉，在晾干的过程中都会生出满脸满身的霉斑。哪怕小米粒大的一点霉斑，好好的葫芦就算破了相。打磨过的葫芦，还要经常拿在手里摩挲，这叫盘葫芦，一块好玉是盘熟的，葫芦也要盘，把人体的温度、力道、气血，通过一双手，与葫芦的肌肤相亲一点一点输送给葫芦。外祖母迎门柜上的葫芦，是她多年盘熟的。但她不说盘，她说养，供养的养。

坐在落地窗前，阳光透过玻璃像一把一把温柔的小针刀在身上游走，穿过衣裳、皮肤和血肉，如兜兜转转的旋刀，有什么东西沙沙掉落，周身酥酥痒痒的，生锈多时的腰部竟轻巧了些许。阳光之刀抚慰一个腰部出了毛病的人，我的刀子用力削刮一个等待远大前程的葫芦。

小半天工夫都花在了一个小葫芦身上。我要把它打磨干净，供养在书案。养个把玩葫芦，是我一直的念想。老早，我家的迎门柜上，总是养着一个葫芦的。一个离开了土地多年的老葫芦，明明是个摆设，却说是养着，是外祖母的言语。她说，葫芦离开了泥土和枝蔓，也还是活的。

立冬日，阳光洒洗之处，比平日格外亮堂。小区院墙上，逆光中的地锦红色筋脉根根鲜明，叶肉在我眼里瞬间寂灭，它只是一张植物的光学扫描片。一周之前，我的腰部也曾经有过一次透彻的扫描。当然，结合了现代信息技术的 CT，远比阳光扫描一枚地锦叶片要程序复杂。诊断报告显示，腰椎 L3-4、L4-5 椎间盘膨出，L5-S1 椎间盘膨出伴突出，腰椎骨质增生。片子拿回家，我在灯光下研究了半天，左边两列是整条腰椎的平扫图，一节一节白骨横陈，右边五列则全是一椎一椎的特写镜头，二十五张图层层布列，森森然，生出莫名的压迫和恐惧。

医生让我一个月之内严格卧床，外加理疗、牵引和一套小燕飞康复动作。他说，你这个算是初发，还比较轻，不用动手术，保守治疗就可以了。若往严重里发展，会导致瘫痪。我当然明白瘫痪对一个活蹦乱跳的人来说是多么致命的病。但我不甘心每天二十多小时直板板躺在床上，吃喝拉撒都在床上完成，那样，岂不是一种瘫痪的临界状态？但凡我能坐着立着，就不愿意长时间地躺着；但凡能工作、能自己照顾自己，就不想行尸一般活着，等人伺候。

二

我的腰，我从不相信它也会出毛病。小时候玩倒立拿大顶，腰劲儿提着，腿面子、脚面子绷着，一待就一刻钟；稍大挑水、扛粮食布袋，几十斤上百斤的分量，丹田一口气，肩膀头和腰一起使劲儿，走起。就算今年前半年，到朋友开心农场种菜，猫着腰，点种子，拔草，间苗，施肥，浇水，我还能一口气儿干两三个小时，下蹲，立起，蹲步，猫腰，这样的动作不知重复几百回。忘了是哪一天，好像是立秋以后了，我抱着两本书爬五楼，咯噔一下，一条好腰就变成了另外一条完全陌生的坏腰。

为了适应这条疼痛的腰，我佝偻着身子走路，扶着楼梯上楼，用手抱着腿上床，尽量避免下蹲，尽量减少弯腰，尽量减少持重。总之，我小心翼翼地哄着它，忍气吞声地迁就它。我想，如此发展下去，我将不仅是换了一条腰，还会换掉整个人，脾气，秉性，行止，节奏，一路换下去，我将不我。

母亲几乎每天来电话，问候我的腰。是的，母亲问候我的腰，她的问候语是一成不变的，"你的腰怎么样了？"作为孩子，我应该时时关心母亲，晨昏问候安好，事情反过来，那就不对了。但我的腰坏了，我不能接受它咯噔一下背叛我这个事实，我变得沉默、懒散，敏感、挑剔，钻牛角尖。母亲知道我，她聪明地选择了问候我的腰。

中医说这腰病是湿邪内侵所致，应调理脾肾，祛湿排毒。终日蛰伏在办公室，冬有暖气，夏有空调，湿邪从何而来，不得而知。但我的骨头确乎是寒冷潮湿的，腰眼、股骨、膝盖，这些大骨节的穴隙间储满冰凉的泥水，就像初冬时分结满蚂蚱凌的沼泽。夜半，我时而被疼痛唤醒。温暖的棉被之下，我的腰眼深处埋着一根尖锐的冰针，再强烈的温暖也不能把它融化。

母亲自己也是一个腰疾患者。父亲也是。外祖母也是。算上我，我们这个家族，前前后后已经有四个人闹腰疼。

我们家乡管生病叫闹病，比如闹眼、闹肚子、闹感冒。父亲和外祖母在世时，还没有 CT 这物件，X 光片倒是能拍的，但整个村庄也没几个人去拍，不是致命的病，谁舍得进到那个黑洞洞的屋子拍什么 X 光片呢。人们说，腰疼不是病，疼起来要了命。此要命非彼要命，它只是形容疼的程度罢了。父亲和外祖母，各自闹了多半辈子腰，但谁也不知道他们的腰到底闹的是什么幺蛾子。父亲自己给自己诊断，青藏高原干了二十年，落下一条老寒腰。外祖母自己给自己诊断，年轻时坐月子没人伺候，生完孩子第二天自己洗裤子、洗衣裳，十二晌下洼浇园，埋下病根。

母亲开始腰疼的年龄，至少比我早十年。四十岁上，她骑车去公社给外祖母申请烈属的补助款，把两岁的小弟和闹胃病卧床不起的外祖母扔在家，心里着火，刚出村口一个下坡急弯，人倒车翻。母亲没说摔得怎么样，疼还是不疼，她打发我从村卫生所买了几贴跌打止痛膏，该下地下地，该做饭做饭，登梯爬树到房顶晒粮，扛粮食到小杨庄磨坊磨面，没事人一样。但母亲从此离不开膏药了。腰上、肩膀上、后背上、屁股上，满身都是膏药。她所到之处，连空气里都弥漫着一股子膏药的冷香。母亲七十五岁，做了人生第一次 CT，因为她的腰闹得更厉害了，她在电话里跟儿女们喊疼。在我印象中，母亲是极少喊疼的，四岁失怙，中年守寡，母亲像旷野里一棵孤苦的大树，百摧不折，浑身伤痛，顶天立地。她的诊断结果，腰突、骨质增生、骨刺、腰肌劳损，还有陈旧性骨伤。这个诊断，迟了整整三十五年。

年纪渐长，我的相貌越来越像父母亲中年时的样子，连腰疼也继承得如此完好。事实上，几十年间我一直致力于把自己塑造成为一个变异者和超越者。性情、举止、命途、视野、思维、价值判断。我一刀一刀地自我削斫、雕刻，不计成本和心力。在外人眼里，我是一个光鲜的成功者，甚至常有些炫目的鲜花和荣耀。只有我自己明白，深植于血脉的东西是不那么容易改变的。

假如拿我的 CT 片子和母亲的 CT 片子做一个医学研究的对照组，会不会有一些家族史的意义？假如外祖母的骨殖亦可以从坟茔中请出来进行一番医学扫描，三者对照，会不会有什么重要发现？这样的想法，白云苍狗，聚散依依。

三

写意画中，葫芦的形象跟人非常接近。一个身背酒葫芦的罗汉走向茫茫雪野，乍看，就是一个大葫芦驮着一个小葫芦在飞奔。

外祖母爱葫芦，我一家人爱葫芦，南南北北的汉族人都爱葫芦。葫芦，谐音福禄。一个人从落草到入土，长长短短的一生，都是为福禄、为福祉而奔波。

父亲从青海调回肃宁老家时已经四十一岁了。除了一件颇有高原生活标志意义的军绿色半旧布面羊皮大衣，一条两丈多长、二尺多宽的紫色细布腰围子，几乎身无长物。等待他的，是三个幼年的子女，一处四壁空空的房子，一个连围墙也垒不起的饥饿的院子。

父亲是一个大葫芦，驮着我们一群小葫芦。

我见过父亲用紫色腰围子扎他的老寒腰。他手的力道大得很，直扎得密不透风，胸肌突起，鼻子尖上冒出一粒一粒的汗珠。上班、吃饭、睡觉之外，父亲所有的时间都用来做同一样活计，那就是建我们的院子。先是拉河泥垫院基，小白河几乎四季枯水，河底的红胶泥土不花钱，需要的只是一把子好力气。河底到堤顶是一个四十多度的堤坡，一车土足有三百多斤。父亲一个人挖泥，装车，爬坡，再走一二里地，平时一天一两趟，休息日十几趟。院子垫起后，又打土坯圈院墙，盖煤棚，盖工具房，栽树，栽花，种菜。父亲尤其喜欢果树，他栽的牛心葡萄，在我上大学二年级的时候结出第一串葡萄，他栽的柿子树在他去世那年秋天挂起满院子红灯笼。

在中华文明史的大系里，应该包括一部《国人腰疼史》。但我读书有限，到现在还没有看到这样一部书。腰疼史，也是民间的劳作史、苦难史、创造史、福祉史。

父亲只活了五十一岁。他的一条老寒腰，使尽了最后十年的力气。父亲走的时候，外祖母让人把养在迎门柜上的一个细腰葫芦放到骨灰盒里。"葫芦葫芦，福禄福禄，生不带来，死要带去。"外祖母的眼睛接近失明，白翳罩满浑浊的眼球，她不哭。

外祖母说，每个人都有两条腰，一条长在身上，一条长在心里。我得承认，我的腰疾有一半是从心所起。父亲走后，我情愿替父亲扮演着父亲的角色，帮衬母亲奉养祖父和外祖母，供给妹妹和弟弟读书。想起父亲扎起紫色围腰一趟一趟拉河泥的情景，他是一个真实版的"约腰壶"啊，他把一个中年男人无以言说的苦和疼，默默地捆扎起来，只闷头做一件事，我的心中一片血泪模糊。但我却是一个被俗世异化的葫芦，我不甘心被遮蔽，不甘心屈居于人，不甘心失败和四处碰壁，甚至不甘心人家说我性情和做派太像父亲母亲。我变得浮躁、狭隘、偏执、敏感，我往往用力过猛，却忘记老夫子教诲的过犹不及。

四

从网上学到一个治疗腰突的偏方：进行爬行训练以增加腰肌的弹性和力量，每次十五分钟，每天两次，半个月为一疗程。据说此法标本兼治。网页上有图片，教爬行的要领，中年男女四肢着地在水泥路上行进，右臂带左腿，左臂带右腿，活像一群穿着衣服的冰川纪怪兽，场面十分壮观。站立起来靠双腿行走，是人与黑猩猩的一个分水岭。站起来不容易，而重新趴下身子四肢爬行，也何其艰难。

我没有胆量到大街上去爬，选择室内训练。训练开始之前，请工人来做了一次彻底保洁。来的是哥儿两个，姓路，邯郸人，老大三十一，老二三十。我称他们大路、小路。一进屋，他们就看到了我家客厅的一堆细腰小葫芦。小葫芦是朋友家园子里今年新摘的，盛在一个竹编的筐笲里，随便摆在茶几上。《诗经》里说"七月食瓜，八月断壶"。农历八月是收葫芦的季节，那时我开始闹腰。腰一疼起来，我就顾不上葫芦们的品相了，没及时刮皮，一个个都长出灰黑的霉斑，成了花脸葫芦。

大路小路干活很仔细，光是收拾阳台的落地窗就花了小半个上午，连窗槽里细小的尘土都不放过。哥儿俩性情都算开朗。他们曾在北京某大单位干过工程，也在不少高档社区揽过瓷砖美缝、开荒保洁的活计，认识不少文化人儿，谈吐颇有见地。小路说，他打小就喜欢葫芦。有次他在县城干活，路上见有家种了葫芦，整整一大架，枝枝蔓蔓的罩着半个院子，他停下摩托看了老半天，真想敲门跟人家讨个葫芦。想归想，不敢。再到县城，单门去找那个葫芦院儿，却怎么也没找到。因着一堆小葫芦，哥儿俩跟我之间的距离一下子拉近了。他们一边干活一边跟我聊天，很快熟络起来。

我的年龄跟大路小路的父母相差无几。听说我正闹腰突，小路说他们父亲也是腰不好，好些年了。年轻时出力太多，现在一身都是毛病，母亲已经过世。路家兄弟还有两个姐姐，早就出嫁了。"父亲不肯闲着，天天还是外出打工揽活儿。晚上一回到家，就瘫床上不动了。"活泼的小路，说起父亲，眼睛里亮晶晶地闪出泪光。老路养大四个子女，给大路小路都娶了媳妇，一个庄稼人，不容易。如今，大路小路来城里干保洁，又是为着供养幼小的子女。一辈有一辈的责任，一辈有一辈的不容易，而下一辈，又不知不觉踏着上一辈的路。

我送了他们一人一个没刮皮儿的葫芦，皮儿有点干了，布着星星点点的霉斑。哥儿俩欢天喜地的，准备过年带回邯郸给孩子玩。小路小时候种过好几年小葫芦，不知怎么一个葫芦也没结过。晃晃手里的小葫芦，哗啷哗啷的，居然有籽。"明年春天，我让媳妇在家种上几棵。"

供养一个葫芦，在外祖母的心里，是供养一种福祉。父亲去世那年冬天，外祖母把父亲种的葫芦一一打磨干净，她端坐在炕头上，每天在前襟上暖着，一个一个用手摩挲，像是数念珠的老僧。外祖母盘过一冬的葫芦，光滑油润，如同上了一层釉彩。春节，她把葫芦送给来拜年的孩子。

我一天天走向衰老，腰宽体胖，渐渐失去细腰葫芦的体态特征。而医学研究认为，腰围是健康的重要评价指标，跟"三高"呈正相关。细腰葫芦型，是比较理想的女性形体。如我这般腰粗腿粗，脂肪堆叠，肌肉衰弱无力，腰椎负荷太大，患腰突的风险自然增加。在医生建议下，我买了一个腰突病人专用的围腰。围腰里有三个钢支撑，松紧扣。有了围腰，我的腰肢一下子显得纤细了，试着弯腰、下蹲，疼痛感明显减轻，脑门儿上滴答滴答全是汗珠。

又想起"约腰壶"这个拗口的名字。我的腰因为病而约束，我成了真正的"约腰壶"。我们的祖先七千年前就种植葫芦。葫芦有甜葫芦、苦葫芦，大葫芦、小葫芦，可食的葫芦，可用的葫芦，可玩的葫芦。李时珍《本草》认为，细腰小葫芦可入药，并命名之"约腰壶"。

一个直立行走的人，椎骨精巧、灵活，可完成端坐、安眠、行止、礼祀以及各种繁难的劳作，但椎骨并不强大，不能过载，不能承担那些疯长的虚妄。所以，一个好的葫芦，需要修炼需要约束需要隐忍。这是我对"约腰壶"三个字的释义，当然，任何解释都多少是对其本义的误读。

欢愉之粥

舅舅说，李姥姥已经殁了，没有活过一百零一岁。是交小寒那天还是交小雪那天殁的，电话里听不太清楚。总之，说不行就不行了，头一天晚上还喝了一大碗棒糙子粥。她原本是想熬过冬天的，熬过冬天，院子里新栽的棠李子树就开花了。棠李子树开完花，小娃家的小子就该考高中了。小娃是李姥姥的孙子，李姥姥只有一个孙子。她老人家一直巴望着见到重孙子上大学，娶媳妇。

李姥姥极喜欢熬粥喝。就算是大年初一，别人家吃饺子、熬肉菜，吃得满嘴油光，李姥姥也还是要熬一锅粥。这锅粥，她不仅自己喝，家里人人都喝。她说，过年，腥水大，更得喝点粥克化克化。李姥姥日子过得不穷也不富，年五更里熬粥，顶多落个"怪"的名声。她也不怕别人说她怪，母子俩过日子，不跟谁家格外热络，也不下狠结仇，挣工分吃饭，天黑了大门门闩一上，自家一个世界，挺安静。她跟我姥姥处得好，是个例外。可能因为俩人都是打年轻守寡带个独苗儿过吧。

我家跟李姥姥家隔着一道院墙。院墙很低，中间有几块坯碎了，形成一个不宽也不窄的豁口，有时候我姥姥和李姥姥站在墙根底下说话，俩人胳膊肘都挂在豁口上。从她们俩的交谈中，我发现李姥姥在熬粥之外，比我姥姥更会做好吃的。比如"油汁饼""卤面"，这样的字眼，我就是从李姥姥嘴里听来的。冬日里，天黑得早，睡在冰凉梆硬的被窝里，百无聊赖。但"油汁饼"这样的词语，让我入睡前的思维变得格外活跃。姥姥说，烙"油汁饼"没什么难的，就是把肥肉切薄片加作料生腌，平摊在饼坯里，烙饼时，肉片里的油汁见热之后慢慢浸出来，渗到饼里。油汁饼是真好吃，外焦里嫩，咬一口，香得舌头疼。姥姥光说不练，李姥姥却隔些日子就烙油汁饼。她跟姥姥隔着墙头说会儿话，扭身就回屋了，她说，面饧得差不多了，今儿晌午娘家来戚，烙油汁饼熬点粥。我便很留心李姥姥家的炊烟，试图从四散的烟气中捕捉到一丝丝油汁饼的滋味。结果，只捕来满耳朵的喧阗，七姑八姨，男男女女，欢喜而热闹。李姥姥孤儿寡母，娘家却枝脉蓬勃，又走动多，胡同里的邻居和生产队的人，有谁想放肆，心里自己就弱下去了。

我一直盼着李姥姥有一天会从院墙的豁口上给我递过半块油汁饼。但是没有。我产生这样奢侈的念想，是因为李姥姥时常会给我一点好吃的。小孩子也一样，惯着一，自然就想着三，惦着五。那时，他们家还没有添娃娃，舅舅刚娶的媳妇，羞涩又勤谨。我姥姥忙不过来的时候，李姥姥常从豁口把我接到她家，一边做活计，一边给我讲笑话儿。有外边亲戚寄来的糖果，李姥姥给我吃过，玻璃纸包着，彩色软糖，比村里小卖部一分钱一块的土糖洋气多了。树上的棠李子半青半红，她拣最好看的摘了给我玩儿。桑葚子，半边树黑半边树白，她问我想吃白的还是黑的，我说不吃黑的也不吃白的，我要吃红的。红的，就是黑葚子将熟未熟的模样。红的酸掉牙，黑的、白的甜掉牙。

李姥姥熬粥，用小棒糁子，先冷水潵，等大锅里水烧到嘎嗒嘎嗒翻大花儿，再倒进糁子，灶膛里猛填柴火，火苗子突突响，金黄的糁子在巨大的水汽下滚成浪花，滚一阵，之后改细火，咕嘟咕嘟叫成好看的泡泡。粥快黏稠了，把苜蓿芽、菠菜叶或榆钱、车前草嫩叶细细切了投进去，翻两个小开儿，粥香、菜香渐渐纠缠到一骨堆儿。粥盛到碗里，飘着星星点点的绿，一晃一晃的，馋人。李姥姥说，苜蓿芽粥有明目的功效，菠菜粥吃了好出恭，车前草粥祛痰火。不同的菜熬不同的粥，对人有不同的益处。现在想来，她的识见，在当时整个村子里是先进的、独有的。

喝粥，就着红咸菜，是上讲究的吃法。我们家和李姥姥家都这么吃。李姥姥卤的红咸菜，筋道，咸里透香，像卤肉。三岁那年，我偷吃，一下子齁出了气管炎的毛病。打那以后，我姥姥和李姥姥逢晾咸菜就防着我，比防小黄还严。小黄是李姥姥家的猫，馋，很会捉鱼。小黄捉的鱼，有一次被李姥姥给我煎着吃了。小黄因此不待见我。

村里还有跟李姥姥一样天天喝粥的人。比如，二增。二增是个光棍儿，住胡同顶头一间独屋，没有院子，院中间有棵大柰子树。柰子树的花骨朵艳红，春天里，小孩子们时常爬到树上，骑坐着粗大的树干，揪花儿玩。大柰子树好像从来没有结过果子。它没花的时候，便跟二增的独屋沉入深深的寂静。到了饭点，二增敞着门，圪蹴着身子往灶里填柴火。他家炕里插锅，烟囱不好使，一做饭，屋里屋外狼烟动地。二增天天熬粥，一来他不怎么会做饭，懒锅灶，二来熬粥省粮食，他挣的工分少，粮食一年接不下一年。二增跟胡同里的人来往也不多。他在生产队里掌什么事，我现在都想不起来了。看场？看青？似乎都不是。他有亲兄热弟，各立门户，几无来往。二增像村里一条影子。不知道什么时候，独屋没了，大柰子树没了，影子也没了。妇人们倒是常常说起二增的锅，每次熬粥每次煳，也不刷锅，积了老厚老厚的锅巴。一口六印锅，剩下的膛膛儿，也就容下一两碗粥了。

儿时记忆里，村里荷姥姥熬的粥也给我留下深刻的印象。荷姥姥会熬粥，她家的粥好喝。我喝过她熬的山芋干儿粥、蔓菁干儿粥、胡萝卜干儿粥。她家的粗瓷蓝边大碗，喝一碗，还要再添一碗，第三碗喝到一半，心里还想喝，肚子却已经赛小鼓儿。山芋干儿粥，尤其好喝得一塌糊涂。跟棒糁子一起慢火煮透的山芋干儿，又甜又面，有一点嚼劲儿，比李姥姥家北京亲戚捎来的点心还好。荷姥姥还熬过一种籴籴粥，炒熟的棉花籽拍碎，加盐跟细白棒子面和在一起擀成片，切半拃长拇指宽的条儿，粥煮半熟时下锅，拿马勺轻轻搅动，籴籴片飘起来，再添把柴烧一下就可以吃了。籴籴这东西，越嚼越香，却凭你有再锋利的牙齿也嚼不烂。荷姥姥教给我，嚼巴嚼巴来口粥，咕噜一下囫囵咽到肚子里。她只给我吃一碗，多了不让吃。

我问姥姥，为什么不给我熬山芋干儿粥和籴籴粥，她老是岔开话头儿。她还要我保证，以后不再喝荷姥姥家的粥。她一说，我马上应。再去荷姥姥家里找小妹姨玩，她家的粥，我照喝不误。我的小伙伴们，都喝她家的粥，我为什么不能喝呢？荷姥姥家的锅很大，比八印都大，好像是从做铸铁锅的地方特制的。有一年，小妹姨的父亲出河工，用小车推回来这口锅。为了安这口锅，还请长青太姥爷重新盘了一回灶台。荷姥姥孩子多，最小的小妹跟我同龄，最大的一个，都有二十来岁了，说了河对岸村子的婆家。中间的几个孩子，两个上初中，三个念小学，都贼有饭量。荷姥姥疼惜孩子，她总是整个胡同里做饭最早的。我们放学时，她家烟囱早就白烟袅袅了，于是直接跟着小妹姨奔了过去。有时候粥还没熟，就跑到条案旁翻饽饽篮子，篮子里总归会有一些吃的，蒸山芋、棒子面窝头，运气好时说不定还有葱花烙饼、净面馒头。

"你荷姥姥家不是开粥铺的，他们家那十来张嘴还喂不饱呢，你别去跟着反腾了。"姥姥扯着我的耳朵叮嘱，从没有过的严厉。我不吭气儿，接下来还是去找小妹姨，见粥喝粥，见啥可吃的，拿起来就吃。李姥姥待我也很好，但我却从来不敢翻她的饽饽篮子，在她家半天玩下来，乖顺得像小黄。小孩子也懂得看人下菜碟儿。

下雪天，荷姥姥家的窗玻璃上结出好看的冰凌花。我和小妹姨、芳、霞，趴在窗台上看，比赛谁看出的图案多。荷姥姥也凑过来看，她说，冰凌花是西王母半夜里画的仙境图，要仔细看，方能看出门道儿。记住图案，闭上眼睛待会儿，就真能登入仙境，看到那些唱歌跳舞的仙女。荷姥姥的话，我们都认真了。几个小脑袋凑在一块儿，分析哪里是南门，哪里是北门，哪里是西门，哪里是东门，哪里是玉皇的宫殿，哪里种着仙桃。然后按照荷姥姥的指导，端坐在炕上闭上眼睛。

仙女没有降临，院子里响起杂沓的脚步声。窗玻璃上的冰凌花不见了，隔着窗子，我们看到小妹姨的父亲和她的四哥、五姐回来了。他们推了一辆独轮小推车，车梁两侧是两条鼓鼓囊囊的大麻袋。那是两袋子饽饽！荷姥姥从西屋拿了两个大笸箩，几个年龄大点的孩子把麻袋抬进屋，哗地倒进笸箩里。有半个半个的高粱面窝头、棒子面窝头，两掺面的烙饼，也有一两个白面馒头，甚至还有两个枣花糕。有的饽饽放时间长了，表皮龟裂，像荷姥姥冻裂的手。有的已经结出绿霉，弥漫着微微的酸味。我和小妹姨还有芳、霞，我们只盯着那几个枣花糕，它们在这两大筐笼破烂饽饽堆里，那么鲜艳、出挑，如鹤立鸡群。枣花糕最终成了我们的零食，这次不是我们自己拿的。荷姥姥笑哈哈地从饽饽堆里把它们拣出来，吭吭掰成四份，一份给芳，一份给霞，一份给我，一份给小妹姨。多少年之后，我还记得拿到那块枣花馍的情形。那时，我们四个小姑娘都是八岁。村里常有"要饭的"，背个布袋或者扛个篮子，或是跑单的老头儿老太太，或是拖儿带女的中年男女。但我从来没有把这样的人物跟荷姥姥一家联系在一起。他们家其实也到了要饭的地步，即使到了讨要的地步，荷姥姥也没有厌烦过我们这些胡同里蹭吃蹭喝的孩子。至少，她没跟我们撂过脸子。

胡同里的女人聚在一堆，常对荷姥姥说长道短。在她们的嘀嘀咕咕中，我知道了一些荷姥姥的故事。她做姑娘时，"疯"得不行，为了看个杂耍、听个书什么的，十里八村地跑。十六七岁，针线活儿一点学不进，只会拾柴割草的粗事。爹娘没办法，就让亲戚带到天津找个人家嫁了。结果她还是"疯"，满世界跑着看捏泥人，设法弄一点钱去吃耳朵眼炸糕，男人管不了，下狠手打。她受不住了，偷偷跑出来，一路要饭吃，真逃回来了。荷姥姥二十来岁嫁到我们村，接连生了十个孩子，丫头片子多，带把的少。还是不会做针线，她的孩子穿"百家衣"。荷姥姥干活不惜力，在生产队出猪圈、挑大粪挣男人工分，在家奶孩子收拾屋子打扫院子，养一圈两三头大肥猪。但她缺心眼儿，不会算计。

荷姥姥有个头疼病。她的病，过个一两年就犯。一犯了病，疼得满地打滚儿，翻白眼，要死要活。小妹姨的姐姐半夜跳墙到我家，敲窗棂，喊我姥姥，"大娘，大娘，快起来吧。俺爹叫你过去，俺娘快不行了"。不管是白毛风呼嗒呼嗒刮着，还是大雨哗啦哗啦灌着，我姥姥立马穿衣起来，腿脚利索得像个年轻女人。姥姥说，荷姥姥得的是馋病。她带着胡同里其他经过事的女人，东凑西凑整半碗白面，给她做麻油片汤荷包蛋。一碗热腾腾的好吃食喂下去，荷姥姥额头上冒出细小的汗珠，脸颊浮起红晕，蝴蝶斑显出几分俏皮。小妹姨她爹，借来二信的水管自行车，差人到县城里买大火烧揣猪头肉，顺带着也买一包去疼片。荷姥姥被人围着，伺候着，好吃好喝待承着，到了天黑，病就完全好了。她又开始抱柴火烧火熬粥了。当夜幕黑黑地笼住小小的村庄，她家的粥香已顺着烟囱飘满整个胡同。

庄户人家一天三顿粥，连个油星子都见不到，谁能不馋呢？但所有人都把馋字藏在肚子里，养成馋虫，馋狠了，想想过年时的饺子、煮方肉，咽几口唾沫，也就算了。唯独荷姥姥，把馋给生成一场病，闹得轰轰烈烈，记入一个村子的逸事。当然，这样的逸事，过不了多久人们也就忘了，有人又弄出了新鲜事。有个叫红欣的孩子，熬了一锅老鼠粥。红欣有点傻，十八九岁了，有爹没娘，她爹心眼也不多，老实本分，差点没有被划入缺心眼一类。有一天，红欣她爹没在家，这红欣一个人，不知怎么在炕尾的棒子囤里逮了只老鼠，心下迷糊，就把老鼠宰了剥了，煮了粥喝。红欣喝饱了粥，到当街闲溜达，她很兴奋，逢人就要讲说一遍她擒鼠煮粥的英雄故事。她两眼放光，不厌其烦地叨念着："你家喝过老鼠粥吗？老鼠粥真香！"

红欣熬老鼠粥的那天，我家晚上没动烟火，当然也没熬粥。我们胡同的人家，几乎家家止炊。我姥姥说，她恶心得厉害，头晕。她一说，我也感觉恶心，浑身乏力。后来，小妹姨告诉我，她娘也恶心、呕吐，家里没做晚饭。

胡同里忽然少了炊烟，连天空都嫌闷得慌。猛然间西北方向跑来一片黑壮的云彩，一个闪劈来，天裂开了一道口子。又一个闪劈来，天又裂开了一道口子。我害怕得不行，流着眼泪，又忍不住去看闪电。白亮再次闪过，我似乎闻到李姥姥家烟囱有小团干净的烟气，那烟气中有淡淡的芫荽混合着棒子面的香味。接着，滂沱大雨压下，烟气和粥香就都淹没了。

李姥姥把熬菜粥的秘方教给红欣了。她还教给红欣穿葶秆盖帘，炸馓子，纳割绒。缺心眼的红欣，后来嫁了个不错的女婿，女婿在东北的林场里工作，随迁了户口，去林场上临时班，似乎再也没有回村。

荷姥姥比李姥姥小十多岁，却比李姥姥殁得早，只活到了八十九。我姥姥殁得更早，只活了八十。姥姥殁了之后，好长一个时期，亲邻时不时托人给我往石家庄捎棒糁子，她们以为我是天性爱喝粥的。其实，我更想吃李姥姥的油汁饼，还有荷姥姥的大火烧揣猪头肉。

蔓菁散

蔓菁散

外祖母遣二花帮她找蛇蜕，一根蛇蜕换一顿饭，饭是掺谷糠的玉米面小米面两掺窝头三只，椒油炝蔓菁片管够。狗二找蛇蜕的速度不快也不慢，找够二两的时候，我们家的一口袋蔓菁干儿就该抄底了。

蔓菁子四两、蛇蜕二两，是照方子凑的，外祖母用来制作蔓菁散。

我家有过一块自留地，在村北小白河河沿上。离河近，河里没水，故无近水楼台之利。地里有公用的老井，谁浇水，谁自己摇辘轳。外祖母细瘦，用二花的话说胳膊比茼麻秆儿粗不了多少，摇辘轳不易。她的法子，就是旱作，吃天赐的饭。种北瓜、高粱、荞麦，也种蔓菁、萝卜。

旱地里的蔓菁根扎得深，须多，形似人参。我小时候不喜欢人参形蔓菁，我喜欢浑圆的那种，拎起来纺锤般滴溜溜转，皮色紫红、鲜亮。其实论吃口儿，细长的比浑圆的更面，也更甜。外祖母用草木灰和粪便、焦炕坯沤肥，地力一年年壮实起来，旱地蔓菁也有能长得溜圆肥腆的。

每到小雪天气，田野开始封冻，趁着午后晴暖的光景去地里掘蔓菁。每掘出一个漂亮的大蔓菁，我一定会雀跃着，拎起蔓菁向天空挥舞。红的蔓菁，蓝的天空，还有一道长长的白色航迹云，像一粒种子封存在记忆深处。

种蔓菁是在六月天。头伏萝卜二伏菜。蔓菁跟萝卜同是十字花科植物，下种的时间也不分前后。旱地里，来一场雨，有点墒情，赶紧把种子点下。之后的事情，就交给大地了，饥渴不问，任其生灭。初冬，人们把秋粮囤起来了，把白菜萝卜收了，这才想起，伏天还种过一片蔓菁！好在蔓菁不惧怕寒冷，隆冬不收，地冻三尺，它的肉身依然是活的，暖的。三九天扒开一垄蔓菁，收回家熬蔓菁粥，最是味厚而有营养。立春后，蛰伏于土地下的蚯蚓、蚂蚁、花蛇摆脱僵硬的羁绊，探头探脑。蔓菁也从深深的睡眠中唤醒自己的灵魂。梳头，展腰，着花。一个月之前尚萧瑟的泥土，忽然向上生长，灿然花开。蔓菁花是土地里藏匿的小太阳，一朵一朵热烈在春风里，照亮灰暗了一冬天的人心。

翻阅《长物志》，果蔬卷中列有"芜菁"。芜菁，就是蔓菁。这本书的作者文震亨，出身名门。天启六年（1626年），吏部郎中周顺昌因得罪魏忠贤被捕，苏州百姓为之鸣冤者数万人，文震亨为首。清兵攻占苏州后，文震亨呕血而死。他说，萝葡一名土酥，蔓菁一名六利，皆佳味也。他如乌、白二菘，莼、芹、薇、蕨之属，皆当命园丁多种，以供吃斋饭用。但不可卖菜赚钱，沦为卖菜之人。文震亨的"蔓菁论"，第一次让我把这种散漫于泥土的卑贱之物，提升到精神层面来对待。吃斋的不只佛家，定期斋戒素食，是生命的态度。也有情不得已，比如晚年流放落魄的苏东坡，持蔓菁以为"坡羹"。物质的匮乏，总是缠绕着灵魂的困顿。苏东坡是个有智慧的突围者。

我家的蔓菁有两种命。头一种，自然是初冬收获，鲜储或切片儿晒成干冬藏。有一个时期，它跟红薯、胡萝卜一样，是作为主食的。另一种命的蔓菁，是少数派，一直在河沿地里越过冬天，在春风中抽薹、开花、结子。乌亮、沉实的蔓菁子，留一包夏天再种，剩下四两，做蔓菁散。

蔓菁散，是西庄郎中给开的方子，每年从立冬开始服用，连服三年或五年、七年。外祖母说，这个方子，她父亲，我的外曾祖，也给人开过，他在东北做买卖，懂得医道。我三爷爷是村里的中医喉科大夫，自己配药，他的药里间或也会用到蔓菁子。我却固执地以为，服用蔓菁散，是外祖母作为家庭至尊者的一种享受。早饭之后，她用半钱羹勺朝一个小巧的青瓷罐里挖一勺黑乎乎的药面面，吞服，嘬一口烈烈的地瓜酒，盘腿坐在炕头闭目养神。

那时家里的尊者，都有一种古怪的享受方式。比如，我的祖父闲时总是一点一点撕手指甲边上的倒刺，撕得渗血。在我的祖母早逝后，祖父愈发喜欢这样的行为。三爷爷的享受，是地道的美食之享。在他最倒霉的时候，也能想办法折变出一碟炸花生米，或者一根香肠。他的药铺兼卧室里，常常顺着门缝飘出一缕缕的香气，有薄荷冰片的冷香，也有蔓菁干炖牛肉的醇香。

三爷爷说，蔓菁散这个方子，是从宋朝传下来的，发明蔓菁散的人是宋徽宗。国人食药不分家，盖从炎帝开始。炎帝就是神农氏。"神农以赭鞭鞭百草，尽知其平毒寒温之性，臭味所主，以播百谷，故天下号神农也。"中国最古老的医书《内经》，也托黄帝之名。重视民生疾患之苦，把中医理论建设提高到国家层面，是个优秀的传统。蔓菁散，的确收录于赵佶亲自编纂的《圣济总录》中。我三爷爷不仅仅会用蔓菁干炖牛肉对抗自己的霉运，他还刻苦读书，研习医理，治愈了许多人的喉症。

铿然石臼

蒜汁，左不过一味调料。没个好的制作工具，也让人别扭。恰在这时，朋友从山里捎来一个捣蒜罐儿。

捣蒜罐由一块灰白色的石头镟成，质地细腻、硬朗，外面抛过光，手感很润，内槽规整，但粗拉拉的。捣蒜罐儿还配着一根同样材质的捣杵，握感十分舒服，有一头儿没抛光，跟内槽一般粗拉。准确说，这捣蒜罐儿应该叫石臼，微型石臼。

将石臼置于宽大的厨房操作台上，剥好的蒜粒拍扁、断上一刀，入臼，手握捣杵，一下一下有节奏地捣在臼中，石臼铿然有声。这声音，不似擀面杖轻轻撞击瓷碗那般闷浊，但也不脆、不滑、不尖，仔细分辨，那是石头和石头的唱和，醇厚、古远、幽邃。使用石臼捣蒜，我竟然被捣蒜罐儿和石头捣杵相击的砭砭之音迷惑，手里握着捣杵进入了一种忘情的状态。

生于平原，与石头打交道不多。有几件石具却念念不忘，一是碌碡，二是石碾，三是石磨，再就是石臼。碌碡和石碾石磨是大物件，每条街上都有，并不稀罕。石臼，则不多见，我外祖母有一个，郭家车道那边四生娘也有一个。但她们的石臼，都是用来捣药的。外祖母的石臼粗糙，身量也略大，就是一个普通的捣蒜罐子，硬给用成了捣药罐儿。四生娘的就不同了，小小一件，润润的墨绿色，自带君子之气，现在想来，应是一件老玉。

外祖母说，她三十岁生了一种怪病，肚子腆胀，明明没几两肉，却胀得老高，好像揣着一面皮鼓。喝过很多服中药，几乎无效。后来，四生娘给了个偏方，食用炙蟾蜍粉，每月一只，连食十二个月。蟾蜍俗称癞蛤蟆，夏天村中央的大官坑就有很多。外祖母央求左邻右舍的半大小子去坑里给抓癞蛤蟆，一只癞蛤蟆兑换半升高粱。十二只癞蛤蟆当天凑齐，四生娘又示范炙蟾蜍的法子，升起煤火炉子，以铁扦插蟾蜍，在距火口一尺之上的位置慢慢煻烤，五小时焦香，十小时煳香。至煳香，药成一半。炙蟾蜍晾透，分成小块儿，开始捣药。外祖母就是这一次才见识到四生娘那件传说中的玉石臼。捣药如捣蒜，却比捣蒜精细得多。一只炙蟾蜍全部捣成麦面一样的细粉，需要三天工夫。四生娘教了外祖母半天，剩余功课需由患者一个人完成。四生娘说，捣药也是治病。病来如山倒，病去如抽丝。你这病啊，每捣一下，就减半丝。心诚则灵。

那时候，村里人信中医，也信四生娘。四生娘从遥远的大山里嫁过来，年轻时美得像个仙子。她第一次跟着四生爹进村，一身红缎子衣装映红半条郭家车道。四生娘有神药羚羊角和犀牛角，治疗妇女产后乳腺不通，十里八乡一绝。传得神乎其神的，是她的玉石臼，据说是小时候进山采药山里药神所赐。小病小灾的，只要朝着石臼拜一拜就妥了。四生娘用玉石臼教给患怪病的乡亲捣药，百教不厌。有的人病好了，也有的人没好。好的和没好的，都念四生娘的好，念石臼的好。

在太行山一家种子博物馆，我见到一只很大的石臼，当地人叫碓窑子。当地先民使用碓窑子的历史，可以上推到八千年前。那时，最原初的谷子已经被培育出来。山间小片小片的土地上，朴素的谷穗灿灿如金。聚落中聪明的族长，发明了原始的石臼，并教给村民舂米熬汤。至于以石臼捣药的历史有多长，我尚不知。传说中，每当月圆之夜，月宫里陪伴嫦娥的玉兔就做一份捣药的活计。玉兔捣的药是长生不老药，此药天上有，人间无。不过，从这样的传说判断，我们祖先在很早之前就悟出了以石臼捣药之理。

石臼，也许算得上这个世界最笨拙的工具之一。可它的智慧，聪明的机器无法企及。同样的铿然撞击，它懂得帮你把谷糠和谷米分离，而谷米丝毫无伤；它懂得将一枚蒜一块儿姜的血肉和精魂浑然于一臼，把物的神髓彰显到极致。

外祖母的石臼粗糙，不拘什么药都能置入捣它一捣。比如糯米，捣成粉用来治小儿积食。比如蒲公英，捣成汁用来治牙龈肿痛。后来，发展到无所不捣。花椒，捣；辣椒，捣；花生，捣；薏仁，捣；青麦，捣……小的时候，我体弱，一着风寒就咳。外祖母不敢放我到街上跟小孩子们疯跑，她把我圈在家里，一个极大的诱惑，就是玩她的石臼。花椒粉、薏仁粉、青麦糊，这些五花八门的成果，外祖母都能帮我变成好吃头儿。而我，也在铿然的捣捣之声中，慢慢养成了一种沉静、耐烦的性子。

吉鸟灰鹊

北人以喜鹊为吉鸟。画稿中喜鹊登梅图、万事如意图、竹枝图，鹊儿时常作为雅静、吉祥的配角出现。画稿做了影壁、门楣、掸瓶、屏风、团扇、脸盆、穿衣镜、梳头匣子、立柜的底稿，于是出门入户、梳妆打扮，举手投足之间皆见"喜"。

我们村小雅出嫁的时候，她娘陪送她一条四角绣着喜鹊登梅的门帘。小雅娘手巧，会绣花，也会蒸面花、炸面花，会唱迎亲送亲的喜歌。陪送小雅的门帘，就是她娘一针一线绣成的。因为小雅没有多少陪送，送嫁妆那天，门帘被两个小伙子高高举着，像一面鲜艳的旗帜飘过一整条街。在西北风呼呼呼呼的缠绕挑逗中，上面的鹊儿就要从布面里飞出来，随风飞到天边去。

喜鹊这东西，不知道何人给命名的。就声音而论，其音色中并不带一丝丝的雅静和美妙。吱吱吱吱，吱吱，吱——粗糙、暗哑，还不如最寻常的麻雀和白头翁，麻雀的声音至少是活泼的，而白头翁的声腔可谓婉转而清丽了。小区里飞来一对白头翁，隐在两棵木槿上对唱，院子里的人纷纷驻足，寻找那美好的歌手。相比之下，灰鹊的叫声，实在是难听得紧。但为吉鸟，能给人带来吉祥的鸟，谁还会跟它的声音计较呢。

有一个早晨，我办公室窗台就降下一只长尾灰喜鹊。它的眼珠圆溜溜、亮晶晶的，两条细长腿慢悠悠踱步，目光与我相遇的一瞬，现出慈怀、体恤的柔光。在它几近优雅的步子里，我内心的喜悦竟然像雨后的溪流瞬间湍急起来。我即刻相信，这只喜鹊会给我和我熟识的人们带来吉祥，它将引领着那只掌管命运的无形大手去为我们打开一扇通往光明幸福之门。

再度让我不断回味的灰鹊，不是一只，而是一群。一个阴天的早晨，闷热。公园漫步。刚刚转过雷蒙山，熟稔的叫声便一递一声地响起来。说熟稔，比平时的粗糙暗哑又大不相同，这是拉长了好几倍的叫声，急吼吼的，是咆哮了，似滹沱河水越出太行峡谷的呼喊。

咆哮的鹊鸣，引来十几、几十只的同类，或许是亲戚，朋友、族人、乡亲，也许并无太近的血缘关系。它们占据柏树林的制空优势，轮番俯冲、包抄，啄食一只大黑猫的耳朵、脊背、屁股、尾巴。开始，猫儿身法灵活地闪展腾挪，左冲右突，企图突破喜鹊群的包围和控制。几个回合之后，便完全没有了招架之力，更遑论还手之功。还好，柏树林底下是一片矮生的卫矛，其中一丛密匝匝的，猫儿施展缩骨术一忽钻进去，再也不肯出来。任凭喜鹊们如何咆哮，俯冲，大黑猫在卫矛的掩护之下，完全像老僧入定。晨练的人议论，战争的起因是鹊窝曾遭黑猫的偷袭，小鹊挨了欺负。也有人说，灰喜鹊非常敏感多疑，尤其是孵化和哺育小鸟的时期，不管是人还是动物，只要靠近鸟巢，必然遭到喜鹊家族群起而攻之。鹊猫之战，以较低等的卵生动物集群对较高级的哺乳动物个体，前者完胜。

年岁渐长，我更喜欢看真正的飞鹊。一个人在夕阳里目送回巢的灰喜鹊，看它悬停、盘桓，从一棵椒树飞到一棵枫杨树，然后又折返回椒树。忽而，"吱"的一个长声鸣叫，蹿过林梢，远了，墨云一般冲出目力之外，只剩下天际烟紫色的晚霞。世间无事不关心，关心惹来一腔泪。于是，又想起小雅，还有那条喜气洋洋的门帘。村子里多少跟小雅一样的姑娘，就是从那样一条喜鹊登梅的门帘，挑开风里雨里的生途。

我家乡的女人，似乎也有凶猛的鹊性，顾家，护犊子。许多"乡村战争"，都是因孩子或家庭闲话而起。有个俊俏的媒婆，做姑娘时跟一个有势力的汉子通好，后来却嫁给另一个其貌不扬的小伙子。村里人没事悄悄议论，媒婆的二儿子、三儿子，简直跟那个汉子一个模子里脱出来的。有次，矮小的媒婆男人跟汉子动了手，媒婆支使三个年幼的儿子一块儿出手，差点把汉子给揍成残废。从此，没人再敢私下嚼舌头。还有那个小雅，结婚之前娇生惯养，婚后生了两个孩子，完全脱去了当闺女的娇憨样儿。夫家穷，什么来钱就干什么，磨豆腐、收粮食、养鸡、种甜玉米。有阵子时兴红白事上唱小戏，小雅跟耗子搭伴演猪八戒背媳妇。耗子是村里有名的晃荡鬼，扮上俊媳妇风流妩媚，小雅反串猪八戒，肚子上拴口大锅，外罩一件宽大的黑棉袄，要多滑稽有多滑稽。小雅和耗子走到哪家，哪家的事上格外有人气。有人当小雅孩子面，骂她要钱不要脸。小雅一怒之下扑棱起翅膀飞到深圳，在小餐馆、小发廊、小工厂、小石料厂，干最脏最累的活计。回村，却穿得头脚干净，左邻右舍一份一份送礼物。后来，俩孩儿都给供得读了大学。小雅因肺癌早早过世。

人生的关键时刻，是没有谁真的把一只吉鸟的出现作为救命草的。如果有，这个人一定有点滑稽，或者迂腐。面对命运之门，常人所欠缺的，只是灰喜鹊那一声长长的、凶猛的咆哮和抗争撕咬罢了。

鹊性凶猛，所以能逢凶化吉，这才是一只吉鸟的意义。

典子和秸子

一

椿树与典子同岁，是典子爹秸子为她栽的嫁妆树。说是等她长大了，找上婆家，就把树刨了，为她打一屋子家伙（家伙，家乡对家具的称呼），躺柜、迎门柜、梳妆柜、大饭桌，凡是时兴的，都打，老末窝闺女，不能亏了。

典子背起花书包上学那年，她家的椿树已经高过房顶，石榴花开得比火还红。

身材高大的椿树，枝繁叶茂，像一个俊美的武士，把守着典子家的大门。那棵石榴树，在东窗台前边最朝阳的地界儿。

夏至前后，田里麦子秀穗扬花，金黄如蜜的阳光催开第一朵榴花，椿树的花事也筹备好了。

椿花是浅黄绿色的，花朵又小，粗心的人们甚至没留心过椿树开什么样的花。但椿花的气场很大，臭香臭香的，顶风数百步开外能把不习惯的人熏一溜跟头。因此上，椿花不在花籍，还得一"臭椿"的骂名。

这个时节到典子家串门的人，都奔着那一丛榴花，情

151

愿被那一团团的红火烤花了眼睛。

只有一种雅号"臭嘎谷"的鸟迷恋椿花。它们在椿树上停歇，小巧的身子掩在花塔中，日夜歌唱。

孩子们喜欢臭嘎谷，也不觉得椿花有什么讨厌。每日晨昏，典子、菁菁我们一群丫头在典子家的椿树下玩耍。玩新嫁娘游戏，掐来榴花别满典子的额角、发梢、褂子前襟。玩厌了，就开始捉椿树上的蹦极蝴。蹦极蝴，是一种很小的蝴蝶，动作慢吞吞，一飞起来，翅膀红红的煞是好看，像飞在空中的石榴花。

典子大些，不再玩新嫁娘。我们这拨大的逗她，她的脸便榴花一样烧得通红。

典子再大些，出落得比榴花更美。暑期，我放假，又逗她，典子，你家的椿树都一搂粗了，还不找婆家？典子追着我跑，放言要撕嘴。

二

典子的爹粘子在村里有一号，耕地拿耧，赶车使牛，无不是一等一的把式，余外，还会捕鱼，有一杆土枪，专门三九天到大洼打野兔子。乡里乡亲，谁家有个大事小情，粘子总是颠前跑后，一点不惜力气，不把身子骨使得散了架不拉倒。事毕，主家摆酒酬谢，他两杯下肚，便脸黑脖子红，回家时一路歪斜地飘着走。主家若不摆酒，他就自己到小卖部打上一提山药干烧锅，滋溜一下进嗓子眼，跟着，头脸、胸膛整个红成一块大粗布，回家路上，依然是一路歪斜。

粘子脸热，好面儿，宁肯胳膊折了往袖筒里吞着，绝不在人前显软蛋稀泥。村里有几个奸猾的家伙，知道他这个性子，专门用好话、软话设局，白让他帮着干活，想让他生气的时候，就舌头底下下毒编派他家孩子们的不是。

我小时，粘子正值盛年。盛年的粘子，跟他媳妇接二连三生过八个孩子，老大十三四了，最小的典子还穿开裆裤。二丫头早夭，其余七个躺下多半炕，吃饭整一桌。为了挣够大小九张嘴的口粮，下地拿工分是粘子的头等大事。每次去粘子家找他七闺女、我同学菁菁，他几乎都不在家。

粘子不在，正合我的心意。我才不稀罕看见一喝酒就满脸黑红的粘子，我喜欢他那张晒在西窗根的渔网和那支挂在西间墙上的土枪。渔网和土枪，让我的童年在土坷垃和旱庄稼之外，觑见生活另外的样式。我甚至暗自想象着，哪天粘子一高兴，能带上菁菁、典子去打鱼打野鸽子，看在我和菁菁同学的分儿上，说不准还能捎上我。直到我长大成人，也没等到这种幸运来临。下河动枪的，在粘子看来是极苦的差事，石榴花一样娇嫩的女孩，怎能去做那样的苦差？

典子和菁菁若是突然一天坚持不玩打墙戳、窝软软儿，肯定是吃多了好吃的撑着了。渔网或猎枪重新回到家的日子，她们一准撑着。其实，渔网或猎枪哪天回来，没人知道。但我姥姥凭着粘子家烟囱冒出的烟，能猜个八九不离十。她猜着它们回来了，就不让我串门找菁菁和典子去玩了。姥姥拽着我的胳膊，说，人家一家子插着大门吃饭，你别去烦。

插着大门吃饭，属于吃独食，是不合乡俗的。我们村的人，一般都敞着门吃饭，天气暖和，还时兴端着粗瓷大碗到街头蹲着吃。粘子极疼孩子，可他无论怎么拼命干活，还是挣不够供一家九口嚼用的工分。捕鱼打猎，是粘子对孩子们独特的补偿方式。相对于孩子橡皮筋一样弹性巨大的肠胃，能打到的活物儿捕到的鱼，总是少得可怜。所以，粘子在他媳妇开始炖鱼卤兔的一刻，总是把心一横，把一根门闩插到厚厚的门扇上。那比擀面杖还粗的门闩，也悄声地插开了粘子和邻里间的距离。粘子没办法顾那么多，他心疼孩子们的肚子。

除了捕鱼打猎，到深冬，粘子都出去讨饭。一辆独轮小推车，拉上两个红荆扁筐，左边筐里坐上闺女五妮，右边筐里坐上儿子六蛋，外加一床打满补丁的被窝、三只裂口的粗瓷碗，四条粗棉线编织的大口袋。跟吃独食的时候相反，粘子家的讨饭行动，从来都不背人，去得坦然，回得丰饶，总有半胡同的人瞧热闹。

粘子父子归来，一般在小年儿腊月二十三之后。棒子面、高粱面、谷子面、杂面、山药面做的各色饽饽，或整或碎，或陈或新，满满四条口袋，粘子在前边推车，满脸热气腾腾的油汗，一双儿女跟在后边，边走边踢地上的土坷垃玩。典子、菁菁飞跑到父亲的小车前，伸手就在饽饽袋子里乱翻，转眼翻出大白馒头、炉糕等宝贝，吭哧咬一口，一手拿着，又跑去疯玩。我姥姥夸粘子，要饭也比别人家能耐，要来的饽饽整理一番，过年用的、做饽饽酱的、喂猪的，全有了。三口人外跑一个月，家里还能省出不少嚼用。

我却清清楚楚记得粘子酒后痛哭的样子。那年，粘子要饭回来，又在年根外出打猎。他空手而归，陪着他的只有那杆乌黑的老猎枪。粘子家大门口，典子、菁菁、方子我们几个正在玩耍，他蹲下身，一把抱起典子，放声而哭，哭声里飘着浓厚的酒气。

三

典子闹着要做一件印着石榴花的洋布衫子，不答应，就不去上学。也是，典子总拾菁菁的衣服穿，而菁菁穿的衣服，都是五妮穿剩的。典子都四年级了，出落得身材高挑儿，已经超过菁菁，她穿起菁菁的旧衣服，袖子短一截，一猫腰脊梁露出一块儿肉，一举胳膊露肚脐儿。好说歹说，粘子从合作社赊了一块儿花布，满足了他的老末窝闺女。

这年秋天，粘子突然失踪了。粘子失踪的时候，学校放秋假，生产队的人正忙着收棉花，没几个人注意到，他还带了他家典子。过了几天，典子就回来了。典子说，她跟着爹到四川走亲戚了。她爹留在四川，在盖房班干活，到年底再回来。她学她爹说，外边的钱好挣，比干庄稼活儿强多了。十一二的闺女，一个人从四川回家，姥姥摇着脑袋，怎么也不相信。她说，你看秸子那护犊子劲儿，他心能那么大？

一天后半夜，巨大的一声闷响，把我和姥姥都吵醒了。接着，有人敲窗户桄子。我紧紧攥着姥姥的手，连气儿都不敢出一口。"婶子，婶子——"居然是秸子的声音，他贴着窗户纸低声说话。他说，婶子，我知道你胆小，可我也是没办法了，你得心疼我啊。我在你家东柴房藏了点东西。他们不会来你这里找的。我不来拿，就一直在你这里藏着吧。

后晌，邻居李姥姥说公社和大队的人一起抄了秸子的家。秸子领着孩子们偷棉花，天天夜里偷，白天在外地与不法小贩勾手做生意，不光偷过本村的，还偷过邻县几个村的，最终犯了事。

秸子真的失踪了，一晃就是两三年。两三年间，村里实行了包产到户。菁菁、典子都不上学了。秸子的媳妇带着一群孩子种棉花，棉花让秸子家发了家。秸子回到家，村里并没人找他的后账，没凭没据的，又各自单干，谁没事找事呢。秸子大张旗鼓，张罗着拆旧屋盖新房。他趁夜把藏在姥姥柴房里的半截躺柜扛走了。躺柜上着锁，不知道里边装的到底是什么东西。

四

新房子盖起来，秸子没钱刷抹装饰。外墙一水红砖倒也喜气，内墙该挂灰粉白，他却跟盖老式房子一样，抹了厚厚一层滑秸泥，不等房子干透就住了进去。一拉溜五间北屋，最东头住着典子，最西头住着六蛋，余外西间住五妮和菁菁，东间住秸子和他媳妇，居中的堂屋做饭兼供奉灶王爷。大闺女、三闺女、四闺女都已出阁，女婿家就在邻村，婆家娘家当天去来。没什么家具，高大的屋子空落落的，秸子屋中的老猎枪和六蛋窗外的破渔网，格外惹人注目。

大门附近的椿树已高耸入云，典子窗外的石榴树一进晚春就烧起一小簇一小簇的火苗子。这让秸子的家看上去简单而迷人。

典子岁数小，却单独一间房，而且炕席炕单铺盖全是新的。这让我怎么也想不明白。我曾着胆子跟大人打问，得到的回答是，秸子认为典子是二丫头转世投胎。二丫头两岁多时发高烧，扔给不到五岁的大闺女看管，秸子两口子一整天都拴在地里。傍晚收工回家，孩子早咽了气。典子比二丫头小十岁，同月同日生，脸盘就像二丫头脱了个影。自从二丫头暴亡，秸子就变得护犊子得不行。典子出生，他格外疼惜，含在嘴里怕化了，顶到头上怕吓着。

拥有单独一间房的典子，人大心大，家里盛不下了。

受到伙伴的影响，她到本县皮毛市场找了一份工作。市场离家二十多里，典子一个星期才回一次家。后来，一个月回一次家，甚至半年不回家。

秸子打了鱼，让人捎信给典子回家吃鱼。典子回了家，不吃鱼，扑通一声跪在爹娘面前。典子给人家当收银员，心思一走神就把一百块钱揣进自己兜里了。老板盘账，不打不骂，却不错眼珠地瞅着典子那张俊俏的脸儿。一百块钱，让典子的腿陷进泥坑拔不出来了。

那些天，典子家格外安静，大门经常上着闩。有时候秸子老婆出来一下，轻手轻脚地买半斤散酒，然后轻手轻脚回家。据说，秸子的渔网就是在那几天烧毁了。秸子喝了酒，左右开弓结结实实扇了自己几个大嘴巴，一个人走到院子里西窗台旁边，直冲着渔网过去，噌噌地从架子上拽下来，想扯烂，却怎么也扯不烂，转身，进屋，揉巴揉巴，扔进了他媳妇正做饭的灶火膛里。

秸子没舍得动典子一个指头，典子是他的心尖尖儿。

五

典子到南方打工，嫁给了一位广东小伙儿。小广东的话，乡亲们听不懂，说他说话像臭嘎谷唱歌。

嫁给小广东的典子不需要大椿树打的家伙了。秸子迎接老闺女和女婿回娘家，高兴得不得了。他家的大门一清早就敞开着，晚上月亮都老高了还不关。秸子在街上溜达，见人就撒烟，说是老末窝女婿从广州带来的。他置办酒席，一桌一桌在院子里连摆十几桌，亲戚朋友、前邻后舍，都被请来喝酒。

秸子喝了酒，又是满脸黑红。客人没走光，他一溜歪斜在院子里转，转着转着，就转到了大椿树下。秸子搂着合抱粗的大椿树，哈哈哈哈地大笑，嘴里唧唧哝哝："谁也用不着喽，给我留着吧，老了，打喜材。"

大椿树，没等到秸子老。有一年闹虫儿，虫子蛀空了树干。一场雷暴，一搂粗的树生生断成两截。

芸姑

一

深秋，天上的云朵很白。云朵把小白河当作镜子，照见的不是自己的倩影，而是猎猎红旗下黑云一般去来的精壮汉子们。

成片成片的岸柳、红荆、芦苇顷刻间放平，如一场疾来的风，卷走大地上所有绿色的云朵。

各生产队的车把式忙个不停，骡子或黄牛拉的大板车，整车整车往队部场院里拉那些伐倒的树。两岸河堤树，无论老幼，统统执行斩立决。河挖到十来米深，忽然现出大量的白贝壳。白贝壳由细软湿润的沙土或殷红的胶泥包裹着，似乎睡得很沉。贝壳有长圆的、扇形的、螺旋形的，大的尺把长，小的小过高粱粒。

这河床古老的贝壳层，此刻也被惊扰了。庄稼汉们粗壮的胳膊挥动工具，只是一股劲儿地挖，他们的目光或者曾经停留片刻，或者根本视若无睹。不管成千上万岁的古贝壳，还是更加老资格的泥土，一任装上独轮小推车，一车又一车运出河底，去堆叠起崭新的河堤。

白色的古贝壳，与那些淌着新鲜浆汁的树墩树根一起，裸露在淡白的阳光地里，白皑皑、湿漉漉。古老与年轻，瞬间洞穿岁月的界河。

没有谁专程告诉芸姑，河道里挖出白贝壳。那时间，工地上只有坐着铁锨把啃窝头、抽旱烟的爷们儿。女人、孩子在村里，在热炕头上，就着大葱黑酱，大嚼棒子面饼子或者吸溜一碗高粱面糊糊。他们心里正充盈着小小的喜悦。几天以来，多数人家都拾到了一大垛树杈子、树墩子、树枝子，发了不小的财。这些个东西，有的可以用来给明年的扁豆、丝瓜搭架，有的可以攒起来等盖新房的时候做椽子，有的可以当铁锨、镰刀把，最次的也能当作干柴，过冬取暖、烧饭。

淡白的阳光下，芸姑穿着一身黑粗布棉裤、棉袄，一条葱丝绿的头巾挡着多半边脸，深一脚浅一脚，一直走上小白河正在堆起的新堤。她低头捡起一只贝壳，随便将泥土往前襟上蹭了蹭，然后送到嘴边，咔哧咬下一口，没费什么劲儿咀嚼，就咽到了肚里，就像一个农妇咀嚼一块儿秋天新刨的红薯。

二

芸姑的疯茶病第一次发作，被跑到河堤外方便的河工李老仓看了个正着。此后多少年里，他不厌其烦地以目击者身份向乡人讲起。吃完贝壳之后，芸姑的眼神立刻就拉直了，身子也跟着直了。一个人直愣愣地在堤上站了足足两袋烟工夫，然后，深一脚浅一脚走下河堤，径直向村里走去。

那天下午，芸姑拿了一面旧铛铛锣，在水庄十字街的老槐树下敲打。一边敲，一边绕着老槐树转圈儿，嘴里念念有词。她念叨的是什么意思，没有人听得清楚，只有"尼摩南无，南无尼摩"几个音，勉强分得真切。老三台打发俩孩子来，拼了吃奶的劲儿往家拽她、拖她，却怎么也拖不动，拽不回。

我姥姥说，新中国成立前，芸姑在庵上当小尼姑，每年都跟着她的师父弘义参加村里祭河、祈雨。祭河祈雨时，她敲的就是这面铛铛锣。姥姥笃定地认为，芸姑发病，是撞上了河里住的神灵鬼怪。

那时候，我不怕小白河，却怕芸姑。"铛铛铛铛"的急促敲击，还有芸姑嘴里稀奇古怪的声音，像一种恐怖的魔法，即使不是当场看见，哪怕想一下那情景，耳朵便嗡嗡响个不停。越是怕，还越忍不住地想。

怕芸姑，却很想知道关于芸姑更多的秘密。每次去河堤，我都站在最高的地方，偷偷张望芸姑的家。

芸姑除了长得丑点，针线上差点，跟别的女人没什么两样，下地干活，回家做饭。她家里也养了一窝鸡，偷着工夫，她也去河堤上捡贝壳，回家砸碎了，掺和在麸糠里拌泔水喂鸡。人们都说，鸡吃了贝壳爱下蛋，而且不下软蛋。芸姑也不经常疯荼，即使病犯了，也不曾打人、骂人。她一犯病，就大嚼贝壳，然后拎着那面破旧的镗镗锣，跑到水庄村老槐树底下转着圈儿敲打。

姥姥给我讲过芸姑做小尼的光景。水庄西南部苇塘附近有一庙一庵，庙里供着五女——清朝时逃避皇家选秀女而上吊自杀的五位宋姓女子，称五女庙。庵就叫尼姑庵，村人喊"庵上"。

芸姑的家，占的是原先尼姑庵的地界儿。庵早就被村里组织人拆掉了，地基盖了好几处房子，最前边一处住的是芸姑和她的丈夫老三台。庙也年久失修，坍塌得只剩下几堆老泥旧瓦，乱七八糟堆着棒秸子、棉花柴。

芸姑家东边，是五女庙的基址，庙的东南，苇塘上坡，有个小梨园。

深冬，小白河瘦得不成流。东一沟西一片的水，结成冰，很结实的冰，蓝湛湛的冰。这些冰，是小白河给天上白云留下的镜子。这时，我从南庄去对过水庄看望奶奶，就抄近从河上经过，然后穿梨园里的一条小道，直达奶奶家住的前街。

小心翼翼、轻手轻脚走在河冰上，生怕踩疼了那些照镜子的云。爬堤过河，能远远觑见芸姑的家，还可以折几根割剩下的苇子在手上把玩，把轻飘飘的芦花吹得满世界飞，飞向天空，飞往芸姑的家。

我喜欢听一耳朵姥姥跟奶奶聊天。因为她们说的话偶尔会挺有趣，比如她们会提起芸姑和她的师父弘义。

"多少年不祭河祈雨了，这都。"奶奶轻轻叹口气。

"我还记得有一回祈雨，芸姑穿件小灰袍子，跟在老弘义身后，敲着个小镗镗锣。"姥姥这么幽幽地搭腔。

三

我想象不出芸姑与她的师父如何念经，祭河，祈雨，却爱跑到水庄老槐树下看芸姑，犯了疯茶病的芸姑。

老槐树的树干早就空了，靠一块儿残破的石碑支撑着，树冠却很大，很茂密。姥姥说，那块儿碑可不简单，原来在庵附近，正冲着小白河，碑底下，压着青石头雕的大王八。姥姥不懂，那王八应该叫赑屃。她只知道，石碑镇着，王八就跑不了，跑不了便引不来大水灾。

芸姑疯茶的时候，赑屃早没影了。挖河以后，海河流域几十年没闹水灾。不光不闹水灾，还闹起水荒。有好几年，小白河河床干得裂开一道长长的口子，裂口横七竖八，交错成一个老人皱褶纵横的脸膛一般模样。

"该祭祭河。"

"该。祈祈雨也好。"

村里上岁数的人议论。

议论，像一缕干得攥不出半滴水的空气，随着村里浓重的鸡屎味飘上天空，飘到小白河堤上，被杂沓的脚步声挡住。

村庄正时兴养鸡。人们争相搭建鸡房，甚至腾出住着的正房，人鸡同居。小白河上那些杂沓的脚步声，来自拾贝壳的人。贝壳可以替代骨粉喂鸡，只花力气不花钱。河堤上裸在外头的贝壳，早几年已被勤谨的人家捡拾一空。这次，则惊锨动镐，恨不得将个堤坡开膛破肚。

20世纪70年代挖河之后，南岸堤上重新栽起的小白杨和馒头柳还没长成形，就开始了包产到户。堤坡地没人爱要，荒着。河北岸，梨园的杜梨树，苇塘的旱芦苇一年一年往西窜根，窜一段距离就冒出几个芽，长出几株树、几棵苇子。苇子和杜梨，盘根错节，开疆拓土，居然也成了点气候，长成一堤无主的野林子。所以，挖堤拾贝壳，根本没人管。堤挖开了头儿，有人甚至打起堤土的主意，拉土垫房基。

芸姑家没建鸡房。十几年里，她的闺女小子都长得老高，她家鸡的数量却不见长，还是十几只，有一搭没一搭散养着，早晨赶出去，晚上"咕咕咕"喊回来。捡贝壳的事，芸姑和老三台属于近水楼台，别人捡也跟着捡，别人刨也跟着刨，不显山不露水地就弄了不小的一堆。

芸姑家那一堆贝壳，芸姑吃不完，她的鸡也没吃完，忽然有一天，却神秘消失了。有人猜测，是被人趁夜偷掉了。

丢贝壳，又勾起芸姑的疯茶病。这回，她没跑到村中央的老槐树底下，却上了河堤的野林子。她在野林子里东冲西突，敲着镗镗锣。她儿子把她哄出来，衣服已被杜梨黑色的刺针挂得稀烂，脸上、手上全是一道一道黑紫的血印。

四

小白河里没水了，人们一时倒觉得方便。

南庄卖豆腐脑的、卖馒头的人家，直接推车、担担穿河而过，到水庄村里满街吆喝着叫卖。水庄卖茴香、小葱，卖泥人的，也是一出门穿过梨园先到南庄街上喊一圈。

芸姑不再吃贝壳，她改吃鸡蛋壳。河堤上的古贝壳终于让养鸡专业户挖得一个不剩。

县里花钱给小白河买过几回水。水，从太行山上的水库一路缓缓而来，先是灌饱了干得冒烟的河床，再灌饱干得龇牙咧嘴的田地。没几天，河就又见底了，剩下一洼一片的水，不成流，颜色浑黄，像村里老太太的眼泪。

有贪玩的，弄来抄网捕鱼。捕鱼的事，当然少不了芸姑和老三台的儿子。捞鱼摸虾是他家的祖传。南庄一个十七八的男孩，打到一条十五斤重的鲤鱼，两村子人羡慕得流哈喇子。芸姑的儿子却神奇地捉住一只大河蚌，足足二尺多长。

儿子捉住河蚌的那年夏天，芸姑失踪了。有人见她大晌午的光景穿着件棉袄，嘴里"尼摩南无，南无尼摩"地叨念着出了村子，顺着河堤边的一条小土路，朝西南方向走了。打那之后，村里就没见过她的踪影。家人四处找了几天，没有找到，也就算了。大约一个月之后，河里发现了芸姑的尸首，是溺亡。小白河中脸盆大一汪水，水深还没不了脚脖子。芸姑一头栽进去，呛死了。

芸姑死的那年，我还在上大学，放暑假待在家里。出殡那天，村里的戏班子为她赠了台小戏。小戏的内容没什么吸引人的，倒是那面配合司鼓的小镗镗锣，似乎格外卖力气。

在孝男孝女、亲朋故旧的哀哭声中，"镗镗镗镗"的锣声，有点杂乱，却依然传得遥远，一直飞过梨园，飞过龟裂干涸的小白河。那"镗镗镗镗"的声音，那么熟悉，恍惚芸姑在敲，她的疯茶病又犯了。

美的故事

印蜕记

我是 2007 年初到《当代人》编辑部工作的。当时，刊物刚改版，我在褚大伟主编、范国华副主编手下任编辑部主任。之前，干了二十年报纸采编，做经济、社会新闻，改做文艺期刊，换了行当，换了身份，从行家里手变成一个两眼一抹黑的门外汉，不免惶恐。我抱定做学生的心态，向期刊前辈学习，向编辑部的同事们学习，向文联的老师们学习，向作者和读者学习，向书本和社会学习。在不断的学习中，让自己和刊物一起进步。

眨眼间十几年过去，我从一任任老主编手里接棒担任主编，心安处，唯有"尽心，尽力，尽责"而已。零零散散的编刊手记，记载了我作为一个编辑的成长点滴。感恩亲爱的《当代人》，感恩所有帮助过我的恩人。

"印蜕"之事

审阅编辑送过来的稿子，有一篇关于书画作品用印的，有一个专业名词，原稿写为"印锐"。根据上下文，应该是印章或印迹一类意思，但总归不放心。想想，还是请教一下行家更妥当一些。

请教谁呢？省内篆刻家认识的也有几个了，个个修炼很深。掂量再三，最后拨了杜锡瑞先生的手机。杜锡瑞是中国书协篆刻委员会委员，刚卸任的河北省书法家协会副主席，于篆刻、印钮巧雕、书法上都是高手。

"是小郭吧？有什么指示啊！"没想到，数月未联系，锡瑞先生第一句就听出了我的声音，而且依然那么谦和风趣。我说明请教"印锐"之事，他沉吟片刻，说："印锐，没听说过这词啊！"我心想，坏了，这"印锐"一定有毛病，但还是老实告诉锡瑞先生："我从网上查了，倒有这么用的，但不多。"

"是不是'印蜕'呀？印蜕一词是我们常用的。"

"蝉蜕的蜕吗？"

"对。我现在在花鸟鱼虫市场，回家再帮你查下资料，查完立即给你回电话。"

锡瑞先生原来正忙他的事呢！我光顾请教"印锐"，居然连礼数也没讲。放下电话，心里惭愧着，再查"印蜕"，果真单列有词条，即图章蘸着印泥在纸上压印出来的图案，又叫印拓、印花。结合文章分析，"印锐"是"印蜕"之笔误。

事情至此，锡瑞先生不再电话，也算引导我把错儿挖出来了。这样的错误，行外读者可能根本不会发现，行内人见了，却要笑话我们出洋相。

下午2点，我刚到办公室，锡瑞先生的电话来了。"你们是2点半上班吧？"他劈头一问，一下把我闹蒙了，难道锡瑞先生要查岗吗？

"哈哈，我晌午才回家，1点40分就给你查完了。怕你中午休息，也没敢打电话。我躺了一会儿，心里挂着这事，也睡不着。看看2点了，才打你办公室。"一个"印蜕"，搞得锡瑞先生一中午没休息，还怕打扰我休息。

"太感谢您了！您连午休也耽误了，真不好意思啊。"

"没事，没事，别耽误你出版就行。我还给篆刻家萧依打了个电话，跟他探讨一通呢。肯定是'印蜕'。我们都读过不少有关印章的书籍，'印锐'没见出处。"

五封约稿函

我与旭宇老师相熟，始于主持《当代人》杂志《旭宇艺术大讲堂》栏目。我们的《书画名家》栏目，要约一些在省外工作的河北籍书法家作品。于是，我想向他请求帮忙。

那天，正巧旭宇老师在办公室。不过，他很忙，手上打着一个电话，手机还响个不停，屋里又有人等待谈事。间隙，我说明来意。他很爽快地答应下来，说："正好儿，明天我去合肥参加全国书协组织的会。你起草个正式的约稿函吧，盖上你们编辑部的章，我带到会上去。"之后，旭宇老师提点了我一些书画栏目约稿函的技巧，并嘱我"抬头"别写，打印五份，他见机填写。

"我明天上午9点还来单位处理点儿事情，下午就出发了。你就明天上午把约稿函交给我吧。"旭宇老师跟我敲定了交约稿函的时间。

第二天上午，我一上班就紧着处理编辑部的事务。知道旭宇老师约了很多人来谈工作，就想着稍晚再去找他。到9点40分，旭宇老师给我的办公室打来电话："约稿函弄好了吧？我10点钟就离开办公室啦！"

我急忙从一楼跑上三楼。旭宇老师接过五封约稿函，并未急匆匆装进公文包，而是拿起一封，逐字逐句念起来。念到"约稿具体内容：作品图片5—10幅（电子版，像素不低于300kb）、评介文章1篇（2000字以）……"他顿住了。我一看，"（2000字以）"，漏了一个"内"字，马上脸红，不知所措起来。

见我窘迫，旭宇老师赶紧和蔼地说："不算什么，我做编辑的时候，有些文字反复看，也免不了疏漏。"说着，他拿起笔，在五封信上一一加上一个"内"字。

后来，加上旭宇老师亲书"内"字的约稿函随他一起到了合肥，到了其他书家的手中，不知道他们是否看出旭宇老师修改的手迹。

一个"不治之症"患者

2009年7月22日，我去蔚县采访，顺访田永翔老师。

认识田永翔，缘于一本叫作《脚印》的书。前一年深秋的一天，它从几百公里开外的蔚萝大地寄来我们编辑部，收件人的名字是主编大伟老师和我。《脚印》说是一本书，不如说是一本小32开的册子，从封面到内页都素面朝天，像一个刚从田野中劳作归来的庄稼人。这么一本书，放在我那一摞包装豪华的书籍中间，如同一个庄稼人，脚上还粘着泥巴就突然到了一群衣冠楚楚的贵族中间。

或许是《脚印》的朴素劲儿吸引了我，拿到书的当天，我便速览了全书。速览中意外的收获是，其中有张薄薄的便笺，是作者田永翔写给我们的。寥寥数笔，大意是说，他是《当代人》月刊的老作者，偶然的机缘，见到了改版后新杂志的面孔，很是高兴。因《脚印》是他几十年关注蔚县民间艺术的结晶，正与我们的办刊方向契合，所以寄来供参考。便笺上，留了他的家庭电话。另外，从《脚印》的自序，我了解到田永翔老师是一个被判"不治之症"赋闲在家的六旬老人。而1997年患病前，他曾用脚板丈量过古蔚州的大部分城镇和村堡，对古建筑、雕塑、民俗、传说、故事、社火活动、秧歌、晋剧等几十种物质文化遗产和非物质文化遗产进行调查采风，特别是关于蔚县剪纸艺术的特点及传承人物的调查、研究，花费他几十年心血。

之后，田永翔成了我的铁杆儿作者。说铁杆儿，一是他非常讲信用，到了交稿时间，文稿和配图都会安安稳稳到达我的邮箱。二是他的文章不仅文字娴熟优美，图片妥帖丰富，而且内容扎实可靠，丰富厚重。田老师几乎足不能出户，又是如何做到这两点的呢？这当然主要得益于当年调查采风留下的翔实资料，另外，还有他的小儿子田五五帮忙。

由作者和编者，进而成为"电话朋友"——其声相熟，未见其人也。从电话中得知，这几年，他还在整理出版有关蔚县剪纸艺术的图文书。这次去蔚县采访，我决定第一站就拜访田永翔。临行，特地到超市买了一箱我家乡沧州的冬脆枣，表达一点心意。

田永翔的家，紧靠一段老城墙，大门和房子都是新的，与周围的老宅院有点不搭调。不大的小院，种满豆角、西葫芦、番茄，还有一片月季花，只留下一条砖墁的甬道供人出入。屋子里的陈设，基本都是20世纪七八十年代的物件，西屋，一个小伙子正在电脑前上网，那电脑应该是近几年添置的。

田老师两手撑床那么坐着，似乎是一个惯常的姿势了。身边，是个洗得发白的黄书包，书包敞开着，里边有一摞旧本子。我想，他每天大概就是靠着这些本子的提示，来整理、记忆、写文章。他很关心我们的行程，对采访计划提了很多建议。谈话中，说起2003年8月在蔚县召开的全国民间剪纸抢救工作会议，说起蔚县剪纸老艺人王老赏，传承人高佃亮、焦氏兄弟，还有冯骥才和那篇"雪绒花"美文的由来，田永翔老师很是兴奋。他从书包里拿出一个本子给我看，里边清晰地记录着蔚县剪纸的"谱系"和发展脉络。

在后来几天的采访中，不时有人提起田永翔的名字。有一块儿在机关工作过的人说，田永翔研究传统文化都成呆子了，没闹病的时候，整天背个破书包，骑辆破车子，到村子里瞎转悠。折腾了半天，那叫折腾了个啥，老婆没工作，屋里像个破烂市。

一位乡干部比较坦诚："田永翔很令人尊敬，但他的路谁也不愿走了。"

张海江不是个老学究

2010年1月的一天，同事带来了一位高个子小伙儿并介绍说，这是武安磁山博物馆研究员，叫张海江。张海江是来送稿子的，想见见我这个《当代人》的"领导"，满足一直以来的好奇心。

坐下来聊天，我发现他对文化遗产保护很执着，一路滔滔不绝，都离不开他的磁山。张海江本读财会专业，却很早就转行到了磁山遗址工作。他说，国家文物局、省文物局、各大媒体都是他经常出入的地方。他说，干文保很清苦，可他愿意。

清苦，可以想见。细打量，他那张饱受风吹日晒的脸，跟他的声音、跟他的年龄相比真的很苍老。当然，我也认为，张海江不是一个老学究，我从他的眼神里读到了睿智、旷达。

跟他讨论了有关遗产的保护标准问题、"地方割据"问题，还有保护与赚钱的关系问题等。而没有遵一般的待客之道，把磁山博物馆恭维一番。张海江说，他上午到过省文物局，想把磁山遗址出土文物"借调"回乡。从20世纪70年代，它们在通过鉴定之后就藏诸文保所的地下仓库，重归于无迹了。我心里有些酸楚。

张海江真有学问。但如在火车站见到他这么个人，我还真不好辨识其身份，他更像一个朴素的打工返乡人。为磁山，感谢张海江。

猛志固常在

2015年11月3日上午，去家里拜望徐光耀老。同行的，还有草溙老师和同事刘贤。

敲门。开门的是徐老的夫人申芸老师。"徐光耀！"她叫着他的名字。他应声而出，已经穿戴整齐，要外出的样子。

老夫妻一呼一应，自然而然。

2016年第1期《当代人》杂志，要刊登一个关于徐老的专题。主打文章，是请闻章老师写的，徐老已经看过。与徐老见面，先汇报杂志要改版事宜。当下刊物不好办，一帮后生晚辈偏要拼一拼，奋发图强，铸百年老刊梦想。徐老眼神中，满是欢喜。他说，闻章的文写得很好。

徐老1958年写《小兵张嘎》，首发于1961年第11、

12期《河北文学》（《当代人》杂志前身）合刊号。后来，徐老在文联工作，做党组书记、主席，领导着我们的刊物。2011年，闻章老师写《小兵张嘎之父——徐光耀心灵档案》。今天，我们请闻章老师为《当代人》杂志的读者写徐老。我对徐老说，这一晃，"小兵张嘎"都五十五岁了，如果小说发表算是人物落生。徐老额首微笑，说："是，五十五岁了。"五十五岁，刊物、作者、人物，冥冥中的缘。

徐老说："你们来，是要照相，是吧？"草漯老师的相机早已等不及，徐老一发话，咔咔咔，不大工夫就按了两百多次快门。我也掏出相机。徐老说："你也照相？"草漯说："我们都是文字编辑，照相是业余。"我和刘贤主要跟徐老谈话，草漯主要照相，谈得随性，照得自由。

草漯先生请徐老签名。我的笔记本也在包里候着呢。徐老为我题："猛志固常在　徐光耀"。写完，说："你是女同志，我给你写这几个硬气的字。"接过笔记本，盯着筋强骨健的八个字，我一时眼里含了泪。

也是缘。《山海经》请来家中多日，上个月刚读。"刑天与帝至此争神，帝断其首，葬之常羊之山，乃以乳为目，以脐为口，操干戚以舞。"这句话，在《海外西经》。陶潜诗"刑天舞干戚，猛志固常在"，用典于此。读经的夜晚，那个以乳为目、以脐为口的神人，也让我泪光点点。现在，八个劲健的硬笔字落在我的笔记本之上。如此，刑天、陶潜、徐光耀和我，本无交集的几个人，似乎在这一瞬间便建立了一种精神上的沟通。

我喜爱那些中国古代神话人物，比如刑天，比如夸父。那份不服输、不妥协，有着浓浓的悲情色彩，我每读他们，都触摸到深深的生命痛感。徐老，也是不服输、不妥协，不与命途妥协，不向自己妥协。在我看来，他却比夸父、刑天睿智、豁达，所以他的不妥协、不服输，总是指向峰回路转、柳暗花明的新生，开出崖上的花（《小兵张嘎》），并且在古稀之年再繁新枝（《昨夜西风凋碧树》），宠辱不惊。正如铁凝所言："如果说，变美是痛所能达到的最高境界，徐光耀以他90年代以来的写作展示了这样的境界。怀抱着不死的文学之心，他只是一次又一次地向大地、苍生俯下身去。"因了苍生的底色，文学的徐光耀，不仅可敬，而且可爱。

我无刑天的干戚，也无夸父之杖。只在生命的旅途，在文学的命途，一路趔趄而行。但我愿意像徐老一样，一次又一次将整个身心扑向大地、扑向苍生。

又记：2015年11月6日中午，初雪骤然停歇，天气清朗。收到徐光耀老来信。内中，是他为《当代人》杂志的题字——"圆百年老刊之梦　九十老翁徐光耀"。

"胡子知识"不行

己丑年正月二十四（2009年2月18日），雨水。焦渴了一百多天的河北大地，有一场像样的雪惠临。

雪霰纷纷洒洒的时候，已是黄昏。我们刚刚结束了对邱县"青蛙漫画组"七名漫画家的采访，步出那间有点凌乱的画室，准备去县城一个叫"蓬莱"的小饭馆吃饭。年近古稀的李青艾老师，拿着一条长围巾从后边赶上来，非要我围上，她说我穿得太单薄了。

其实，我还真的有点冷。这样的雪天，气温早跌破零度。"青蛙漫画组"创始人陈玉理和李青艾老夫妇的画室，只有两组从旁边生火做饭的厨房里引出的"土暖气"，室温超不过十一二度。在这间屋子里连续采访五六个小时，身上的皮肤都有点紧了。只是一直在谈话，精神亢奋，才没有感觉。神经松弛下来，冷意阵阵袭来。

安排陈与李二老及同来的朋友张承文先生乘上采访车，随后我们几个年轻人一路说笑着踏雪而行。雪尚未罩严水泥地面，但路灯柔和的光里，尽是雪儿飞舞的身姿。脚下，沙沙的声音，是薄薄的雪层与鞋底厮磨出的音乐。空气新鲜无比，晚饭时间的街道亦清幽无比。这样走着，心底的温暖竟漫过身体的寒凉。

"蓬莱"的晚餐朴素而可口。有醋熘土豆丝、白菜炒豆腐、菠菜炖粉条、鱼香肉丝、蒜薹炒肉，还有一个汤菜——清炖羊肉。邱县羊肉很好吃，因为本地的经济支柱"两白一绿"，其中一"白"就是养羊，另一"白"是种棉花。林语堂先生认为，美味的菜品第一要材料好，我深深赞成。

陈玉理老师提议喝点白酒，他说，馋酒已久，医生因为他的手颤问题让戒，这次趁大家来了，就开开戒，解解馋。服务员拿来的是邱县地方酒"盛水坊"，纯粮酿造。在席的青年漫画家张爱学说，酒的名字是他给起的，邱县有片水就叫"盛水湾"。盛水湾酿出盛水坊，好水、好酒，让人涌起诗意的想象。

酒过三巡，谈笑正欢，忽然，有清脆的爆竹声从远处传来，一会儿，噼啪噼啪连上了阵。"是填仓节的鞭炮！"我有些激动。坐我对过的李青艾老师微笑着，"可不，差点忘了呢！"她连忙招呼服务员，问店里是否准备了过节的特别食品。小服务员一脸疑惑地摇着头，看来，她不知道填仓节为何物。

填仓节，我是每年都要过的。包饺子，打囤，崩囤，祈愿一年的幸福和收获。今在异乡，正好与陈玉理、李青艾两位可敬的艺术家同贺同祝。两位老人扎根邱县这片贫瘠的土地，从丰厚的农村生活里获取灵感，在漫画的园地里风雨兼程五十余载，爱情、事业、友谊，每一棵树的枝头都硕果累累，每一棵树的树干都疤痕相叠。今年，他们又在思谋漫画与农民画的嫁接创新。我举起酒杯，真诚祝愿他们的艺术生命常青。

陈玉理老师进酒的情形让人感动。早在二十多年前，他就有了手抖的病根，这些年渐老渐甚，每当创作，必须双手持笔。喝酒，老人家不能像常人一样高举酒杯，而只能把嘴巴凑到杯前。尽管如此，他依然酒风豪爽，谈起国内外漫画创作，思维敏捷，妙语不断。陈老师说，搞漫画需要很多知识，但不是"胡子知识"；思维一般不行，要"二般"才好。

走出"蓬莱"，雪仍然在下，路边的树木、门店已经被雪装饰一新，长长的水泥路积雪盈寸。乘着酒兴、雪兴，我们三个同事在一家小旅店局促而简陋的房间里，一直闲侃到午夜。

早起服务员叫开饭，我们穿过地道战一样的楼梯下楼。旅馆的后身正是"青蛙漫画组"的小院，陈玉理老师和他的大儿子大陈已经把院里院外扫出几条整整齐齐的路。这些路，一条通往大门外的市街，一条通往狗舍和旁边的茅厕。雪后，漫画组二层小楼门口黑底烫金的门匾"青蛙之家"，更加端庄而沉静，园子里的冬青叶子覆着厚厚的雪，青翠可人，那条溜达来溜达去的混血藏獒，也显得驯顺了很多。门匾是著名漫画家华君武先生题的，邱县"青蛙"们视若镇家之宝。

早饭，就开在陈与李两位老师画室的长茶几上。米粥、牛肉包子，都是李青艾老师的杰作。粥里特意放了红枣、麻山药豆，好喝又有营养；包子面发得不好，但牛肉粉条馅十分鲜美。当年，"青蛙漫画组"的很多学员都喝过青艾老师亲手煮的粥；大画家韩羽先生也喝过。据说，青艾老师经常一边辅导学生创作，一边煮粥，一心二用，烧坏好几口锅。这次她为我们煮粥，是一心一用的，味道美妙极了。

喝完青艾老师的粥，我们踏上返程的雪路。记得来时，雪粒子就稀拉地落着，只怕不成气候。没想到，邱县行一天一夜，整个冀南大地竟换成一个银白的世界。

高速路封了。我们在开始迅速融雪的县级公路上艰难前行。清冽的河流、广袤的大地、朦胧的村庄、泥泞的城市街道，一切美好而安闲。田地里枝丫爽利的树上，常有草木搭起的鸟窝出现，黑尾巴白肚皮的喜鹊，从一根枝条腾跃到另一根枝条，又蹿飞到另一棵树上。整个画面一下子因为它们而动起来。

这场雨水来的雪，会给陈与李两位老师带来怎样的心灵感应呢？我在行进的车上，随手拍摄着眼前的风景。希望有机会再到邱县，能让他们读一读我的图片。

韩羽先生

帽子

韩羽先生头上有好几顶帽子，比如中国当代漫画大家、著名杂文家、第一届鲁迅文学奖得主。这几顶帽子，哪一顶都够一个痴心而始终不得要领的文人羡慕一辈子。

见过韩羽，我终于知道，老先生最离不开的帽子只有一顶——半旧的、有个小檐儿的呢子帽。帽不离头，即使进了温暖的房间也一样。似乎，他要用它掩藏点什么。掩藏什么呢？在先生不经意间摘下帽子搔头皮的片刻，我看到了一个被岁月磨亮的脑壳。

那一日，韩羽先生要来社里做客的消息，让两个年轻同事兴奋异常。我从一楼赶到四楼的时候，先生已经在褚主编办公室的沙发上稳稳当当坐着。

他是来给我们的 2009 年第一期杂志送稿的。寒暄两句，便切正题，指挥随行的画家王东声在电脑上打开光盘，把新创作的十幅红楼梦人物册页电子版一一交代清楚。概因与褚主编有师生之谊，交代完作品，他就毫不客气地连自己设想的版式一并交代了。

交代完，又稳稳当当坐回沙发。此刻，换了一个颇严肃的表情。从黑色皮包里拣出一封信，蓝色钢笔字，手写的，一格一字，像他在漫画里的题款，似稚拙，实则功力深厚，个性而俏皮。他就用这样的字，写了一封极严肃的"打假信"。

信在我们几个同事手上传了一遍。我读着，心里不由一紧一紧的，找地缝的想法都有了。偷瞟别人，刚才还兴奋着的一群人，个个坐不是站不是的惭愧状。

打假缘起《当代人》2008年第十期"开卷"页，一幅署名韩羽的水墨漫画《韩信月下追萧何》。韩羽先生勘破，画是假的，是仿制，是赝品。先生拿出他的《槐南杂记》，翻出"真迹"，又打开刊了假画的杂志，一一比对。原来，线条、落款、印章，竟无一能乱真。

正不知先生准备如何发落，韩羽先生忽然间从沙发上挪到了窗前的椅子上，一天的云彩满散。这一挪，就是一个句号，爽利，就像他的水墨漫画，线条极简单，却言有尽而意无穷。

《韩信月下追萧何》，画面上并不见月亮，韩信一手托着头颅，逐萧何而来，是要跟"伯乐"索头一枚还是索命一条？让人触目惊心，思绪万千。韩羽先生的画作，常以反常合道为趣。他借画戏来表达他的思想，意在戏内更在戏外。他是一个极为认真的人，也是一个极为洒脱的人。

韩羽先生也办过刊物。那天谈兴浓，于是侃刊物。方知道，看《当代人》，先生是极认真的，且过目不忘。特提到孙金韬的一篇《重拾形神论》、闻章先生给李维学写的艺评《闲翁世界》。

写文章，韩羽极赞闻章。他说，大部分人写艺评，都是板着个脸。画画本不是什么正经事，你非把它说得那么正经，那能不难受吗？闻章不然，他的文章诙谐幽默，句句在是与不是之间，让人读着有意思。说得似乎对，又似乎不对，就是一种味道，招人想读。不像有的人，深倒是深，进去了出不来，浓得化不开。不过，做到闻章那样也不容易。写文章，写严肃了容易，写诙谐了难。

先生说难，自然是难。像先生，能想出"韩信月下追萧何"，让我打破脑袋，也还是拘囿于萧何追韩信的史记。这就是境界的差别吧。

半日时光，韩羽一顶半旧呢子帽，一直不肯摘。

磨刀

从我读韩羽的《槐南杂记》开始，脑子里的他始终是一个平凡老头的印象。但这平凡也"各色"，有点嘎，有点幽默，甚至幽默到犀利无情。这犀利无情又因了嘎的因素，让你恼不得、恨不得，倒不由添几分敬意。

嘎乎乎的平凡老头儿，就住在石家庄一个平凡街巷深处旧单元楼的某个格子里。有一年正月十一下午，我们一行四人去他家拜年。

韩羽先生似乎过年过白了，跟之前我们杂志封面上的黑红脸膛一比，简直像换过肤。他着时髦的立领灰毛衫，两袖还镶嵌些亮色的深红，配蓝条绒裤、圆口黑布鞋，黄苗子笔下说的"土气"没了，直接"土极而洋到了家"。

宾主刚安坐，韩羽先生的电话就响起来，是某报邀请他参加展览的。放了电话，那展览自然就成了话题。

韩羽先生接电话语气很客气，他称自己精力不济，画不了。放了电话，重新在红木沙发上坐好，眉眼里却显出一丝狡黠的笑。"想蒙着我答应，嘿嘿。年前就来过电话了，我就说不参加的。"

韩羽不爱凑那种广众的热闹，早就有所耳闻。原来是这般"拒绝"的功夫——以老说事。他果真就老了，精力不济了？上年冬天，我去省文联附近小店"白洋淀炖鱼"吃饭，那老板娘说，一个画画老头儿叫韩羽的常来，二尺盘杂鱼炖粉条，他一人能"报销"，还要一大份烙饼呢。我宁愿相信那个漂亮的老板娘，她为我们活画了一个善能风卷残云的山东壮汉。

又讲起对另一次展览的"拒绝"。来了俩相当级别的人，请他出山参加一个规格很高的书画作品展，说是就选四位大师、大家的作品。韩羽听完就笑了。于是给人家讲大师、大家和名家。他说：所谓大师，起码要影响一个时代；所谓大家，起码要影响一个时期。至于名家，出名手段各不相同，就不好说了。我既不是大师，也不是大家，所以这个展览我不能参加。

号称精力不济的韩羽，却连过年也不闲着。因年前一家出版社约好要收集他的"题跋"出版，引出了他搜集别人为他的画所作"诗、词"的兴致。七八天工夫，他开箱倒柜，从藏画和书籍中辑到了六十首诗或词。有黄苗子的、聂绀弩的、启功的、吴祖光的、荒芜的……用韩羽先生的话说，"现今都是'大腕儿'级了"。这些"题跋"的时间，大都在20世纪70年代末80年代初。当时韩羽在保定教书，课余画戏画，戏画好看发表难，就是画着玩。文坛前辈们知道了，也来了兴致，给他在画上题诗题词。

由"题跋"，韩羽先生很感慨。他说，当下的画家们都不重视这些，其实吃了大亏。就说画竹，很多人其实画得很棒。但人们一说起来，郑板桥就是标杆、高度，谁也超越不了。为什么？就因为他画上那些字。现在的画家，有几个能写出好题跋的？中国文人画，字要好，内容更要劲儿。有的人也写"题跋"，跟画的内容风马牛不相及。有的人，觉得写个题跋算什么，不就那么几行字？

往事讲出来，韩羽先生笑了。他说，我们老是讲，功夫在诗外，功夫在画外。现在，有人把这"外"弄得太"外"了。其实就本义来理解，就像磨刀，刀是铁的，却要用石头磨它。你用铁去磨铁，刀能磨快吗？史上没几个专职画家、书家，王羲之、苏东坡，都是做官儿的、官宦子弟，谁自称画家、书法家？写字、画画是文人基本功。

新书

2020年，河北文坛有两本书挺抢眼。一本是铁扬的《等待一只布谷鸟》，一本是韩羽的《我读红楼梦》。前一本的作者八十五岁，后一本的作者虚岁九十。原本我读书就偏爱画家中的作家，这下子不由分说就激动起来，打马赴京东，请来读起。这不读不要紧，一读发现了一个秘密：怪道他们这些年勤奋无比，文章一篇挨着一篇写，书一本接着一本出，原来文学使人老当益壮，使人逆生长。

犹记得2015年春，好友汪若即邀我去参加一个活动。她说，五日后《藏书报》文心书院开坛，主题是"对话韩羽——网络时代的尺牍清吟"。韩羽先生的新书《读信札记》现场首发。"那个嘎老头儿，又出新书了。"放下电话，我这样想。

韩羽，河北文化界的奇峰，画、书、文三绝。按理说，应该高山仰止、顶礼膜拜，但每次见到他，我却忍不住笑。因为他的表情、谈吐，给我的感觉首先是好玩儿、烂漫如顽童。"对话韩羽"，参加对话的有刘小放先生、闻章先生，还有一帮青年才俊。韩羽先生现场讲说他收藏那些信的典故，说着说着，他先把自己给说得笑了，还不好意思，脑袋一晃身子一歪，那么一瞬间，韩羽不见了——他像小孩子一样，把自己藏到桌面旁边去了。

逆生长的坐实，是三年后《韩羽集》出版座谈会上。

到了徐光耀老发言，没承想他狠狠揭了老朋友的短。原来韩羽爱书如命，每次买了新书都会仔细包好藏放到柜子最底部，然后跟徐光耀借着看。韩羽听罢，当即做掩面状，如办了错事的孩童一般，笑翻全场。

《读信札记》，收入文艺界各个时期名家的信札六十一封，还有他重读信札的短文。文心书院现场发售四十本，特别优待，可以得到韩羽的签名。给我的签名是："宁雨同志指正。韩羽。"那字，小小的，写在衬封的右下角，眼神不好的得拿放大镜读。据说，韩羽先生书法润格很高。得其真迹，真赚大发了。

韩羽，头大，目距开阔，额头锃亮，他曾写过一首《自嘲》诗：眉眼一无可取，嘴巴稀松平常。唯有额头胆大，敢与日月争光。那次见他，嘴巴更稀松了，因为，牙齿越来越少，跑风。可是，稀松平常的嘴巴，却说着灵光闪动的语言，敢与日月争光的大脑壳，思维敏捷、思路清晰，引经据典，记忆力超凡。《燕赵都市报》资深记者刘学斤说，韩羽的语言既正经，又不正经。韩羽先生马上接荏，"正经装不正经"。看看，这话够赶趟吧。

韩羽在《我读红楼梦》后记中说，"正值年头岁尾，突闻疫情袭来，躲进小楼，索居数月，既得半日之闲，为免多时之寂，聊将《红楼梦》中人物拿来打发日子。揭揭这个的短，扬扬那个的长。说好听些，是品评月旦，说难听些，是嚼老婆舌头。边读边想，边想边记，积少成多，居然写满了一大沓子稿纸"。瞧人家这日子打发的。明明正经读书，读正经书，偏自谦逊如此。

《我读红楼梦》，好读又不好读。都是短章，排版又舒朗俊逸，我用了两三天就读完了。不好读，是说读完未必能"遇之"又"解之"。韩羽的戏画，常常意在戏外，"逢场作戏"，表达思想识见，他"读红楼梦"亦然。比如，《花袭人春风得意》一篇，评袭人在娘家众姐妹面前的显摆（"一面又伸手从宝玉项上将通灵玉摘下，'你们见识见识。时常说起来都当稀罕，恨不能一见，今儿可尽力瞧瞧。再瞧什么稀罕物儿，也不过这么着了'。"）。韩羽先生写道：读《红楼梦》至此，喟然而叹，都言奴婢苦，未必尽然，奴婢有时也浑身舒坦得心花怒放哩。可这么一心花怒放，那"奴婢"也就离"奴才"不远了。一句话点醒，开聋启聩！老先生借红楼梦说人品世谈艺，汪洋自恣，蔚为大观。

韩羽先生给徐光耀老赠书，题曰"画儿匠竟然冒充起'红学家'来了。光耀老哥一笑"。彼时，他一定先自偷笑做掩面状，或孩童一般脑袋一晃身子一歪藏到桌子旁边去了。

韩羽原来常吃饭的"白洋淀炖鱼"小馆儿不知何时易主了。消息灵通者说，嘎老头儿的牙太少，已改吃二姑包子或羊肉烩面。这件事，让我替老头儿不甘心，自己也有点不快意。我还是喜欢坐在小馆子一角，听老板娘讲韩羽手持大饼风卷残云的闲话。

夜半逾城

一钩新月天如水

《人散后，一钩新月天如水》，是 20 世纪 20 年代丰子恺先生第一幅公开发表的漫画作品。画面大片留白，弯月高挂，夜色清幽，房舍雅静，画者的心境如泠泠琴声在画幅间流淌。据说，朱自清对这幅作品赞赏有加，收录到其主编的《我们的七月》中。

细心人发现，丰子恺画中的月亮，是下弦月、残月，而非上弦月、蚕眉月。但他的题款，又分明写着"新月"二字。莫非，大师的画中埋下一个美丽的错误？但这幅画，又分明是很美的，自 1922 年问世至今百余年时间，不知道感动了多少读者。也许，它不符合生活的逻辑，却无碍艺术的审美。在艺术里，读者同意了丰子恺如此画新月。

丰子恺先生本人，其实十分重视写生训练。在写于 1938 年至 1939 年间的《教师日记》中，他说过"绘画必须从写生入手"，学画者要"努力训练自己的眼睛"。《人散后》一画中的"美丽错误"，他自己是否发现，已无从考。

关于绘画，汪曾祺先生小说《鉴赏家》中有这么一段故事。

有一天，叶三送了一大把莲蓬来，季匋民一高兴，画了一幅墨荷，好些莲蓬。画完了，问叶三："如何？"叶三说："四太爷，你这画不对。"

"不对？""'红花莲子白花藕'。你画的是白荷花，莲蓬却这样大，莲子饱，墨色也深，这是红荷花的莲子。"

"是吗？我头一回听见！"季匋民于是展开一张八尺生宣，画了一张红莲花，题了一首诗："红花莲子白花藕，果贩叶三是我师。惭愧画家少见识，为君破例著胭脂。"

艺术源于生活又高于生活，汪老堪为楷模。20世纪50年代，他在张家口沽源县马铃薯研究站下放劳动，期间奉命画一套中国马铃薯图谱。每画完一个整薯，还要切开来画一个剖面，画完了，"薯块就再无用处，我于是随手埋进牛粪火里，烤烤，吃掉。敢说，像我一样吃过那么多品种的马铃薯，全国盖无二人"。后来，汪曾祺创作的许多散文、短篇小说，都取材于张家口一带。如果没有植物学家一样的精心观察，加之艺术家丰富的创作力，就不可能诞生《葡萄月令》《黄油烙饼》那样一批脍炙人口的佳作。大约，汪曾祺是不喜欢季匋民画荷那般的"美丽错误"的。

最近读到《文学叙事中的现实与想象》一文，是"河北四侠"的纸上高峰论坛。作家胡学文认为，文学当然要和生活拉开距离，距离可大可小，还可以变形，但须有内在逻辑。刘建东则说，作家首先要有生活，有现实的底子，要在"有"的基础之上，再创造出一个"有"，一个作家眼中的现实。

读完此文，再赏丰子恺的"新月"，我有了新的想法。从画面看，朋友雅集，人散茶冷，时间应该是后半夜。后半夜升起的弯月，是下弦月无疑。画者从方才的热闹转入空室遗一人的清寂，凭窗遥望天如水，情绪陡变，赏月的心自然又是一番新境。"人散后，一钩新月天如水"的题款借用宋人词句，"新"字并非写实，而是指向内心的。如果把它换成写实的"残"字，意境上倒输几多了。

喜欢叶三对季匋民的批评。但丰子恺如果遇到叶三，他画面中那个"美丽的错误"，还会美丽百年吗？

兰道二三

褚大伟先生是我的师长，也是我的同事。因着办公室相邻，心有所惑时，抬脚即可去求教先生。就连先生的中国兰开花时，我的房间也浸染些香气。

有次到先生那里，他正接一个长长的电话。我乐得有时间仔细端详他的兰花。那兰，七八株的样子，叶不盈尺，盆也不盈尺，极素淡的姿态，开花却勤勉。

我请教莳兰之道。先生笑笑说，养兰其实并不难，摸透其脾气性情，浇水用肥有据有度，其他就很省心了。至于这兰花开不开，全在两可之间，太期待，人与兰都会反受其害。

大伟先生的兰，让我想起清代著名学者蒋士铨评价郑板桥的一句诗，"板桥写兰如作字，秀叶疏花见姿致"。大伟先生不写兰，而以兰道画人物。他笔下的人物气象万千，皆透着丝丝禅意。画家作画，画的是别人，描摹的是自己的内心。是逸是躁，是慧是拙，都在笔墨线条中。

　　有次见我捧本吕思勉的《中国文化史》，大伟先生说，是本好书，可作"索引"用。先生的话，无疑是很棒的一句话书评。但我明白，他不是为评书，他说的是他的读书心得，言简意深。万卷在胸，却从不见大伟先生引经据典、"掉书袋"。与他谈话，无论公干还是私务，都会让你轻松自在。因为他说的总是家常话，平和中透着诙谐幽默。

　　我印象最深的，是他给我们《当代人》编辑部年轻编辑讲业务。他说，红木和泡桐，你们都知道吧？搞创作，急功近利与厚积薄发，就如同红木与泡桐给人的感觉。泡桐长得快，但材质疏松，难成大器。红木多年成材，一套家具摆出来，雅俗公认。历练的功夫不在一年两年，急于出手，东西往那儿一搁，薄气，行家看着笑话，反而会害了你。我做美编二十多年，刚开始的时候，头题插图都是约大家的作品。大家的东西往那儿一放，一是给刊物提气，二是对自己的保护。我的作品一般往后放，不显山不露水的，慢慢让读者熟悉、认可。

　　大伟先生创作了一幅画作，题款"有风有雨有自在"。

画面上是一对田园归来的老夫妻，一人荷锄，一人提着只水壶，壶已被灶火熏得黢黑，看来是把有年头的壶。画的背景很淡，细观，是棵曲枝铁干的老桃树，正开着淡粉的小花。这幅画，初读并不十分抢人眼球。人物朴拙，背景冲淡，笔墨洗练，愈读愈有味道。人生风雨，已经挽进老汉肥大的裤管、老妪斜襟大袄的扣襻，多少酸甜苦辣的记忆随灶烟飘远，锄是磨得锃亮的锄，水壶里的水开了一次又一次。

闲谈，先生问我：海参好吃不？我点头。先生说，给你一枚干参能食否？我摇头。先生又说，火烧之，棒打之，能食否？我再摇头。先生笑了。

一根干参吃到嘴，都需要水发之、时待之啊。此来万事，何必匆匆。

牡丹与棉花

初学朱自清先生的《荷塘月色》，老师要求周末每人仿写一篇作文，重点练习写景状物。那时，我还未见过荷花的真面目，一时间也想不起乡间有什么景物可以让我写得如许"袅娜"与"羞涩"。骑车走在放学回家的路上，内心很是焦灼。幸亏遇到大片的棉田。

溽暑刚过，棉花植株已齐腰深。微风过处，田田棉叶荡起青碧的涟漪。高处枝杈上，乳白的，淡粉的，玫红的，深红的花朵，点染出一派乡村独有的浪漫。在我的眼里，棉田首次拥有了荷塘般的美好。棉田中整枝打杈的农妇，也幻化为江南水乡采莲女。

家乡的棉田与朱先生的"荷塘"，共同完成了对一个少年的艺术启蒙。不过后来我发现，比"荷塘"更易唤醒棉田记忆的，是牡丹。

棉花，为锦葵科棉属植物，9世纪至10世纪刚刚引入中国时，栽植于花园庭院，用以欣赏。后来，优良品种不断出现，棉纤维的实用性被开掘到极致，植株和花朵的观赏价值反而遭遇彻底的忽视。

比棉花更早出现于中国园林中的牡丹，与棉花有着相似的身量，叶片深裂，枝叶纷披。花落，牡丹也跟棉花一样，结出蒴果。不过，棉花的蒴果是顶尖体圆，又称棉铃，而牡丹的蒴果呈五角尖锥形。成片的牡丹，跟成片的棉花，大老远猛眼一瞅，是很容易混为一谈的。然而，岁月更迭，棉花巩固了其农作物的属性，而牡丹作为花王的地位也愈加稳固。

那天，雨中遇牡丹。整个牡丹园花容零落，嫩生生的蒴果已经冒出来，正与停在腮边的水珠嬉戏。生命在一场雨中的转折，清冷中含了一种活泼泼的滋味。不知怎的，这让我忽然想起棉花，想起我家乡曾经田田的棉海。

棉花，是一种需要付出辛苦极多的作物。花农不仅要在毒花花的日头下整枝打杈，还得趁着毒花花的日头喷施农药，以杀死繁殖速度极快的棉铃虫。秋后采摘，女人们腰间系个大包袱皮儿，对着每一朵炸开的棉铃，都得深鞠一躬。从地头到地尾，包袱皮儿渐渐鼓胀起来，千朵万朵雪白的花收进去，她们不知道已经给棉花鞠了多少个躬。至于轧花、弹花、纺花、染线、织布、缝衣，又不知道用去了农家女人们多少个夜晚和黄昏。

在我心目中，棉花作为世上唯一一种可以"穿在身上的花"，无比温暖而高贵，即使牡丹花王也不能出其右。河南作家冯杰著有《铁器与棉花》，他说，其他花只能饭后抒情，相当于"文艺工作者"。棉花与我同行，它不仅温暖着我的身体，还有一种棉花语言，用来温暖眼睛，温暖心灵。这样的文字，读来让我眼睛濡湿。

设若我是一个艺术家，一定拜棉田为心灵庙宇。可惜，我只会敲下一些干巴巴的字。我只能以阅读的方式，去感受棉花作为一种植物，从艺术到生活，再从生活到艺术、到精神的进化史。

夜半逾城

第一次接触佛教故事"夜半逾城"，还是从少女画家郝颉宇的画作中。画面上，释迦王子黄衣玄马，目光淡然，直视前方无际的暗夜。三名白袍天神低眉颔首托起马足，另三位肃立在侧。构图以大面积深重的背景色与人物服饰、肌肤的亮色形成巨大反差，饱满而灵动。

郝颉宇说，这幅名为《夜半逾城》的水粉画，灵感来自一块古代画像砖。砖画表现释迦王子有感人世生老病死各种痛苦，为了寻求解脱诸苦的方法，决定舍弃王族生活，于某天深夜乘马逾越迦毗罗卫城，到深山修道。

于绘画和文学，郝颉宇是一个天分很高且非常勤奋的孩子。天分和勤奋，追随她的艺术梦想——从三岁至二十岁，并且在画集《凝视——郝颉宇作品集》中得以淋漓尽致的体现。

从童稚时期偶拿画笔的那一刻，郝颉宇对她眼睛里的世界，已经开始了一种独特的阅读和重构。这些，在她三四岁时的作品《小女孩》《仙女》中初露端倪。其八岁时的作品《奇怪的公园》《幻想世界》《彩色茶具》《太阳与河流》《有花瓶的餐桌》等，尽管造型能力还显稚嫩，但从画面呈现的梦幻气质，已可看出一个儿童画家观察、思考的轨迹。甚至可以说，那时她已经初步拥有了属于自己的美学理想。她画中的那个世界，是温暖的、诗意的、奇幻的甚或神秘的，源于现实生活，却与现实生活有着多多少少的不一样。

这种温暖、诗意、奇幻的美学意境，在郝颉宇的作品中一直生长着、延展着，从童年到少年，再到青年。在她十七八岁以后的作品中，得以更积极、更自由、更清晰的表现。比如《光》《满月》《夜半逾城》等。

《光》《满月》《夜半逾城》能否说是小画家生活阅历、美学思想、创作水平跨入新阶段的代表性画作，我不敢完全肯定。但很显然，在这几幅作品中，意境的深邃、主旨的多义、技法的成熟，已经较前有很大的飞升。郝颉宇在作品集最后的《自述》中说："今年春节前的一天黄昏，我画完了《夜半逾城》。在关灯准备离开房间时，我再一次凝视这幅画。未干透的颜料发出微弱的闪光，它好像在黑暗中静静地呼吸着。我突然听到自己的心在说：'一切都对了。'刹那间，我仿佛触及了儿时渴望了解的神秘奥义，那是宇宙的语言与灵魂。"

寻找并且着力于再现宇宙的语言与灵魂，这也许就是郝颉宇绘画作品最可贵的品质吧。寻找与再现，造就了她绘画作品的另一个世界，一个独属于郝颉宇的世界。有人说，艺术的巅峰对决，不是技法，而是思想和精神。十七年间，小画家在文学、美学、哲学等领域广泛涉猎，特别是受到父母影响，从小接触古代壁画、陶瓷、瓦当、碑刻，从中得到浸润，又师从费正、何家英、张守中等名家，于油画、国画、书法方面广采博收。这样的精神养成，是雄厚的、博大的，弥足珍贵的。

于佛教意义之外，"夜半逾城"是否可以理解为个体精神、艺术生命一次化蛹成蝶的释放和升华呢？释迦王子逾越迦毗罗卫城时是十九岁。恰好，郝颉宇完成画作《夜半逾城》时也才满十九岁。

玫瑰袈裟

一

老圈椅的年纪比爷爷大，算祖产。漆膜剥落的老圈椅，磨出一层油润的包浆，与奶奶那副依然鲜亮的嫁妆，竟也十分相配。爷爷独坐在老圈椅上，老圈椅的威仪，映在他木然的眉宇之间。

奶奶病殁了，爷爷一直在老圈椅中待了七天七夜。

他在老圈椅里坐着，没有如往日那样，一烟锅一烟锅抽烟，他找到了一个新的事体，捋手指甲周边的倒立刺。从左手到右手，一个指头也不放过，直捋得每一根手指都浸出小小的血珠。常年在田里劳作，谁手指上没几根倒立刺。倒立刺本可忽略不管，精致的人，用剪刀剪一下也就完了。爷爷选择了捋，这一捋，没啥感知的老肉刺便带起里边的嫩肉，要多疼有多疼。爷爷却眉头都不皱一下，面色如水。也许他想用这种疼痛拯救他自己更深沉的疼痛，从此以后，捋倒立刺，成了爷爷思念奶奶的一种寄托。

第八日清晨，阳光爬过丝瓜架的时候，他霍地起身，笔墨纸砚备齐，找来管事的，三下五除二给我大伯和我父亲分了家。

爷爷不说啥，他灰暗的眼神已经昭告我们，没了奶奶，家就该分了。

因为一个人缺了，一个家就分散了。这在泊庄，并不稀奇。有的人家，新媳妇娶进门才三天，公婆健在就闹分家呢，更何况家里没有了那个主事的女主。爷爷和奶奶主持的大家庭，是个例外。十几口子人，一口大八印锅，吃饭先老后少，最后是儿媳妇。逢年根底下，奶奶把花生、瓜子、压岁钱和其他时兴的东西分好，坐在炕头上派发，点到谁的名谁站到奶奶跟前双手接着。来了拜年的老亲，早早摆开席面，把三爷和子侄们也叫到一处吃饭喝酒，孙辈们在院里屋里嬉闹，几十口人笑语晏晏。那是奶奶最喜欢的气氛，也是让一庄人羡慕的气氛。

我出生那年，爷爷才五十三岁。待我记事，也还不到六十。不到六十岁的爷爷，在生产队里出整工。晚上，三爷凑过来，老哥儿俩拉琴，唱现代京剧，或者讲古儿，屋里炕沿、凳子上坐满子侄和孙辈的男女。奶奶笑模笑样坐在炕头，穿腰窝（一种高粱葶秆制作的容器），穿盖帘，剥花生，拣豆子，或者干脆啥都不干。一切那么安逸，美好。以至于那样的一个夜晚场景，一直悄悄存留在我记忆深处某个秘密的地方，年久愈加清晰。那安逸甚至美好，超越了屋外的风风雨雨，梦幻一样的存在，全是因为奶奶在。

受奶奶教导多年，我大娘和我娘都是讲面子的女人，爷爷不分家，她们一定会把大家庭维护下去。但分家是爷爷的意志，爷爷笃定要过一个人的日子。

爷爷，人称闫家二先生。那些天，二先生家分家的消息，像一滴水落在泊庄前后街之间的大水坑里，砸起一道小小的涟漪之后，很快就平静了。

二

奶奶病殁了，爷爷一下子变得老迈。玄衣，驼背，持一只紫铜的烟袋锅，坐一张不见漆色的老圈椅。这种印象颠扑不破，他再老一岁，再老十岁，在我记忆里已经没有什么分别。

掐指算算，奶奶过世那年，爷爷也才六十出头儿。

一个老迈，玄衣，驼背，持一支紫铜烟锅的老人，过着波澜不惊的独居生活。与其他老人不同的是，他在心情好的时候读古书，心情差的时候捋手指甲旁边的倒立刺，捋得十指浸出细小的血珠。

转眼到了1980年暑假。我马上读初三，堂哥升高二。那时候，我们县的学制是初中三年、高中二年。简单说，我的中考、堂哥的高考，都到了节骨眼上。

忽然有一天，爷爷把大伯和父亲召了去，他宣布，为我和堂哥"开小灶"，补习古文。这个小灶是否能迅速拉升两个毛头娃子的考试分数，谁也没有办法预估。但放眼整个泊庄，谁家有这个条件？说是"小灶"，其实等于在正常课业学习之外，又办了个私人定制的培训班。只有爷爷这样老式的乡间书生，才有如此底气。一时间，二先生的名号又在泊庄响亮起来。仿若一道久沉于水底的风景，某个偶然契机，突然浮现在人们眼眸。甚至有像壮爷那样的村庄预言家说，看吧，国家如今重视读书，闫家要兴家学了！

"小灶"的时间是每天晚上八点到九点，地点在大伯家老院的礓磙儿上。课本也定了，《古文观止》，素日里爷爷常戴着老花镜念的一本线装书。

第一夜，一百多瓦的灯泡点起来，礓磙儿上亮如白昼。爷爷那把包浆油亮的老太师椅居正位，我和堂哥在小马扎上分列左右。大伯、大娘、父亲、母亲，甚至三叔、四婶，年龄更小的堂弟堂妹们也闻讯而来，他们都属于旁听生，就坐于垒礓磙儿的老青砖上。谁也没有想到，奶奶过世那么些年之后，一大家子人因了这"家学"又聚拢起来。

开班第一课，是杜牧的《阿房宫赋》。爷爷说，像《郑伯克段于鄢》《曹刿论战》《烛之武退秦师》这样的篇章，课本上都收了，他便不再讲。"六王毕，四海一；蜀山兀，阿房出。"爷爷以乡音开腔，小院一时间分外安静，只有一声突兀的知了叫，逗得所有人忍俊不禁。爷爷的授课方式是，他自己先把文章整体读一遍，然后阐述文章写作的背景、写作者的情况，随后才一节一节串讲课文。在学校里，语文老师都用普通话授课，爷爷用乡音读古文，又是赋体，短句子，合辙押韵，听起来倒别有一番新意。当他读到"长桥卧波，未云何龙？复道行空，不霁何虹？高低冥迷，不知西东。歌台暖响，春光融融；舞殿冷袖，风雨凄凄"，不觉间，摇头晃脑，老花镜耷拉到鼻子上。他自己先入境了。

爷爷二十多岁在乡下教书。家乡是老解放区，他以教书的方式参加革命，在特殊年代回家种田，20世纪80年代后期落实离休待遇。爷爷的古文，有家学渊源，有私塾里刻苦用功的根底。终又回到课堂，那天晚上，爷爷亮开了嗓音，一堂课讲得荡气回肠。

爷爷喜楹联。课间休息，他给我们讲"海水朝朝朝朝朝朝朝落，浮云长长长长长长长消"，讲"落霞与孤鹜齐飞，秋水共长天一色"，讲《笠翁对韵》。下课了，还可以吃到一顿炸知了的美餐。村子临着小白河，河边都是树林，我们家离河边不足百米。树多，知了多。知了喜欢灯光，家里讲学，开着大灯泡子，它们不请自来。那时生态观念还没树立，拿知了打牙祭，是经常的事。现在，肯定舍不得了。半桶知了，是晚课堂的副产品，它们撞着电灯泡子，啪啦啪啦掉在地上，旁听生们七手八脚捡了，丢在洋铁皮水桶中。课毕，知了早拾掇好了，只等着爷爷点头，母亲或者三叔就在爷爷的堂屋起火炸知了。兴头上，爷爷也亲自下灶，他舍得油，知了炸得格外香。

后来讲课，爷爷遣散了旁听生，新招来两个弟子。俩新同窗都是村里读中学的孩子，其中一个和堂哥同班。开始，他们扒着我们家的大栅栏蹭课，爷爷以为其馋炸知了，让大伯把他们请进来，单给每人一小碟子。他们齐说，馋知了，更馋二爷的课。

"小灶"一直开到处暑，讲的书有二三十篇。我印象最深的有《前赤壁赋》《出师表》《六国论》等。我也说不好这些篇什对我的中考和堂哥的高考起到了什么样的直接作用，唯一可以确定的是，我从此爱上中国古典散文。

有"小灶"开，爷爷的面色似乎较往日有了些光泽。他仍然是玄衣，驼背，持一根紫铜烟锅，早早吃过晚饭，拿把大扫帚，呼啦呼啦打扫院子。土院子泼了净水，尘埃落定，把一天的燥气也收了去，院子就格外清爽。

在我和堂哥之后，爷爷还为二堂弟和我妹妹开过"小灶"。给他们开小灶，是冬天。课堂在爷爷的卧房，升起暖烘烘的煤火炉子，点一盏电灯或汽灯。爷爷有时候款待他们蒜薹炖肉，一砂锅肉炖在炉火上，肉香跟书香缠绕在一起，想想都馋人。这是他们独有的待遇。那时爷爷早办好了离休，我也读了大学。

我接到大学录取通知的那天，爷爷的老屋里隐约有琴声，拉的《红灯记》中的"提篮小卖"和《智取威虎山》中的"打虎上山"。奶奶过世多年，爷爷的胡琴一直挂在西墙上，落了老厚一层尘土，结了蛛网。看来，爷爷这次真是高兴了。

三

爷爷迷上养花。他从一名生产队的菜把式变成一个自耕花农。

1986年，我已经读大三。五一放假，照例给爷爷买了一篓槐茂酱菜。槐茂酱菜的包装很好玩，红柳编的小篓儿，一巴掌长，最上边封一张红底黑字的方纸，麻绳捆了，打个结，能提溜着走，像小时候提溜灯笼的感觉。爷爷爱槐茂酱菜，吃饭时夹上一筷子，可以多吃一个窝头。

正要给爷爷送酱菜，爷爷却先到我们住的前院来了。他手里捧着一个小巧的花盆，盆里细细巧巧生着数枝跟三叶草一样的叶子，叶间有粉红的五瓣花，柔弱而鲜妍。爷爷说，这花叫见日开，日出而开，日落而合，是送给我的，可以带到学校里养着玩儿。送我的见日开，是爷爷自己培育的。他的窗台上，也养着见日开，是一大盆，叶子肥绿，花朵蓬蓬勃勃的。爷爷说，那是集上买的，养了两三年，成了老桩。

早在信上听母亲说爷爷迷上养花，但没有想到爷爷养花能养出那么大名堂。爷爷邀我去后院赏花，随他拐到老院的大栅栏前，隔着栅栏，我就差点被一院子怒放的月季花闪了眼。红双喜、自由精神、阳光漫步、香云、黄和平，在一片一片姹紫嫣红之间，爷爷蹲下身子，轻嗅每一盆月季花，为我介绍它们的脾性、香型，并且让我学着他的样子，去分辨花的味道。爷爷讲花如讲课，在此之前，我真的一点都没有关心过那些红的粉的白的黄的或复色的月季花，居然还有着各自美妙的名字。

为了养花，爷爷让我父亲帮他把院子里边边角角的烂砖破瓦都清到了耳房里，甚至刨了一棵无花果。院子最西北侧最向阳的地方，他挖了一盘花炕，专门扦插月季苗，冬春时节，花炕上边搭小拱棚。最冷的时候，拱棚上边覆谷草苫子。要知道，那时候泊庄还不时兴地膜覆盖，爷爷的小拱棚扦插加速迭代的法子，是他从老时候冬天种黄韭琢磨来的。爷爷青年时，大家族有上百亩的地，奶奶还是新嫁娘，她一手的好厨艺、一手的好针线。是奶奶把娘家青口村种黄韭的手艺带过来，之后每一年过年，老闫家年初一的饺子，都有自家黄韭配片粉木耳鸡蛋虾皮馅的，整个泊庄独一份。每一年的黄韭，都由爷爷和奶奶共同培育。育黄韭的传统，到1963年我母亲嫁进门时已经断了十多年，到1986年，已断了三十多年。爷爷把这个技术给用到了培育月季上，到秋天，他培养的黄和平、香云、红双喜都赚了钱。

是的，爷爷养花也卖花。耕读传家的闫家二先生，年过古稀，却大摇大摆推着一推车的花赶集上店。每到村口，壮爷一准从自家院里踅出来拦住爷爷的车左看右看。于是，一袋烟的工夫，半条街的人都知道二先生又赶集卖花去了。大娘和母亲听到耳朵里，脸上就有些发烧挂不住。她们请二姑出面劝爷爷，面上温和的爷爷，却是油泼不进水泼不进的自有主意。爷爷的花，主打月季，也种朱顶红、夹竹桃、见日开、天竺葵和玻璃海棠。泊庄，只他一个种花的，而肃宁集上却有单独的花市鸟市，十里八村的种花人，去那里换些零花钱，也交流切磋各自的花经。有时候，爷爷去的时候一车子花，回来时还是一车子花，粗心的人以为这一集二先生跑了空，想看哈哈笑，仔细瞧，便知道他的车上全部换了另外品种的花。竹节海棠、倒挂金钟、复瓣扶桑、石榴盆景，每一个新品种串换回家，爷爷一张苍老的脸上都会泛起欢喜的光泽。

爷爷栽植于堂屋门口礓磜儿旁边的一株"懒月季"，就是在集上串换来的，他为此花费了三盆最心爱的黄和平。懒月季的花色与食用玫瑰仿佛，但花朵更大，花瓣也更厚实一些。最高长到了两米多，每年5月开一季花，从头到脚披挂满身，一丛月季，简直就是一座繁茂的花山。花山惹来嗡嗡的土蜂和嘤嘤的蜜蜂，在老屋的东耳房上做了蜂窝，爷爷还摘过一坨蜂蜜。据母亲说，趁着大姑和二姑回娘家，爷爷曾叫齐一大家十几口人在懒月季花山前照过一张相，但我没有印象，也没有在任何地方见过那张照片。照片中肯定没有我，我已经大学毕业在外工作了。但我喝过爷爷给的懒月季花茶，干瘪的花朵，开水一冲好像又活一次，满杯里沉沉浮浮的，有股子很好闻的老玫瑰香。爷爷给这种茶取名"玫瑰袈裟"。

爷爷心血来潮，要请孙辈吃饭。有堂哥、我和二堂弟、妹妹、二姑家的大表妹，他为我们制炉面。炉面，你可以理解为炒面，但爷爷的炉面，比我后来吃过的任何一家大饭店的招牌炒面都香，让人魂牵梦绕的香。为那顿炉面，他专门买了三斤瘦中带肥的五花肉，切飞薄的片，小料腌了，大火速炒，然后一层肉，一层嫩豇豆，一层面条，一勺秘制的汁水，再一层肉，一层嫩豇豆，一层面条，一勺秘制的汁水，收拾停当，细火慢蒸。爷爷让堂哥和二堂弟看着火，他只管带着我们三个女孩到他的月季花田采摘铃之妖精和香云的花骨朵。当炉面的香气盖过院子里一切的花香，爷爷果断喊堂哥止火。那顿饭，我们每个人干掉了半斤面条半斤肉半斤菜，恨不得把爷爷的碗筷都给吞到肚子里。后来我才知道，爷爷的秘制汁水，是兑了月季花酱的，他尝试做过好多种花酱，那天用的是红双喜。红双喜的花瓣是复色的，红色花边，往花芯走，是粉黄里带着斑斑点点滴滴粉红，十分俏丽。在口袋里揣一朵红双喜，别人会以为你搽过香水，几天不散。

可惜我没有一条好舌头，不能够当场拆穿爷爷的"把戏"——他的秘制汁水调了红双喜和香云两种月季花酱。

四

堂哥娶了妻。大伯要翻盖爷爷住的老屋，爷爷的自耕花农时代结束了。他搬到我们家的前院小住了一个时期，等大伯的房子盖好便又搬了回去。他习惯了一个人，一张老圈椅，一双筷子一碗饭的日子。他有很好的厨艺，并不喜欢像庄里一般人家的老人在儿子家吃轮顿饭。过年，依旧有很多人找二先生写春联。爷爷忙完别人的，也给自己写一副。有一年，他写了"声声爆竹连岁月，五更饺子香二年"，横批"和顺是福"。

堂哥家生了儿子。爷爷又为自己找到了新的事体，带重孙子。年近八旬的老人，背上背着大胖重孙，两条腿却分外有力量。他已经很少陷在那把老圈椅中看书、捋手指甲旁的倒立刺，像泊庄许多老人一样，爷爷背着重孙到大街上的北墙下晒太阳，讲闲话，看大鼓队的人练习敲大鼓，眨眼就是半晌。壮爷逢人就讲，二先生显年轻了，你们说是不是？

显年轻的二先生，到底逃不过岁月的眼睛。某个初冬的早晨，我堂嫂要下地干活，送孩子到爷爷住的院子，却怎么喊也没人应。爷爷无疾而终，刚刚年满八十岁。

大伯和大姑二姑收拾爷爷的东西，把那本书页脆黄的《古文观止》留给我。我发现书页里夹着东西，像某种植物的花，但已经失了形色。细嗅，有老玫瑰的淡淡香气。我问过二姑，爷爷如何懂得做月季花酱和月季花茶？二姑说，也许当初你奶奶会，你奶奶家祖上在北京开过买卖，见的世面大。至于爷爷为什么把"懒月季"花茶命名为"玫瑰袈裟"，却无法猜透。佛经上说，以袈裟覆身，可以离邪心，断五欲，生十善，增菩提之道。但爷爷不是僧，他只是茫茫红尘中一个俗人。

房客

房客

棣爷。村里有头脸的男女们，喊他棣先生。

一顶破草帽，一个铜烟斗。这是棣爷随身的两样道具。那草帽早已失却了竹的本色，边沿缝着寸许宽的白粗布，白布汗渍斑驳，同样失却了本色。烟斗却是锃亮的，他每点上一锅子烟，紫铜的光华便跟着烟丝一起明灭。

草帽和烟斗，我们那一带农村老汉几乎人人都有。但棣爷的草帽是竹编而非普通的麦秆草编，他的烟斗是上等铜制而非普通的合金，这就让明眼人能够一下子把他给从人堆里挑拣出来。不过，挑拣出来也是白搭。棣爷是个神秘人物，不光在我一个孩子的眼里是神秘的，在全村人眼里，他都是神秘的。想刨开棣爷的老底儿，好像并不容易。他人前不大言语，更不往人堆里凑。作为生产队园子地里的一名菜把式，不用等着队长敲钟集合派活计，清早披着星光下地，后晌追着太阳落山的后脚印上工，属于菜把式的特权。用队长老信的话说，大田里的事是庄稼做主，园子里的事是菜苗当家，他这个队长，不过就是传达传达庄稼的意思。屁股大的园子，北瓜茄子黄瓜那点意思，棣爷门儿清，他再传达，纯属脱了裤子放屁白费事。只要整个伏天都有茄子、北瓜、豆角配捞面吃，那园子，谁也甭咸吃萝卜淡操心。一个园子，是老信划拨给棣爷的领地，老信愿意让棣爷在那块小小的领地为王、为奴，闲者莫入。老信，信得过棣爷这个老菜把式。

棣爷还有另外一块园子，靠着我家和他家之间的一面矮墙。园子归置为三四个丈余长的短畦。有的年头是三个，有的年头是四个。园子的位置也不固定，有时挨着南边的猪圈，有时挨着中间的桑树，有时则转移到最北头儿的枣树旁边。不管在哪儿立园，是三个或者四个短畦，反正种的东西只有一样，那就是旱烟叶子。旱烟，是棣爷那个紫铜烟斗的粮食。园子年年移动地界儿，是因为旱烟这东西怕重茬。

伏天日头长，队里园子靠着早晚的工夫侍弄。青天白日，一晌一晌的，棣爷在他的烟园中劳动。他的草帽扔在畦头，剃得精光的头皮，直直地晒着日头，头皮上青筋凸起，像一条条暗红的蚯蚓，蚯蚓吐出晶亮的水珠子，水珠子顺着白白的头发茬一粒一粒往下淌，淌到白粗布褂子的领口。领口湿透，跟溻了半截的后背连成片，看一眼都觉得沤得慌。

那时，我经常逃晌觉。逃晌觉的念想之一，就是偷青枣。我家的枣树和棣爷家的枣树，一棵婆枣、一棵马牙枣，婆枣绵，马牙枣脆，它们生在矮墙两边，树枝子却在墙头以上相互交错，你中有我，我中有你。这正如我外祖母和棣爷的大嫂，两个老寡妇姐妹，同病相怜，交往甚密。

有棣爷在烟园，我偷青枣的小阴谋几乎等于破产。棣爷裤子上浓烈的汗臭还能捏着鼻子忍受，他满脑袋的蚯蚓状血管却着实令人嫌恶。我实在没见过如此丑陋而古怪的老头儿。

与棣爷的和解，也只凭着一兜儿青枣。棣爷说，小孩子的胃口吃了秤砣都能化成水，别说是小小的一颗枣儿。他就一句话，撂下，扭头，走人，住的西耳房门吱呀一关。我的两位外祖母，抓了现行的两位老太婆，正起劲地苦口婆心地教育着我，嘴巴居然顷刻熄火，不光放了我去上学，连同没收的五颗婆枣、五颗"马牙"也慷慨返还。

棣爷的烟园里有一株旱烟开出了满头满身喇叭筒样的花朵，玫红色，像一群着胭脂红裙子的美人。那之前，我从没见过旱烟开花，开那么好看的花。整条街上的老汉，都种旱烟啊，可没有谁的旱烟会开花。这让我对棣爷刮目相看。但棣爷跟我说，那开花的不是一棵旱烟，它是一棵夜香树。夜香树的种子，治癣，治疮。

夜香树，好神奇。棣爷还是日复一日照顾着每一棵旱烟，如同照顾他的孩子，他看起来并不偏心，无论对不开花的烟苗，还是对那棵好看无比的夜香树。只是，夜香树开花的时候，棣爷是开心的。有时烟园里没有什么活计，他搬个小凳，坐在烟畦旁，戴着草帽，叼着烟斗，看书。

棣爷家的小姨，管棣爷家的那位外祖母叫娘，管棣爷却是叫叔。小姨的爹呢？我外祖母说，小姨的爹在她娘怀着她的时候就死了，是肺病。棣爷的媳妇也早就死了，也是肺病。"那小姨要管棣爷叫爹多好。"我说。"小孩子，别顺嘴胡咧咧。"外祖母做状要打我屁股，"棣爷只是你小姨家的房客，房客，你懂吗？"

我不懂什么叫作房客。我知道，棣爷住西耳房。明明小姨和她娘住着三间高大的正房，三间正房有一间终年空着，棣爷却始终住低半截的西耳房。耳房，应该是给驴住的，是给碾子、磨预备的，是用来放柴火、农具的。只有吃饭的时候，小姨喊三遍，"叔，吃饭啦！"小姨的娘喊两遍，"她叔，饭要凉咧！"棣爷耳房的门方才吱呀一声开开，他在门口慢慢地提上鞋，把铜烟斗安置在小凳上，去正房的堂屋吃饭。

棣爷的生活颇热闹了一回。那会儿，我已经读初中，憋着劲要考大学。棣爷家来了很多的亲戚，说是来自南方的某个省份，论亲缘，都是棣爷的子侄辈。他们来的目的，是接棣爷回家，所谓叶落归根。就算棣爷要把媳妇的骨殖一块儿起走，也不嫌麻烦，死得再早，也是一家人，一家人，祖宗永远都是认的。棣爷一度被说动了心。但棣爷最终没有走，也没有跟他的亲戚告别。他一晌一晌坐在院子里吸烟，或者看一本书页脆黄的线装书。我外祖母隔墙对他说："棣先生，人老了，哪块黄土不埋人？"棣爷回一句："嗯，埋哪儿也是埋。"

千里寻亲事件之后，棣爷可真当了一回村里的新闻人物。网络还没时兴，但"人肉搜索"却在村里大行其道。话说当年，棣爷在北京是开买卖的，小姨的爹棠爷则在燕京大学念书。棠爷好吸烟，欠了棣爷铺子的钱，却跟棣爷成了朋友。棠爷把自己的远房妹子介绍给棣爷当媳妇，两家沾亲带了故，欠账一笔勾销。城里闹兵荒，棣爷跟着棠爷来乡下躲着，棠爷却卧病不起。棠爷临终托孤，棣爷就再也没离开我们的村庄。棣爷和媳妇，一直住着棠外祖母家的耳房，做房客，帮着种地带孩子。媳妇也得肺病死了，棣爷一个人住耳房，做房客，帮衬着棠外祖母和小姨。入社，他成了社员，下地挣工分。分田单干，他名下第一次有了自己的地，他把自己的地跟房东家的地合在一起。一起种，一起收，一起吃。棣爷拿定了主意一辈子做"房客"，他已经习惯了房客的身份。

生产队的园子没了，棣爷还是在两个园子里忙乎。一个，是他和小姨一家共同的菜园，再一个，是他在院子里开辟的烟园。他戒了烟，紫铜烟斗掌握在小姨手里。他是被戒了烟。棠外祖母的话，他不听，外祖母处处要听他的话，但小姨的话，他却句句入心。抽了一辈子烟，小姨说，别抽了，再抽，你也快得肺病了，说不准还会得肺癌。他就真的不抽了，连烟斗都交给了小姨。

烟斗不再需要粮食，棣爷把三四畦的烟苗全培育成了夜香树。伏天，夜香树的花开成一片云霞。戒了烟的棣爷，在烟畦边不住声地咳嗽。他一咳，那胭脂红的喇叭花就一朵一朵地被震落。

听写游戏

乡间无甚乐事，流行"三大看"：看娶媳妇、看埋人、看打架。在我们孩童中，还有另外一乐儿：看要饭的。要饭的，最有趣者，莫过于铁昶先生，就是平日里被唤作傻铁昶的。

"傻铁昶来了！"一声兴奋的呼喊，比军队上的号令还灵，半大小子小丫头们呼啦啦从炕尾直蹿到街头。

傻铁昶真的来了。一个身材高大、头发和络腮胡子纠缠成一团的老头儿，正从村口由远而近。不用细看，也能认出是他。他是村子的常客，每个孩子脑袋里都有一幅铁昶画像。由于蓄满了油泥和黄土，头发和胡子的颜色已不好形容，灰白、土白、花白或者兼而有之。森森的毛发，是一个移动着的鸟巢，眉眼、鼻子和嘴巴，藏匿其中，并不分明。只有笑的时候，露出两颗门牙，白得刺眼。一年四季，都是同样的衣服，也同样蓄满油泥和黄土，衣服上上下下挂满大大小小的破洞，风一吹，一片片飘起来，如同旗幡招展。有时候，铁昶跟其他要饭的一样，手持一根细而长的棍子；有时候，则是赤手空拳。

据村里大人们说，铁昶出身不好，曾在保定二师读书，肚子里墨水深不可测。

傻铁昶每次来，我们都要跟他来一场汉字听写游戏，似乎是为了验证大人们的评判，又似乎就是为了好玩。在课堂上，谁敢跟威严的老师做听写游戏呢，而听写成为游戏，比一笔一画、斯斯文文写在那些千篇一律的米字格上要有意思一百倍。

在一个向阳背风的地方，傻铁昶停下来，归拢归拢胸前的旗幡，然后蹲下身子，双手交叉别在胸前，目视前方。他的眼睛里，没有任何表情任何神采，眼瞳灰蒙蒙的，真配那个成语：呆若木鸡。他在等待听写，并且跟现今电视屏幕上的听写小选手一样，"准备好了"。听写，是他来村里的一个程式，或者说一项使命。

"铁昶先生，高字怎么写？"主试官开始出题，没喊傻铁昶，而是尊了一声"先生"，像大人们喊"棣先生"一样。

傻铁昶并不言语，脑袋慢慢转了一圈儿，将目光停在不远处一根小木棍儿上。孩子群里，立刻有一个小丫头起身把木棍儿取来，扔到他身边。

伸手撷取木棍儿，铁昶开始答题。那时候，村里所有的地面一律黄土朝天，每一处都是上好的题板。"一点一横长，梯子顶房梁。大狗张开嘴，小狗肚里藏。"一边写，他还一边念念有词。眨眼间，一个字体雄强刚健的异体字

"髙"，镌刻在地。而今想来，那样的书写，得说锵锵然有金石之气。

"嘿嘿，他说，'大狗张开嘴，小狗肚里藏'。那不成了狗吃狗啦！"取木棍儿的丫头撇了撇樱桃似的小嘴。"房梁下边明明也是个'口'嘛，哪来什么梯子。"我们中间的小秀才说。

这时，小五站出来，为铁昶撑腰。"你怎么知道不对？人家铁昶先生写的，是老时候的字儿，大写的字儿。"小五的爷爷，跟村里棣先生挺好，常有福跟着顺几眼线装书。所以，小五的话，比小秀才有权威。

"铁昶先生，给他们写个最难的。俺们村，老爨的爨。"见大家都不说话了，小五进一步鼓动傻铁昶。

唰唰唰，三下五除二，一个多达三十个笔画的"爨"字，傻铁昶竟一挥而就。究竟写得对与不对，没一个人再说长论短。对于一帮七八岁的孩子，"爨"，实在令人眼花缭乱，高深莫测。

太阳越来越高，傻铁昶和我们的影子，在白亮的阳光地里，变得很短很短。快该吃晌午饭了。傻铁昶站起身，看也不看我们一眼，径自扭头走了。他走得很慢，抬头挺胸，目不斜视，大概在搜寻一家行乞的目标。

外祖母说，傻铁昶是我祖父的表亲，论辈分，我得管他叫表爷。"我才不管他叫表爷呢。就叫傻铁昶。"我给外祖母的回答，是咬着牙说出来的，斩钉截铁。似乎还不尽兴，扭身儿，晃着两条麻花辫，起劲儿喊"傻铁昶，傻铁昶，傻铁昶"，边喊边跑。

外祖母怎么能让我给傻铁昶这样的人叫什么表爷，咳。不过，若是傻铁昶来我家要饭，我一定要拣着最好的干粮给他，因为他的字写得真是棒。我心里时而这样想。

可是，在我记忆中，傻铁昶从未到我家要过饭。有时候，他已经进了后院莲外祖母家的门，从她家出来，再向前走不了十步就是我家了。我藏在栅栏门旁边，眯起一只眼睛观察。外祖母已经准备好整个的窝头或饼子，甚至用一个粗瓷大碗盛上粥。

铁昶从莲外祖母家的门洞出来了。他一出来马上折转身，趿拉着两只开花儿懒汉鞋，嗒嗒嗒地向村外边走去。铁昶跟其他要饭的不一样，不挎篮子，也不提布袋，要上几家，吃饱了，就歇工。如此，他来村里不少，但要到谁家头上的次数也不算太多。

"你说傻铁昶，有福不会享。要是跟着他小子到保定住，多好哇。""谁说不是，本来花枝儿一样的媳妇，圆圆满满的家，硬是散了。""按说，铁昶识文断字的，长得也不丑，怎么就沦落到这般地步？""他过去还是大家主的少爷呢。这人，扛不住命。命该如此呗。"每次傻铁昶来要饭，总惹得外祖母和母亲一番慨叹。

傻铁昶跟村里人一样，也爱看娶媳妇、看埋人、看打架。但他并不往前凑，而是屹蹴于人群之外数丈远的地方，呆若木鸡。

红白喜事，管事的总管要替主家施舍，腥卤儿饸饹面或小米干饭豆腐脑，所有要饭的，每人一碗。遇到灶上掌勺大方，碗盛得杠尖杠尖的，掌勺小气的，则盛多半碗。有的要饭花子，盛得少了，非折腾出点事来不可。女要饭的，带着大大小小的孩子，排成一串糖葫芦，吃完，央着"大爷大叔，多少再赏点吧，俺娘儿几个，已经好几天没吃饱饭了"。这时，要饭，就颇有些看头儿，我们早就耳朵尖尖，凑了过来。

傻铁昶也慢吞吞从外边踅进院子，顺着大灶热腾腾的饭香肉香，嗒嗒嗒踱过来。灶上跑堂儿的望见傻铁昶来了，精神即刻为之一振，手里一碗香喷喷的饸饹，却不给他。

"铁昶，怎么不到北京找你媳妇？"跑堂儿的一脸戏谑。傻铁昶并不看跑堂儿的脸，只看他手里的饸饹。

"铁昶，你肚子里那么多墨水，怎么不去教书，到处瞎跑吃这伸手饭？"这次，傻铁昶嘴里发出"嘿嘿"的笑，一对门牙闪出来，白得刺眼。

他一笑，周围看热闹的一群孩子也跟着笑，叽叽嘎嘎，一个传染一个。跑堂儿的先臊了，把手里的碗搡给傻铁昶，该干吗干吗去。

奶奶过世下葬那天，傻铁昶在小白河右岸我外祖母家的村子待了一天。正午，他要饭又要到我莲外祖母家。她家四丫头说："傻铁昶，河对过村里埋人呢。又吃好的又看

223

热闹，你怎么不去？"傻铁昶没言语。莲外祖母劝他："去呗，你不是爱看埋人吗？我们一会儿也去看。"这次，他总算开了金口："我不去。是我表嫂死了。"

这件事情，莲外祖母后来专程来我家相告。她说："原来傻铁昶不是真傻啊。""真傻，还能识文断字？"外祖母的回答幽幽的，像轻风。

后来，傻铁昶再也没来村里要饭。有人说，他老得挪不动步了，被儿子接出去，放到了敬老院里。也有人说，他是为了搭救一个掉到废机井里的孩子淹死了，捞上来的时候，已经泡得面目全非。因为不好辨认，不好肯定忘死救人的就是铁昶。

蜜味红桃

夜雨初歇，胭脂河笼着淡淡的烟霭，除了河心石激起小小几朵浪花，河声实在静逸。

自打春天里阅读《晋察冀边区文艺史》遇到仓夷这个名字，我就一直在留心寻找他。此刻，沿着河岸上行不远，就该是他在《冬学》里写过的那个村庄了。冬学，在1943年的阜平，是多么普遍的事物，村村都有。而当我在夜灯下打开仓夷作品集，跟随那群刚刚识字的老乡一起读到"中国人，爱中国"六字的时候，冬学这个字眼，忽然间变得那么鲜明而有力量。

那时，福建福清下南洋者颇多。仓夷，本名郑贻进，祖籍福建福清，出生于马来亚玻璃市，后随家人移居新加坡的碗窑村，属于第三代"福清哥"。在这些下南洋的人群中，遥远的故土叫作"唐山"，而回归故里称为"转唐"。1937年，十六岁的郑贻进辞别父母，他要"转唐"，归国抗日。

1937年12月末，天气已经很冷了，仓夷上衣口袋里插着一支派克笔，缩着身子在武汉街头徘徊。幸运的是，他遇到了年轻的"老革命"、翻译家赵洵和黄一然夫妇，他们由组织分配从上海经武汉到敌后工作。抬头看看赵洵和老黄，仓夷犹豫地走过去，轻声问："要抗日到哪里去报到？"仓夷自我介绍，他刚刚从南洋回到祖国。父亲是个工人，支持他回国抗日，临行时给了他一支笔和少许路费，春天从新加坡出发，盘缠差不多花完了。赵洵夫妇尽己所能给仓夷提供了经济上的帮助，并把他领到八路军办事处。

不久，仓夷到山西运城民族革命大学三分校学习。结业后，分配到当时驻扎在黄河西岸秋林镇的二战区司令部担任《西线》杂志编辑。

转眼，战地生活过去一年多。其间，仓夷利用二十多天时间作了一次沿黄河防线采访。因为交通不便，一路上有时骑着毛驴、骡马，有时只能靠步行。一千多里行程，他采访了西北的老汉、华北的妇女，了解到日寇"扫荡"华北战法上的新变化：修筑汽车路，建碉堡，在交通线五百米内不许种高秆作物。他也亲耳听到敌人大量制造政治新毒品，实施"毒化政策""高压政策""怀柔政策""欺骗政策"的种种丑行。这一趟采访，十八岁的仓夷，感触良多。他在内心呼喊，"华北是我们的""抗战就是胜利"。

1939年3月，仓夷随民族革命通讯社晋察冀分社来到晋察冀边区。这一年，仓夷在《西线》杂志发表沿黄河考察的长篇报告《华北的敌寇在挣扎》。

1940 年，民族革命通讯社晋察冀分社被取消，仓夷转至晋察冀边区政府主办的《救国报》工作。这时，边区最有影响的报纸是作为晋察冀边区和中共中央北方分局机关报的《抗敌报》。5 月 14 日，仓夷采写的通讯《赵象铭事件真相》就刊登在《抗敌报》上。赵象铭是原盂县政府财政局局长，潜入边区后，使用国民党名义与庶务科长身份，贪污菜油，私藏公家的物资，大吃大喝，花用不记账。他还给一些头脑不清的青年灌输升官发财观念，私建"小组织"，叫人监视共产党员。赵象铭的恶行，在边区引起极大愤怒。斗争会上，全场高呼口号，"在明亮的汽油灯的照耀下，几百张闪耀着光彩的脸在摆动着"。对于这一事件的采访，给了仓夷一个很好的观察判断机会。直至这时，一心忙于抗日宣传的仓夷，终于做出彻底的判断：真正领导人民抗日的，只有中国共产党。

采访赵象铭事件真相，对仓夷是一次很重要的思想锻炼和提升。1940 年秋天，《救国报》停刊，负责人郑季翘和编辑记者仓夷、柳荫、郑佳加入《抗敌报》队伍。《抗敌报》，是《晋察冀日报》的前身，被聂荣臻元帅称为"民族的号筒"。从此，仓夷成为"民族号筒"最年轻的号手之一。

这年冬天，由老领导郑季翘介绍，仓夷加入中国共产党。

出自仓夷之手的《纪念连》，是现代报告文学作品中的经典篇目，长四万余言。

1942年，日寇在冀中展开残酷的"五一大扫荡"。我八路军以两个连的兵力抗击两千五百名武器精良的敌人，战斗在一个叫宋庄的小村子展开，持续十四小时。这场战斗，敌人伤亡过千，八路军将士有七十多人牺牲或负伤。《纪念连》，是对宋庄模范战例进行采访创作的，整个采访过程花费了二十多天。社长邓拓同志看完稿件，非常高兴，决定迅速全文连载。

《纪念连》于1942年10月15日至22日在《晋察冀日报》连载，在边区轰动一时，冀中军民更是争相传阅。冀中军区政委程子华称赞它是"五一反扫荡"的《纪念连》。1943年4月，晋察冀边区鲁迅文艺奖创作委员会授予其"文学奖"。

这时，仓夷刚刚二十二岁。他的才华与他那热诚活泼、机智勇敢的青春形象，一起为人称道。战场上、村庄里、报社编辑室，到处留下他辛勤工作的身影。

1941年至1943年全国抗战相持阶段，也是《晋察冀日报》敌后出版最困难的时期。在日寇的"封锁""蚕食""扫荡"中，仓夷与《晋察冀日报》所有的同志一样，以枪为枪，也以笔为枪，坚持采访出版。

部队拨来枪支，报社的武装梯队在邓拓领导下组织战斗演习。仓夷在武装梯队里担任一个班的班长，分配枪支时，有一支名叫"独眼龙"的单发枪，是个落后的武器。仓夷高兴地领了这支"独眼龙"。他说："我来背它，就算是烧火棍，也能敲死敌人。"在"独眼龙"的相伴中，仓夷跟随报社"七进七出铧子尖"，"三进三出马兰村"，成为"八匹骡子办报纸"的直接参与者。

艰难岁月，纸张、油墨、铅字，都是报社里最珍贵的财产。有一次接到敌人突袭情报，领导决定立即转移。仓夷忽然发现一包铅字还没来得及坚壁。坚壁到哪里安全呢？仓夷一眼看到院子外边老乡的猪圈，想都没想就跳了进去。还有一次，报社转移途中，需要火力侦察，仓夷自告奋勇，带着"独眼龙"单枪匹马便去执行任务。

山地抗战，异常艰苦。有时候，屋子里已经滴水成冰，棉衣还没有着落。到了饭点，只有一碗煮黑豆和几片酸杨树叶。报社从马兰迁到雷堡村，老百姓的房子被日寇烧光了，村庄里一片瓦砾和焦土，编辑、记者、排版工人大家一起动手打土坯盖房子，在立土层厚实的山坡挖窑洞。工作战斗间隙，仓夷爱给大家讲故事。南洋风情、武汉流浪、单车环行新加坡、骑骡走黄河，年纪轻轻的仓夷，却有着堪称丰富的人生经历。当他用间杂福清、广东口音的"太行山普通话"绘声绘色讲起各地的见闻掌故时，总是逗得同志们哈哈大笑。

为了更全面、更深入地报道华北的抗日战争，揭露敌寇的侵略罪行，仓夷和他的战友们经常穿越封锁线，到

"敌后的敌后"去。

制造"无人区"，是日寇在华北犯下的滔天罪行之一。为把广大人民群众和共产党八路军隔绝开来，将游击队困死在山林，在东起山海关，西至古北口，长城沿线长达五百多公里的土地上，敌人进行了灭绝人性的烧杀抢掠和迁村并户。仓夷写于1944年春天的报告文学《无住地带》，就是一部再现共产党八路军在"无人区"坚持斗争的优秀作品。

在敌占区和游击区，边币不能花。报社给发的盘缠，有时候就是一块盐巴。仓夷采访的足迹遍布太行山区和华北平原，他时常兜里装着一块盐，身上藏着那支"独眼龙"只身赶路，而没有丝毫的困窘和胆怯。他那淳朴的笑脸，明亮的眼睛，天生给人以信任，饿了、渴了，轻轻敲开老乡的房门，一撮盐巴能换一顿吃食，不拘糠饼子、菜窝头还是一把枣子、两个柿子，老乡有什么，就能吃到什么。至于睡觉，山洞、弃窑、场院、庄稼地、乱葬岗，哪里都是一张行军床。

仓夷最喜欢那首田汉作词、聂耳作曲的《告别南洋》。一个人到战地采访，行走于荒山野岭之间，他在心里哼唱。回到报社，写稿子累了倦了，他有时会大声唱起来，"再会吧！南洋！你不见尸横着长白山，血流着黑龙江。这是中华民族的存亡……"他十五岁在学校里第一次看话剧《回春之曲》，就爱上了这支歌。到晋察冀边区服务七年，这首歌一直陪伴着他，给他以斗争的力量，给他以宽博的幸福和憧憬。

作为一名新闻战士，仓夷留给我们的文字，更大量的是新闻报道和报告文学。他的作品，真实记录了晋察冀边区军民在党的领导下浴血奋战，反映了边区人民的生活和斗争。仅1943年在阜平期间，他报道"地雷战"的通讯就达九篇。《爆炸英雄李勇》发表后，边区青年民兵发起了向李勇学习的热潮，村村县县开展"地雷战"，有力推动了边区的反"扫荡"斗争。1941年至1945年抗战胜利，仓夷发表作品近百篇。

《晋察冀日报》不间断出版发行，当报纸送到军民手中时，他们非常高兴：咱们的报纸还在出，根据地垮不了！正如邓拓所说，一张报纸，不仅是一个子弹而且是一个炮弹，打出去能杀伤敌人一大片。仓夷作为一个出色的战地号手，他不仅是为报纸造子弹、造炮弹的人，也是为英勇的子弟兵和英雄的人民画像立传的人。抗战胜利时，仓夷等《晋察冀日报》、新华社晋察冀分社记者的名字，跟他们的文章一起，蜚声华北、平津。

"夜的成熟的稻田在黑压压的人群的劳动下活跃起来了。像羊群在跑青，像蚕在吃桑叶，只听见喳啦啦喳啦啦的割稻声，紧张的脚步移动声，沉重的咔哧咔哧的打稻声，别的一切都是静寂的。"这段紧张的夜间劳作的描写，出自仓夷的通讯作品《阜平城西滩的抢稻斗争》。

在反"扫荡"斗争中，抢秋是一项非常艰巨、危险的工作。1943年秋天，阜平县区干部们动员城厢附近五个村庄的青壮年游击小组，动用六百个人工，经过三整夜不间歇的劳动，在敌人眼皮底下抢收水稻二百二十亩。仓夷既是这场战斗的报道者，也是一个勇敢的参加者。

为了把每一个采访完成好，从小在南洋生活的仓夷，总是虚心向受访者请教，哪怕是一句没听懂的方言，一个支支叉叉上的名词，他也不肯放过，直至将自己变成太行山里的"生活通"。当我通览《仓夷文集》时，沉浸在作者描述的种种战斗生活场景中，常常为那些感同身受的细节所深深折服，甚而忘记作者的身世背景，以为他是我的河北同乡。

仓夷是南洋归国抗日的华侨，他更是晋察冀的儿子！

1942年，当边区军民发明了"地雷战"时，仓夷便主动参加了爆破班认真学习。雷口、触发箱、触发管、保险针、子母雷，对一个书生来讲，这些术语并不好弄懂。但仓夷不仅把术语记在心里，更学会了挖雷坑、埋地雷的诸般技术。这为他在1943年连续跟踪采访、成功报道爆炸英雄李勇的事迹，打下了坚实基础。

在报社，仓夷出名地爱结交朋友。王快水库北岸五丈湾李勇，就是仓夷的朋友之一。为了采访李勇，仓夷与他吃住在一起，战斗在一处。由于仓夷懂地雷，能麻溜地配合李勇工作，第一次采访就取得了他的信任，他们成为无话不谈的同志和朋友。这种信任，使仓夷得以更深入观察人物。

有一次，社里请仓夷介绍采访写作经验。他说："我采访时很注意谈话者的风度、语言和他隐藏在话后的思想。比如李勇，他谈话的特点是老实、不夸张，有一说一。所以，我断定他谈的都十分真实。事实证明也是这样。村里的干部、老乡们谈的都比李勇自己谈的生动，但我认为最珍贵的还是采访李勇本人的材料。"

在仓夷的纪实作品中，《李雨》是十分优秀的一篇。

1945年7月抗战胜利前夕，仓夷要路过怀涿游击区去平北采访。因为过永定河封锁线需要找这一带的群众领袖李雨带路，仓夷在寻找李雨的曲折过程中，亲身感受到这里与边区天壤之别的"特殊环境"。李雨一天指不定要走多少个村庄，"不脱衣服睡觉已经两年了"。当仓夷费尽周折找到李雨时，在村武委会主任家里，两个人一起度过了一个和衣而眠的夜晚。而在第二天早晨的烟雨迷蒙中，二十岁的李雨与二十四岁的仓夷，有了一次凭窗而坐的深谈。李雨十四岁参加革命，来到游击区两年，十二次历险。当他被六个敌人用枪逼着，相距只隔一道短墙，幸运冒死逃脱之后，"生死的问题"第一次成为这个年轻共产党员的灵魂拷问。之后，出生入死的斗争中，李雨更加成熟而坚定，他也在游击区逐渐打开局面，获得群众拥护。

写《李雨》，在仓夷的采访报道任务之外。年龄相仿、经历相似的游击区干部李雨，给仓夷的内心带来巨大的情感波澜。《李雨》通篇情节跌宕曲折，但仓夷运笔从容、情感节制，以非常朴素的语言营造氛围、描摹人物和场景，达到了纪实作品超拔的境界。在反复阅读中，我仿佛从李雨身上看到另一个仓夷。也许，只有当传者和传主的灵魂高度相似之时，才会有这样的优秀作品诞生。

采访李雨一年之后，仓夷牺牲前夜，他主动找到组织汇报思想情况。他要汇报的，是到张家口之后收到新加坡女友两封信，一封是思念问好，另一封是要他回新加坡结婚。仓夷说，他也去了两封信，一封报平安，一封告诉她，自己是共产党员，工作繁忙，现在不可能回新加坡。此事记载于仓夷家侄郑卫建撰写的《绚烂年华》一书中。在人民解放事业和个人幸福之间，仓夷的抉择，是那样的磊落而坚定。

这磊落和坚定，与他七年记者生涯中，与像李雨那样的无数英雄人物相遇、相知、相惜，有着十分深刻的渊源。与自己采访的"人物"相互砥砺，时刻保持一颗为民族谋复兴、为人民谋幸福的初心，这是革命记者职业的至高修为。

仓夷的生命永远定格在了1946年8月8日。

十一天之前，河北香河县安平镇发生了所谓"共军袭击美军"的"安平事件"。仓夷作为新华社特派记者，与战友萧殷一起前往参加军调部第二十五小组调查工作。这天早晨，他们乘坐一辆敞篷吉普车到张家口机场，在休息室待机。后来，萧殷曾撰文回忆当时的情形。他这样写道："他东张西望了一阵，忽然像发现了什么稀罕物件，又像被沙发弹起来似的，急忙向水果柜那边跑去。我抬头一看，已猜到七八分：那里摆着许多水蜜桃，我知道仓夷是很喜欢这类水果的。接着他果然捧来了十几个大桃子，满脸堆笑地走回来，一面还称赞着：'你看，这桃子多大！多漂亮呀！'他啃了一口，几乎手舞足蹈起来……"

后来，因为美军飞行员的刁难，仓夷只得与萧殷暂别，等待下一趟飞机。这一别，却是永诀。仓夷独自一人在山西大同转机期间，被国民党匪徒阴谋残杀，身上仅有的怀表、水笔等物也被瓜分。多年之后，仓夷牺牲的细节终于大白于天下，当地人民为他建起纪念碑。

在很多篇纪念文章中，仓夷的战友们一遍遍回忆着仓夷的事迹和牺牲经过，我却更愿意向我的读者述说仓夷在张家口机场买蜜味红桃的细节。因为那是一个幸福的细节，是仓夷作为战友笔下的"人物"被唯一翔实描摹的属于私人的幸福的细节。

抗战胜利后，从1946年2月至5月底的三个多月时间里，仓夷被组织上派驻北平参加《解放》三日刊工作。这期间，仓夷与同志们一起在北平的"方壶斋9号"采编报纸，与国民党反动派进行了一次次英勇顽强的斗争，可谓"刀丛采访"。《本报临时发行处被搜捕的经过》《正义的胜利》《审判汉奸战犯观后感》《永恒的哀痛——追悼"四八"遇难烈士大会速写》《平津寂然无声》《北平在烈日蒸腾下》等新闻篇章，就是写于这一时期。新华社记者仓夷的名声太响亮了，为工作方便，他启用了一个新的笔名"洪右举"。洪右举的新闻作品，像投枪和匕首，为北平读者揭示斗争真相；而当他的笔对准受难的城市，对准报童、医护、学生时，却充满悲悯、体贴和同情。

在北平生病住院时，仓夷有感于北平读者对了解边区生活的渴望，他整理自己的文章，并选出《冬学》《新式的婚礼——城南庄区剪影》篇章，准备出版一个名为《幸福》的小册子。

《写在〈幸福〉前面》一文中，仓夷说："这本小集子里的几篇文章，是我在晋察冀边区服务七年间，一些当时当地的零星纪事。书名叫作《幸福》，是我的偏见，因为我认为人民能按自己的理想来自由生活，那就是'幸福'。而这本书里所写的人物故事，正是表现了这种生活的几个侧面。"

《幸福》原本是想在北平出版，"献给'晋察冀'生疏？然而又时刻神往的读者们"。遗憾的是，仓夷生前《幸福》未能付梓。1947 年 8 月，仓夷殉难一周年之际，《幸福》由晋察冀新华书店印行；11 月，东北书店出版发行初版。

在孔夫子旧书网，我买到了《幸福》初版的复印本。

周扬在《幸福》出版《前记》中说，作品正如作者一样年青活泼，充满清新朝气，给与人一种衷心的喜悦。这不是个人的幸福，而是人民的幸福，是人民自己流血牺牲得来的。作者就为这最伟大崇高的目的流了自己最后的一滴血。

在仓夷《幸福》文集初版复印本中，我再次捧读《冬学》，与他一起大声念："中国人，爱中国！"《冬学》，对于仓夷在记者生涯中写下的浩瀚文字，只不过就像胭脂河里一朵小小浪花。那个黑脸膛、大眼睛、活泼爱笑的《晋察冀日报》青年记者仓夷，他总有办法写下那样活鲜鲜的文字，把读者的内心打开，照亮。

集

祥

风

物

节气书

在秀水

2020 年 2 月 16 日，庚子年农历正月二十三。

再过三天交雨水节。阳光的线条已经有了一点立体感，无风向的风变得柔软。一棱棱的光线，像优秀的画工，工工致致地劳作，给高大的杨树描画出长长短短、平平仄仄的影带，林地便有了深深浅浅、斑斑驳驳的色彩，像某种秘藏良久的神秘图谱，疑为天作。

冬天里曾有过一场不小的雪。雪的影子早不知所终，但此刻，脚踩在林地上，舒润，暄软，不由念想起那场雪的好。林间低洼处，居然有大片的青苔。北地的青苔，即使夏天，也不似热带和亚热带那么油汪汪的绿，从地面大树的裸生根一直盘绕到树梢头，从旧石阶一直覆满老房子的高高围墙。许是喝不饱水的缘故吧，我的固有印象中，北方的青苔永是匍匐的，拘谨，散淡，看似没有一点生机。而这林地深处，刚刚从冬天苏醒来的青苔，竟富家女儿似的不愁吃穿，那么活泼泼的深碧，润朗，令人生嫉。

凹凹凸凸地走，久了，整个身体里也吸饱了林地的气息。那是从遥远的冬天跋涉而来的早春的气息，从地心深处勃发出来的生命浆汁的清爽气息。微妙的，轻俏的，汩汩的小势力。东一撮，西一簇。

恍惚听到孩子的哭泣，尖锐的一声，而后沉寂。接着，是连续的哭喊。四处踅摸，却连个孩儿的影子也没有。原来，这哭声，是储在我心里。这是邻居家宝妹的哭声，没有任何缘由和征兆，半晌午，大中午，或者黄昏，清脆的童音那么孟浪地破壁而来。第一次听到，似还突兀，久不听，居然想。那是女娃娃撒娇的成长哭，抱一下，亲一下，给块儿巧克力，答应领着去外边玩，马上会变给你一个含着泪的小笑脸，一串脆生生的笑。

看到一个朋友发的视频，一个小小的口罩男娃，在自家楼下绿篱边守着一蓬刚撒开新芽的红叶小檗，一边摸索，一边轻声跟它们说话，"你们的叶子好美丽。你们要长大，像蝴蝶，哗就飞起来啦！"反复看了两遍，心里缭绕着疼丝丝的雾水。这么多天，成人都闷坏了，何况孩子。他们小小年纪，刚刚破茧而出的新蝶一般，是要满世界飞的啊。

杨树林外，有一个人工湖。去年，湖里害水葫芦。刚开始一小丛儿，两三个星期就攻陷了整个湖面，进而是两个相通的小湖、一条河汊。水葫芦，又名凤眼莲，我在一个画册里见过单独一株开花的样子，很是秀气。端详起来，那花朵上果然有一颗凤凰眼眸，吸人魂魄。这种植物，而今时兴家庭小水域莳养，玻璃水缸，或者人工小池塘。养龟的龟塘，好养凤眼莲。江南的河湖，人们也捞了当饲料的。乌泱泱覆盖了大片水域的样子，却看起来狰狞、恐怖。被污染的水体，好似爬满病毒的肺叶，窘迫到无法呼吸。

我不敢看一面湖困窘难挨的面容，连一眼也没有勇气。很长一个时期，即使要到附近的太平河去探望那群小白鹭，也是想办法绕道而行。

我不知道湖的名字。园子叫作秀水，便把湖称了秀水湖。经了一秋一冬，再到切近，忍不住觑它，又暗暗地怕着。只一眼，那干干净净的水蓝色，就俘虏了我的脚步。太阳已经行到西南天际，早春下午四点的阳光，恰恰好地洒在湖面上，湖水碧透，仿若大地之眼，脉脉含情。曾经患病的湖，在入冬之前，肯定是经过一番艰苦的医治了。

哧的一声，骨顶鸡猛然从湖中跃起，贴着水面滑翔了一会儿，飞起，瞬间就远了。一个中年男人，用手机镜头追赶着水鸟的影子，轻轻的叹息弹跳到了湖上，漾起细细的澜。

湖的西岸，种着好多蜀葵。蜀葵，被子植物，锦葵科，我们老家叫秫秸花，多年生直立草本植物。俗话说，向阳花木早逢春，这些个蜀葵，得湖水滋养，方七九天儿，绿茸茸、肥硕硕的叶子，已经有了几分旺长的气象。湖岸连着一个小岛，几只蓝翅白肚的大花喜鹊，正悠闲地漫步闲聊，林雀在树梢上戏耍，惊得柳芽砰砰响，着急要炸开的样子。

秋去时，那群小白鹭已经不见了。太平河，只有隔年的老苇、蒲草、三棱草，兀自摇曳着枯萎的花穗。上游水库正在放水，河面阔朗，兼有了春天少见的丰腴。

潮湿的河岸，拱起一团一团蓬松的新土，细看，是窝。水獭的窝，泥鳅的窝，还是河狸的窝，令人费猜。这是一个勤谨的家族，偌大的工程，估计在岸泥尚未化透之前就已经开始了。

雨水是春与冬胶着的时令。而一场季节的革命，正发生在这些最出人意表的地方。

带翅膀的事物

2020 年 3 月 1 日，庚子年农历二月初八，八九第八天。

北京《老年文学》杂志主编孔鸣在朋友圈说，他在小区遇到一只奇特的鸟，羽纹华丽，头顶五彩花冠，不知何鸟。打开他拍摄的图片，原来是戴胜。戴胜也叫花咕咕，跟灰雀、麻雀、乌鸦、斑鸠、椋鸟这些大众脸相比，的确太鲜亮太出挑了些。

按理，现在还不是戴胜的繁殖季。单独一只闯入小区，一定是为了食物。我们小区六号楼的垃圾箱附近，就有珍珠斑鸠和麻雀做窝。去年在滹沱河景区，我曾经一下子看到四五只戴胜鸟。其中一对是夫妻或情人，栖在馒头柳的老枝上，它们秀恩爱的样子，很是安静。

去滹沱河，试图重访戴胜。

阳光朗烈，在大太阳地里走上一刻钟，脖颈便爆出一层粗大的汗珠。华北农谚说，"七九六十三，路上行人把衣宽"。此言不欺。数九的第六十三天，交雨水，离出九有二十来天，节气还压着冬的尾巴，但春天特有的暖，已经把人的心窝儿抓得痒痒的。

哪里有戴胜鸟，连影子也没得一见。

猛眼看上去，这个时令的滹沱河两岸依然铺满冬日的苍黄色调。只有俯下身子，在枯枝败叶下仔细翻找，才能发现星星点点的绿意。荠菜的霜绿，透着暗淡的铁锈红；苜蓿的嫩绿，从菜白的隔年陈叶中顶出。

彩虹桥底下，有摆摊儿卖风筝的。花里胡哨的蝴蝶风筝、蜻蜓风筝，也有霸气的海怪风筝，斯斯文文的蜈蚣风筝。背风向阳的地方，一张风筝墙，各式风筝一拉溜排布开去，在大野间荒寒的色调里别开一种生趣。停车场、滩地、药材地，散落着百余放风筝的人。风筝，有的地方叫纸鸢，望文生义，可以解释为纸糊的老鹰。我们双楼郭庄，曾有那么多会糊风筝的人，有小孩子，也有老年人。一忽儿，这些人都不见了，有的长大飞到了城市，有的老了沉入土地深处。风筝，从城乡皆宜的玩意儿，变成了孤独的城市游戏。

年轻时写过一首关于《风筝》的诗。那时候，觉得母亲和家庭就仿若放风筝的人，把风筝放到天上去，却总是紧紧地控制着手里的线轴，让那当风筝的孩子不得自由。

实际上，放风筝的人，何尝不想自己是一面风筝，飞得高高的，不再操心那些琐细烦人的烟火事，任一番万里长空的游历。

一两只失群的雁，高声呼号着，从天际而来。这时候，应该有北归的雁阵啊。目中无见，终归是有的，孤雁，是雁阵的显者。雁与人之间，多少年来，已是恩怨累累。一次路过某高速服务区，有雁蛋、雁肉卖，据说是圈养，心里却不是滋味。我们已经驯养了猪、鸡、牛、羊、马、驴、孔雀、鹌鹑、麋鹿，如此等等，有吃喝，有使役，这些动物，早已经温和认可了与人类之间的依从关系，俯首帖耳。为什么还要去觊觎世间更多的自由生灵？

当孤雁飞过风筝的一刻，我不由落泪。

落草在大地上的人，偏生以飞翔为梦，又疑心重重，爱解梦。假若梦到自己飞，又生怕是种病。祷告，求神，寻破解之法。觊觎天空，又惧怕离开大地，真是矛盾。

动物和植物，在许多问题上，则比人聪明且通透得多。

在滹沱河南岸这阔朗的怀抱里，无数条曲曲折折的小路连缀成疏疏密密的网格，把树木、麦田、菜园、村庄全部兜进其中。我的脚下，就有一条小路，将右侧荒凉的草滩和左侧枝丫分明的三棵大槐树、一片木兰和金槐苗圃、一个井站分割得泾渭分明。雨水时节，木兰和金槐尚未发芽，仔细听听，它们体内正发出哗啦哗啦的声音，有一个体泵，把贮藏一冬的津液从根系最末端泵上来，灌满枝枝杈杈。金槐的树皮已经膨胀得黢黄，芽孢悄悄分化，哪些为花，哪些做叶，早在深冬已经决断，现在，只是要完成一棵树的新春图景。木兰的花苞，俨然一根根竖起的狼毫笔，毛茸茸的笔尖在阳光下闪着光，又雅致又庄重。

最有趣的是树杈上缠缠绕绕的地梢瓜。地梢瓜，郭庄人称之为呆瓜。呆瓜不能吃，但长得很好看。秋天，在玉米秸秆上，在小树枝上，不经意间就能见到一株呆瓜。绿色瓜藤上一叶一瓜，像小小的纺锤，两头尖尖，中间是圆溜溜的瓜肚子。现在，碎碎阳光里，风干了一冬的呆瓜蓇葖果，呈银褐色，慈悲的，佛祖一般，低眉微笑。瓜皮不早不晚地爆裂开来，长着洁白羽翼的褐色种子鱼贯而出，它们手牵着手，随时准备飞翔的样子，呆萌而又圣洁。

忽而，我觉得给它们命名呆瓜是很可笑的事情。这是种有智慧的植物，经秋经冬，经风经雪，藤蔓分明已经枯死了，却敏锐捕捉着季节的信息，只待雨水时令的招引，才果断打开种壳，在一场刚硬刚硬的西北风、一场柔韧的东南风中，让儿孙们快快起飞，飞到遥远的地方，为种族开疆拓土。

很多种植物的种子，跟鸟类一样，是自带翅膀的。呆瓜，蒲公英，当然还有蓟。这些，是草本。木本的，有杨、柳，还有榆、黄栌。

在所有会飞翔的生灵中，我猜想，羽人也真实存在。造飞机的人，造火箭的人，造宇宙飞船的人，或许就是羽人隐匿的后代。羽人，是人类中最珍贵的品种，但他们不肯再以翅膀示人，而是以制造翅膀为业。

雨水有三候，每候为五日。一候獭祭鱼，二候雁北归，三候草木萌。农历二月初七，进入第三候。今日，地梢瓜的种子说，要飞。

二月二

早饭是苜蓿芽咸食，外加一壶小青柑。苜蓿芽刚拱开花盆里的土皮儿，水紫色根茎顶两片尚未打开的叶叶，撷来洗净切碎，撒在咸食面糊里，几星星绿意。小青柑沏得了，淡琥珀般澄明，跟那点绿意刚好呼应。

双楼郭庄几辈子传下来的规矩，二月二这天，喝粥不行，等于喝龙血，吃面也不行，吃面是嚼龙须。且不说我家好几个属龙的，今天是龙的节日呀，龙管着天下的风雨，恭敬还来不及，怎么可以忤逆甚至背叛？于是，自打老母亲随住，三百里外的规矩也跟着搬进了石家庄。

"二月二，敲炕头，银子钱往家流。二月二，敲炕帮，银子钱往家装。二月二，敲炕沿，蝎子蚰蜒不见面。"吃罢咸食，尝了半盏小青柑，说是喝不惯，母亲把茶盏往桌子中央一推，便呜呜嚷嚷开始了今天的特殊课业。她拄着那根老榆木拐杖，从卧室到客厅，从客厅到卧室，笃笃地点着地板砖，一会儿一趟，种瓜点豆一般，要把她如经卷似的顺口溜子种满我的每一间房子。这一切，恍若我幼年时的龙节，外祖母早早起身，拿着笤帚疙瘩作势敲打家里的土炕，从炕头到炕尾，又从炕尾到炕头，边敲边念，喃喃有声。我跟在她身后，如小小侍从。一忽儿，喃喃有声的那个人，从外祖母换成我性如顽童的老母亲，半个世纪的光阴已然悄悄溜走。

二月二，在双楼郭庄，是个重要节令。过了这个龙节，春天就真的来了。

清晨，原野上开始出现流动的温暖气团，坡上柳树、杨树也眼见得一天比一天活泛。晌午放学，棉衣服朝院子里一抡，我们就满大街飞，满场院跳。我们是跑着跳着生长的小树苗，不几天，衣服袖子和棉裤的裤管就短了。太阳底下，外祖母的胳膊腿儿，也伸展得咯咯响，我怀疑她也要再蹿一截儿个子。墙缝、炕洞、台阶下、院子里、田地中，蝎子、蚰蜒、小花蛇、蚂蚁、臭虫、蜈蚣、跳蚤、蚂蚁，次第从深睡中醒来。除了迎接燕子翼、苦苦菜、老鸹锦、野地丁、泥胡菜，以及燕子、云雀这些令人欣悦的物事，那些不招人待见的，我们也要领受。这就是早春。外祖母常讲起她年轻时的故事。南街一个女人，把睡熟的婴儿撂在炕上，抄起扁担水筲到胡同口老井上担水，回来巴巴头，屋里安安静静的，就忙乎着烧火做饭。饭得，回屋，孩子满面青紫，已经没了鼻息。一只大蝎子和一群小蝎子，正顺炕沿悠然而行，对于自己闯下的人间祸事，似乎没有一丢丢的愧疚。

蝎子袭婴，还算偶然。各种小生灵，与人共一屋檐，是轰不走、灭不掉、拍不绝的。惊蛰里一声春雷，这些家伙便精精神神地活动起来，筑巢，打洞，建窝，恋爱，交配，十分勤奋地履行种族繁衍的使命。妹妹弟弟一度热衷研究，他们发现我家大门口栅栏旁的鼠洞与卧房里迎门柜底下的鼠洞以及院子东头柴房里的鼠洞相通，而某个阴雨天来临之前家里足有一百个蚂蚁窝同时完工。我是实战派，最佳战绩是某个周日捣毁蝎子窝一个，剿灭大小蝎子三只，打死饭蝇子十五只，用坏蝇拍一个，以捕鼠器捕获两代四只老鼠。我以为以我的战绩，自会受到外祖母一番褒奖，至少也得给予两个点赞的表情包。谁知，她只是瘪嘴乐乐，说，不用跟它们斗狠。房子是人盖的，院子是人管的，到头来，人却要忍受着虫的欺侮，我想不通。当天晚上我被一只贪吃的老鼠给咬破了上嘴唇。最终，母亲开始跟村人一样，用鼠药，用敌敌畏，用六六粉。外祖母的心天天提到嗓子眼，她说，伤物的东西，同样伤人。果不其然，之后的几年，村里时而有误服鼠药的孩子，也有吞农药的男人或女人。

"二月二，敲炕沿，蝎子蚰蜒不见面。""二月二，敲炕沿，蝎子蚰蜒不见面。"那年的二月二，外祖母重复着这个句子，更猛烈地"敲敲打打"。蝎子、蚰蜒，在她的心目中是不是代表了人之外的一切生灵？她要趁着节日，警示一下，商量一番。而警示、商量的底线，居然是两不相见，互不相扰，人与虫各过各的日子。

过二月二，家家开始做大酱。大酱的材料主要是黄豆。早饭之后，女人们重新升起炊烟，把早早准备下的上好黄豆在大锅里慢火炒制，豆子炒熟晾凉，簸箕端了，送到碾子上去碾成细细的豆面，并拔凉水拌好，捏成酱球。二月二这天的水、二月二这天炒的豆，捏好的酱球在二月二这天的太阳底下晒过，是秋天里出一缸好酱的必需，自古如是。二月二炒黄豆，又叫炒蝎子爪儿，是又一种民间的心理自安吧。小孩子家自然是悦意的，趁大人不留意，抓一把蝎子爪儿，塞衣服口袋里，满胡同满街里去疯，跑一圈儿，摸两三粒黄豆扔嘴里，咯嘣咯嘣嘣，边嚼边跑。那个解馋，那个香，夜里放屁都萦绕着快乐的气息。

莽苍世界，也许真的以节气之名埋藏着很多的秘密，若隐若显，苦苦寻找，有时已望见它淡淡的影子，转个弯，却倏然消逝。比如这雨水、惊蛰交接的日子，你得炒豆子、做酱，你得收拾箱柜准备随时要穿的单衣，你得把堆肥运到春白地里，把犁铧擦得雪亮，把冬天埋到地下的葡萄藤挖出上架，把屋门上气眼儿捅开为燕子准备好回家的路。入夜，旷野间总有一种声音走入梦境，或者把人从梦里喊醒。这是一种并不真切的声音，不知道是从时间深处还是从地心深处而来，它贴地而行，汹汹涌涌。这时，冻土融化了最后一个凌丝，珍珠斑鸠求偶的长号响彻云端，树木积攒了整个冬天的养分汩汩灌入每一个枝梢。

冬藏，春发。世间万物，要完成这个并不浪漫的转身，需要仪式，需要信念，需要力量，也需要代价。我的父亲，殁于早春。我的老族长，殁于早春。双楼郭庄村数不清的老人和孩子，在早春归于泥土之下。我父亲是急症，白天还好端端干活儿、吃饭、说笑，傍晚，头疼得厉害，蛛网膜下腔出血，说不行就不行了。老族长，一个正直的老兵，抗美援朝负过伤，七十九岁走的，算是寿终正寝。更多人的离开，跟瘟病有关。早春，咳嗽的声音，从村子东头到西头，此起彼伏，恨不能把一个村子抬上天空。似乎，患感冒的不仅仅是人，还有房子、树木、炊烟、蚂蚁、臭虫，甚至整个村庄。药吊子咕咕响着，古怪的香气、苦气满街里窜，村医忙得脚不沾地。

大地之上，生长万物，也经由万物的传递，播撒与万物相克相生的病毒、细菌。我刚晓人事，特别爱盯着人的脸。母亲自然是我第一个要端详的人。好看的母亲，脸上居然长着好几个麻窝，浅浅的，像烙印的花。母亲白净，所以分外显眼。母亲说，那是"花儿"开在人脸上留下的印痕。

郭庄人管天花叫"花儿"。出花儿，是老天爷给人生设下的一道关口。花儿出不来，憋在内里，往脏器走，命就没了。花儿，不分地方，身上，脸上，眼睛里，随性地生。厉害的，人就破相了，落一张麻子脸是好的，有的人一辈子眼里开朵"萝卜花"。男孩子萝卜花眼，长大找媳妇都难。20世纪三四十年代，天花依然是相当凶险的传染性疾病。天花差点要了母亲的命，她出花儿的时候，七天高烧不退，粒米不进。外祖母冒死守着自己的独苗，哭干了眼睛，最后双瞳充血，骨瘦如柴，大老远看起来如同蓬头垢面的妖。

对付天花的法子，是种"痘"，我们庄叫作"种花儿"。那时，村子里有一些女人专事接生、种花儿、叫魂。18世纪末英国人从牛马身上培养出的低毒痘苗，还在通往中国农村的漫漫长路上跋涉，双楼郭庄种的是"人痘"。外祖母是让人给母亲接种过"人痘"的，但她两岁不到还是感染了天花。据说比不接种轻多了，阎王爷只在脸上给留了淡淡的记号。或者这个记号，是他的免死戳，保佑着母亲一路奔向米寿。所谓"人痘"，就是从天花患者身上取的活浆儿，没有任何减毒处理，就那么挑一点点，在没有免疫的健康孩子胳膊上划个十字小口，直接抹到伤口上。种"人痘"，等于主动感染，风险很大。毕竟种比不种强，种过的，死亡概率大大降低。到我这辈儿人，卫生部门掌管的安全"痘苗"普遍推广。

种痘苗，也叫"种花儿"，一般在早春，雨水、惊蛰节气。二月二，伯父从他任教的学校带回一点花种，还有酒精棉球、小镊子、小刀子，装在一个长方形的铝盒里。黢黑的夜，伯父打着手电筒，一家一家串着给家族的孩子们种花儿。种过花儿，像过节一样，外祖母天天给弄发物吃，藏了一冬天的酸石榴，街上卖的小河鱼，储在罐子里的腊肉。约莫过一个星期，左臂隆起一个红肿的小包儿，让外祖母查看，她竟高兴地双手合十，口念谢天谢地。红肿的小包儿，不知什么时候结出一个硬痂，痂落，留下一朵白色的花儿。胳膊上开着花儿的孩子，便是一个拥有了生命戳记的孩子。

接种疫苗，慢慢变得平常。乙肝疫苗、卡介苗、脊髓灰质炎疫苗、百白破疫苗、流脑疫苗、麻风疫苗、乙脑疫苗……一个人从零岁至十四岁，仅计划免疫接种就在十次左右。母亲把孙辈打疫苗的事，仔仔细细记在小本子上，生怕错过。在她心里，接种疫苗，永远是一件隆重盛大的事。一针疫苗，就是一个生命通行于世间的戳记。

滹沱河三题

2022年11月19日，立冬第十三天。晨起大雾，至上午九时，雾散，出太阳了。天气预报说，今天晴转多云，西风微风，6—16℃。行走于滹沱河西湖草海和槐乡蝉鸣段。

中华秋沙鸭

从大孙村出口驶出河北大道拐上一条向南的下坡油路，这条刚修通两年的路，可直达滹沱河西湖草海。

这个周末，草海的人真多。支支岔岔的小路边，都是私家车。即使夏季，花草最盛的时候，也没有遇到过如此景观。河边的人们，或蹲或站，一条河岸串成人的糖葫芦串。几乎没有风，太阳温温地照耀着河水，也在人的脸上身上温存地拂照。这么多人围观、垂钓的滹沱河，构成一道初冬的独特景致。

这里头不少人是来看中华秋沙鸭的。中华秋沙鸭，国家一级野生保护鸟类，石家庄人没见过呢。问了几个年轻人，果然是前天从手机上看了"过鸟"的报道，特意赶过来。至于出现中华秋沙鸭的具体河段在哪儿，他们并不知道，不过碰碰运气。

这时候，停下脚步眯起眼睛观看，会发现滹沱河的水呈现一种矜贵的灰白色。水纹细细漾动，顺着阳光的方向，波带闪烁着碎金的光斑。一两百米外的河心，一只水鸭子正在轻快地游弋。当然，其实不止一只。眼眸回转，一二十米外还有一只，不，另一个方向也有一只。这两只跟第一眼见到的那只好像排成一个三角形的队列。队列，姑且如此命名吧。水鸭子们可不管，捕获猎物才是重点，你看，咻一下，前边那只鸭子上胸离开水面，白色的胸羽一闪，马上侧头没入水中。十几秒之后，它又咻一下钻出水面，如果离得近，一定可以看到它的表情有点懊恼，一条美味的小银鱼捕空了。自然，刚才的队列已经重新整合，三只鸭子的方位变换了，但还是三角形队列。它们多半是一个小家庭，在相对固定的水域活动，彼此独立，又彼此呼应。

也许是暖和、无风的原因，今天河里的野鸭子可真不少。根据我这一两年经常在河边观察的经验，完全可以肯定，河水和雾气混沌成一片的远方，那些游动的小黑团儿，都是可以被水鸟科门外汉通称野鸭子的精灵。

滹沱河没有水的年头太久了。久到通水性、懂水鸟的最后一茬人都陆陆续续辞别人间了。对于 20 世纪 70 年代以后出生的人，河声浩荡只是一个传说。90 年代大洪水下来，干涸的河道眨眼间满了，不由分说漫过几道河堤，向仅仅十几公里外的石家庄市区逼近。有年纪的老人是躲水，没见过大水的年轻人，却想尽一切办法往河的方向跑，心底奔腾已久的传说，终于变成现实了。无知者无惧，孟浪的一代，哪里知道，洪水是大河给人类开的一个凶险的玩笑。

滹沱河生态修复工程。这个拗口的名称，经过无数人的口口相传，转眼间叫得顺溜起来。二十分钟车程，抬脚即到的河边，那么容易就习惯了，甚至患上依赖症。每一个周末，如果不过来走走看看，心里就缺了点什么。

"野鸭子！你快看，河里有野鸭子！"这样没见过世面的呼喊，是两年前我第一次面对大河时的咋咋呼呼。此后，望远镜成了标配，《中国鸟类图鉴》成了手边书。但这些根本不解决任何问题，我能辨认的鸟，还赶不上来滹沱河休憩的候鸟多。

中华秋沙鸭来了！16日，我在朋友高琼的朋友圈里得知中华秋沙鸭的消息。他是石家庄市野生动物救护站站长。15日上午，他跟鸟类调研小组在滹沱河正定与灵寿交界地段，发现正在觅食的中华秋沙鸭，并留下视频和图片记录。高琼告诉我，中华秋沙鸭是第三纪冰川期后残存下来的物种，距今已有一千多万年，是世界稀有鸟类、国家重点保护鸟类，数量极其稀少，属于比扬子鳄还稀少的国际濒危动物。

中华秋沙鸭长啥样呢，高琼拍摄的图片上，一只精灵定格为悠游的动作。红喙、红蹼、漂亮的凤头，脑袋后飘着一绺俏皮的小辫子。他说，这绺小辫子，就是中华秋沙鸭和普通秋沙鸭的区别之处。在"度娘"那里求证，他说的果然没错。但还有一点他没说，中华秋沙鸭的胁羽是鳞状的，而这一点才更加关键。中华秋沙鸭在正式命名之前，原本就叫鳞胁秋沙鸭。

在十倍望远镜里，我模糊地看到眼前的野鸭子似乎真的有着标志性小辫子。至于有没有胁鳞，根本无从分辨。有人说，这就是中华秋沙鸭。也有人说，这河里不光有秋沙鸭，还有斑嘴鸭和白骨顶、黑骨顶。

微信高琼。他说，过境的中华秋沙鸭已经飞走了。其实，河北境内此前早就发现过，但滹沱河正定段，这是第一次。他补充说，这种水鸟，只选择零污染的水域。

再过两天就交小雪节气，中华秋沙鸭也许是最后一批过境鸟了吧。

乱子草、甘菊和小蓬草

草海中还在成片开花的植物，只剩下粉黛乱子草。

逆光中的粉黛乱子草一片雾腾腾的紫红亮粉，一直绵延到一公里外彩虹桥方向。在草丛中待上两分钟，便有种进入异时空的致幻感。这种植物，在人工栽植之初，是多远一绺按规则均匀排布的，经过一春一夏，一绺小苗就长成了半米多高的一丛、一蓬，每一蓬和另一蓬之间细细的叶子挤挨着，你中有我，我中有你。入秋之后，一根根花梗冒出来，顶生花絮纷纷繁繁，连成云窝云团云海。如果留心仔细观察，就能发现，这粉红亮紫的雾海中，竟然结满了一颗颗晶亮的黑色小种子。它们那样的微小，可能不足一颗藜米的二十分之一。在见识粉黛乱子草种子之前，我原本猜测藜米可能是地球上最小的种子了。但这种新认识的种子，马上让我为自己的浅薄和主观而羞愧。

粉黛乱子草，这种近几年才从美洲引种的观赏草，是靠种子来繁育的。看起来那么活力四射的植株，偏偏种子生得如此纤巧，并且隐藏在迷雾一般的花穗中，或许也是植物一种高明伪装的智慧。毕竟，每一种植物，生命轮回的指向都那么清晰，那就是不顾一切地繁衍生息，一代接续一代，直至地老天荒。我无法得知，这种禾本科乱子草属的草中美人，在它的原生地是否需要人工播种。按理说不用。自然界的力量，比如风和流水，动物的运动、进食，雨雪，足够帮忙完成传播和唤醒发芽等所有程序。但跨地域引种，则是对种子的巨大考验，需要大量人工精心伺候。

对于粉黛乱子草这个舶来物种，倒是不用关心其繁衍问题。这几年，从南到北，中国的许多城市绿地和河流湿地都有了粉黛乱子草的营盘。我第一次见到这种草，是在秦皇岛北戴河村西的林带边上，刚开始还误认为是针茅。后来，在网上看到杭州某绿园粉黛乱子草遭遇拥挤拍照的游客残忍踩踏的报道，才知道在人间天堂的江南，她也是游人的新宠呢。

　　滹沱河这一段，流向是从西北向东南。逆流而上，经过一带紫穗槐和白茅草交错的河滩，再往上，进入古槐蝉鸣风景区。这边的花草以黑心菊和格桑花、金鸡菊为主，间以黄栌、海棠等小灌木。前几天狠狠地下过几次霜，黑心菊、格桑花、金鸡菊都败了，灌木的叶子也所剩无多。眼眸偶或对上一团明黄色的小花簇，"形色"软件说叫甘菊。菊科实在是个庞大的体系，对于中国传统中被冠以"隐逸之士"的菊，我目下还只能简单区分人工栽培的菊花和大地上自由生长的野菊花。

　　小时候跟着外祖母一起讨生活，记得有一年秋天她从别人家分来一株菊，栽于一只破碗中。立冬节气，就移到土屋里，放在小柜旁边。那株菊是顶着花苞来的，可能是太冷的缘故吧，好像到了春节以后，才肯舒展开三五个瘦瘦长长的花瓣。外祖母的后邻家种过菊花，在大田里种，当庄稼的，秋天收花，干干净净晾晒了，换钱。我一直以为，那就是甘菊。真是视野太窄了，知识浅薄的人，才容易这样盲目自信。"形色"软件告诉我的甘菊，也常见，花朵极小，我从来只是当作草来认的。故乡小白河边的滩地里，多的是这样的小菊花，粗粗壮壮的茎，绒绒细细的叶子，顶生一簇说不上好看的花朵。另外一种野菊花，也叫甘菊，花房黄色，花瓣却是粉白或白色，匍匐生长，一株可以同时开出几十上百朵小花，走近，有清淡的芳香。那时，我时常采了一大捧粉白色的野菊花，带回家送给外祖母。

在滹沱河，在这萧瑟的初冬，偶然混进人工草海，并且幸运存活下来的几株野甘菊，倒是让我又想起刚刚走过的粉黛乱子草花海。甘菊，在冀西平原上算是本土植物，存在方式基本上自由自在、自生自灭。当然，不幸混入庄稼地遇到除草剂，那就是自取灭亡了。若干年之后，粉黛乱子草是否会过气？过气之后，是否如本土植物中类似甘菊这样的野草一样，自由自在、自生自灭呢？这等待时间来验证。

比甘菊更有生命力的，当数小蓬草。立冬时节，滹沱河北岸的林草地边，到处都有正在盛开的小蓬草。若是盛夏，谁也不会关心一棵混迹于百草丛中的小蓬草。就算是成片生长，也不会有谁因而欣赏或欣喜，如在农田，拔除或使用除草剂灭杀，是其可以预期的未来。而现在，衰败的茅草、狼尾草、三棱草、松果菊之间，青枝绿叶的小蓬草，却有那么一瞬间拨动了人的心弦，让人的心情为之雀跃。

小蓬草也是菊科，跟粉黛乱子草一样属于北美洲的舶来品，1860年在山东烟台首次发现，列入《中国外来入侵植物名单》第三批名单。它可以产生大量瘦果，蔓延速度极快，并且通过分泌化感物质抑制周边植物生长。植物和人类一样，都有这样的霸道户。在物种演化意义上，小蓬草蛮霸的特性，却不一定是缺点。物竞天择，造物主对于每一样生物，都委派了不同的责任，并且设计了不同的命运。一百多年前侵入中国的小蓬草，已经遍布大江南北，成为旷野中最常见的野草。

跟小蓬草身量形容略相似的一年蓬，也原产于北美洲，在中国经过驯化，有野生，也有人工栽培。滹沱河南岸秀水公园里，有大片的一年蓬，白色花瓣、明黄色花房，很是耐看。一年蓬的嫩叶可以当菜吃，凉拌做汤均可，有降血糖和抑菌的功效。其实，小蓬草在本土也被当作一种药，北美洲人用它治疗痢疾、腹泻和创伤。中医药文化延续几千年，白头翁、黄连、枳壳、桔梗，本草书上对付肠道传染病的草药可以排出很长的名单，作为后来者的小蓬草没有机会了。

每一棵草都有它自己的命格。

滩地上的迷途

山间行走，问路都是用上下或前后来表达。沿河行走也一样。通常，河是温柔的，好说话的，逢山让山，逢坡让坡。河急眼了，则凶悍得紧，大嘴一张咬断山梁，双脚一跳蹦下悬崖。自然的河流，九曲十八弯都算少了。裁弯取直，是人工运河的思路，也用于河流疏浚工程。滹沱河三期生态修复，随弯就势，基本保留了其原本的姿态。我以为，这是对一条河的尊重，工程设计者有心了。

曲里拐弯的滹沱河，环抱着大片不规则形的滩地。沿河观光带和再往外数百米、数公里的农田、农庄，都属于滩地。滩地上修着支支岔岔的油路，在其间行走，对每一个热爱田园的人，都有很大的吸引力。坡地、小湖、草滩、果园、麦田，地势起起伏伏，本身就很有意趣，植被、色彩的丰富变化，更随时给人带来小小的喜悦。

在一棵远树上，猛然望见一只从未见过的鸟，比灰喜鹊小，却比麻雀大得多，身形颀长，浅灰色的胸羽和麻灰色的翅翼，都被稀薄的阳光涂了淡淡的油彩，美丽至极。"太平鸟！太平鸟！"不知道哪里来的底气，我又犯了自以为是的毛病，就以为碰到了传说中的太平鸟。待我举起相机，企图用长焦拍下一张图片时，它却忒地飞跑了，长了顺风耳似的，老早就判断出了我的企图，它没有义务配合我的嗜好。后来在微信上读到别人拍摄到的太平鸟，地点也是滹沱河河滩地里，三五只在叶子已经落光的海棠林间游戏，红透的海棠果和太平鸟俏皮的翅膀尖，鲜亮，晃眼。我所见的，不是太平鸟。

一座小湖的北侧，居然隐藏着"农庄"。现代农庄是个新鲜事物。若在十几年二十几年前，"土地流转"的概念是不会被农民接受的。河滩地跟平原上大块的土地一样，分散在一家一户里，这边李家三五垄种瓜，旁边孙家七八垄种豆，丝毫不奇怪。流转起来，才兴起规模种植。比如，此处农庄，大片苹果园、梨园，圈在围栏中，中间有条路，通向一所房子，路边停着小货车和轿车，未见人，林间鸡鸭的鸣唱给静逸的庄子平添了无限的生气，也给不期而至的行路者一丝甜美的心灵慰藉。如不是疫情，我一定会走进去拜访庄子的主人，不拘买上一点什么物产。或许，也提出买走一两只鸡鸭的请求。

农庄过去，是一大片海棠和野蔷薇交错的林带，我忍不住像林鸟那样看上了树上一嘟噜一串的果实。每一个品种的海棠，到了深秋之后，果子都是诱人的。木瓜海棠的果子，胖墩墩的椭圆形柱体，色彩金黄，如同披着袈裟的老僧。《诗经》中"投之以木瓜，报之以琼琚"，彼木瓜就是此木瓜。我曾在姐姐家的房前摘过几只木瓜，放在白色瓷盘中，一直摆到了那年春节。美洲海棠和西府海棠，都属于比较高大的灌木或小乔木，果子也差不多。冬雪后的海棠果尤其赏心悦目，比白雪红梅多了三分烟火气，家常而美好。能当水果的海棠果品种不多，红得滴溜滴溜的果子，玲珑如玉，含到嘴里嚼一口，终归酸涩难忍。这也是海棠的繁衍策略。红艳的色彩，逗引着贪吃的人和鸟去咬破果肉，释放出种子，却因为难以忍受的口感不能继续大吃大嚼，噗一口吐出来，种子和果肉皆安然归于土地。

麦子地，在这个季节里是非常好看的。挨着海棠林，就是大块的麦子。走到地头，不由扑下身子，鼻子凑到麦苗尖上吸溜吸溜地嗅。刚出土皮的麦苗、春来返青的麦苗、谷雨怀胎的麦子、芒种时节的麦田，都散发出不同的香气。这香，跟农人是贴心贴肺的。我闻麦香的本事，从外祖母那里承继。麦子醉人呢，不论什么节令。

　　不知不觉间，天光已经暗了。支支岔岔的小路，早把我引到了非常陌生的所在。原本以为刚才的这条路是通滹沱河的，实际上它却方向相反，通往河北大道。我迷路了。

地之耳

地耳

树耳，姓树，名耳，字木耳。

我认识树耳先生，源于一道清脆爽口的凉拌菜。那个烛光摇曳的夜晚，我平生第一次夹起一箸"双脆"，内心怯怯的，竟是半天不敢入口。双脆，就是熏猪耳切成丝，跟黑木耳一起凉拌，配菜有洋葱丝儿和三两片嫩绿的芫荽叶。许多年以后，与朋友说及此事，她说，木耳，性平，味甘，活血，通便，驻颜，在食物界无善而不为。我之怯怯，简直笑柄一枚。

同事的亲戚在东北做批发木耳生意。有一年过年，发了一麻袋给他来推销。同事按亲戚所传泡发秘籍，将一撮灰黑色的干木耳投入一杯冷水中，约莫一两个小时，杯子里的水没了踪影，只见七八朵黑油油、肥嘟嘟的木耳叠开在杯中，宛若黑莲，乌溜溜的，煞是喜人。黑色的莲花只在传说里，如莲的黑木耳却说服了所有人的钱袋，整整一麻袋瞬息作风云散。那个春节，我们的餐桌上有花生豆拌木耳、蒜蓉烧木耳、肉丝炒木耳、鸡蛋蒸木耳、排骨炖木耳、木须肉，还有茴香木耳馅、木耳鸡蛋馅、虾仁木耳馅等各色水饺。木耳不仅攻城略地占领同事们的厨房和餐厅，而且直捣黄龙进入我们身体每一个角落。尽情食之，尽兴饮之。好一个快乐的节日。因为我们有木耳，活血，通便，驻颜，保卫血管清理肠胃的木耳。

野生木耳的主产地在东北和秦岭。一百二十多种阔叶树的树皮，可生出这种耳朵样的奇物。山深林密，摩肩接踵的栎树、杨树、槐树在一夜秋雨之后枝丫间同时生出屋瓦般层层叠叠的耳朵，该是多么有趣的事情。可惜，我未曾有机会见识如此壮观的树耳。我们这里有人工栽培蘑菇的，废弃的地洞里很适合。草菇，白灵菇，香菇，清晨水灵灵地出现在菜市场里，头天晚间还在地洞里娇憨地生长。我参观过一个草菇基地，撒了菌种的棉籽皮棒码得整整齐齐，菇苗生出来，定时喷水，稍不留神就长成一坨一坨的大草菇。草菇瓣也有点像耳朵，可惜太肥厚宽大了。树耳才有趣，外缘收起，小巧而清秀。木耳也是可以人工栽培的，跟草菇似的一坨一坨生长，色泽浅淡，有很夸张的耳根。

我见过的树耳生在城市的马路边，被虫子凿出了一个一个小洞孔的金丝柳树上。清晨，阳光泉水般洒在柳梢头，露水笑吟吟的，一颗颗灰褐色的树耳在柳树身上叠罗汉，又水灵又活泼，仿佛自童话中来。如此清新的早晨，面对这么一群鲜润的耳朵，我竟然想对它们说点什么。

在一部电影里，对着大树喊话的，是一个哑人。哑人负责放牧生产队的羊群，他天天把羊赶到大草甸子中，草甸子旁边有独独的一棵老栎树。哑人把所有的快乐和委屈说给老栎树听。没有近镜头，我没看到老栎树的树耳。但老栎树一定是长着无数只耳朵的。

跟树木一样生长耳朵的，还有大地和石头。大地的耳朵，叫作地耳，俗称地皮菜，它以腐朽的草屑为基质。石耳，是非常珍贵的食材，常常生在凌空的山石上，人攀着藤条悬吊在崖边采集。地皮菜蒸包子，味道非常鲜美，我在兰州西关十字吃过一次。石耳，却只是听说过。

心理医生说，跟树木、山川、河流说话，是一种很好的心理疏导方式。有时候，一个人的内心积攒了千言万语，翻遍通讯录，竟拣不出一个可以诉说的人。此等生命的尴尬，一枚树耳完全能够化解。上苍赐给人两只耳朵，却允许树密密麻麻、层层叠叠生长出成千上万的树耳。除了树，他还给地以耳，给石以耳，给草以耳，给万物以耳，这大概是因为人的耳朵不够使，且不可以随便使，而大千世界林林总总的人言物语又太多需要倾听的缘故吧。大自然的耳朵们替人耳接纳了繁杂的声音，人耳无力听到或无法听到的声音，有声的声音和无声的声音。

多么慈悲的耳朵啊。当然，这些耳朵的慈悲，还在于它们为人提供了无限美味的食材。关于木耳的食书，古来有之。但听说木耳是不可现摘现吃的，鲜食有毒。近来又听说木耳泡发久了，也不可食，因为久泡的木耳，又成了一种毒物的基质。人与物之间、物与物之间相处，都是有说头儿有规矩的。没有规矩，不成方圆。

街边的金丝柳在春天里被虫子给蛀死了，换了金叶榆。榆树皮也极适宜树耳生长。再一个秋天来临，我就又可以看到灰褐色的树耳在龟裂的榆树皮上叠罗汉了。

"桂"字

先人的想象力又单纯又丰饶。比如说一棵桂树，很轻松地就栽到了月宫里，陪伴美丽的玉兔和嫦娥。

秋八月，走在月光地儿里，痴痴的，我忘记了什么叫神话。一个人，伸着手去抓那丝丝缕缕的月光，送到鼻下轻嗅，好像月光该是香的，桂花一般的香。可是，没有，我闻到的，只是秋夜的薄凉，露水轻悄悄地染上发梢，染上衣衫，行路人的心魂也倏然薄凉起来。

外祖母在的光景，家里有个调料盒子。花椒、干辣椒是天天用的，寡淡的饭食，全指着一点麻、一点辣来提鲜。八角，熬制清酱或卤咸菜才用。桂皮登场，是煮肉的时候。大锅煮肉，一年就一回。我家煮肉的时间固定在年二十九的下午。锅大，肉却不多的几方，加上几根猪骨头，多半锅水，灶里填上硬柴，风箱呱嗒呱嗒拉起来，不大工夫锅开了，撇去血沫子，加花椒、八角、桂皮、老姜，还有自家做的干黄酱。等锅再开起来，"咕嘟咕嘟""咕嘟咕嘟"

不停歇地叫唤着，热气从锅盖的缝隙里钻出去，充满灶屋，又从灶屋的门帘缝中冲到院子，从院子跑到街上。香气氤氲，像是一种极热烈的言语，向天向地向村庄昭告一户人家要过新年了。

儿时，我老觉得年根下的肉之所以香，全是因了那块稀罕的桂皮。桂皮，桂树的皮肤啊。我所在的北方没有桂树，我那时还不知道哪里有桂树。是月宫里的桂树吗？我当然知道不是。可我依然笃定，桂皮是金贵的。不金贵的树，有资格到月球去陪着嫦娥姑娘吗？我甚至还想过，剥下一块桂皮，桂树会多么的疼。我见过剥榆树皮。一棵榆树长老了，被连根挖掉，把树皮剥下来，晒干，碾成榆皮面儿，掺和在红薯面中，和面，擀面条，那面条吃起来才爽滑筋道。没有榆皮面，即使我姥姥那样厨艺精湛的农妇，也拿一盆没有一点黏性的红薯面没有办法。剥榆树皮，榆树是疼痛的，晶莹如泪的体液从木头深处一滴一滴渗出来，掉落到泥土里。给桂树剥皮，桂树也一样的疼吧。只是，人们为了一时的需要，就会忘了心疼别的物什，不管是一棵树，还是一棵草。栽树种草，本来就是因为要派上用场嘛。

后来，我在屋子里养过一棵桂花。我养桂花，是无用之用，或者说附庸风雅吧。你看，从屈原老夫子，到白居易、柳永，哪一个大文豪不爱桂树，不爱桂花？心血来潮，我也养一盆桂花。我养的桂花，大约是四季桂。时不时地，枝枝杈杈凸起的骨节上，就冒出几粒米白色的花蕾。小小的花朵躲藏在深碧色的叶片之间，闪闪烁烁，似有若无。不仔细观察，是看不到桂树开花的。有客来，翕翕鼻子，奇怪屋里为什么如此有香气。这才想起，阳台的桂树又开了几朵花儿。桂花树在北方活不习惯，生了白色的树虱子，一串一串的，捉不尽，药不死，简直一点办法没有，只能任凭它们吸干了树的精髓，忍看深碧的叶子枯干下去，一把一把掉落。桂花树死后，我再也提不起神养第二棵。一棵被虫害折磨而死的小树，是不会被派上用场的，不仅是不忍，还有不能。

桂树和桂花树，其实并不是同一个树种。这一点，我是很晚才晓得。但同一个桂字，让我对它们生出同样的牵念。何况，它们对人类都是那般无私，那般有用场。桂树皮，是调料，还是一味药材，早在两千八百多年之前史料中就有记载。中国人用它，外国人也用，《楚辞》里有它，《圣经》里也有。桂花树更可爱些，洋洋洒洒一场花开之后，一粒一粒的小花给人收集起来，酿酒，打糕，做桂花酱，炼桂花油。穿衣打扮，赏心乐事，都被赋予了一丝丝、一缕缕桂花的香气。

我曾到访桂林。据说，桂花树是这个城市的市树。街边的行道树，是桂花树，公园绿化，大植桂花树。金桂、银桂、丹桂、四季桂。走在大街小巷，多少旅游的伴手礼拉扯着你的目光，也离不开一个"桂"字。桂花糕、桂花糖、桂花饼、桂花干，无桂不欢。离开的时候，我几乎醉倒在桂花编织的重重香气之中。"桂林，桂林，桂树成林。"这是一个导游跟我归纳的桂林根文化。

我最喜欢的桂花树，在江南的同里古镇。粉墙黛瓦，逸出一枝老树干。叶子是蓊郁的，花朵是稠密的。不似我在北方屋檐之下强养的病桂花。温煦的阳光下，花树在白色的影壁上印出曼妙的影子。老房子，久无人居，落花一地，兀自生灭。这样一树桂花，也许可以不输于白乐天山寺月中的三秋桂子了。桂花到底不该只是一种有用的植物。不是也有那句话嘛，无用之用，方为大用。既有用，又无用，被人在有用和无用之间自如地转换角色，正是一棵桂花的宿命。

作为江南的意象，桂花总是有些温软，有些怀旧。但也不乏有血性的桂花树一样的文人。比如屈原，比如方志敏。一个不肯让自己内心委屈的士大夫，只能以汨罗江水葬掉了自己的肉身。一个胸怀理想的共产党员，可以超然于生死之外。方志敏愤于上海租界"华人与狗不得入内"的牌子，在赣东北创立革命根据地后，立即为农民修了一个公园，他亲手栽下一棵梭椤树，就是传说中月宫里永远也砍不倒的桂花树。梁衡在《方志敏的最后七个月》一文里说，我们现在读史，看到的只是各种不同的灵魂，只有人格和精神不死。一棵不死的桂花树，超越有用和无用的纠结、缠绕，也就超越了被人、被命运、被名利地位摆布的戚戚然。

　　也是一个秋夜，为了躲避一场雨，我留在黄叶之中的一间孤独的院落里。雨过天晴，视野是城市里不曾有过的阔朗深透。月亮升起来，居然是一枚镶满红色月晕的满月。瓷釉般润泽的月华，跟丹桂的颜色一模一样。

躁动的南瓜

比月光妖娆

首见昙花，在寄居小院。

邻家阿姨肥硕，面沉。为客者，敬而远之，百不敢扰。那日，有敲门声，竟是阿姨，眉弯，嘴角翘起，一枚上弦月。"今晚昙花将开，记得看。"我忙不迭地诺诺，若有惊喜，只为忽见月之上弦。

是晚，无月，约另一租户大哥大姐同赏昙花。大家猫腰撅腚，脑袋聚在那一朵昙花的骨朵下，目光如炬。天上星子邈远，身边花蚊长歌。没半个时辰，脸上、腕上、腿上，皆种满红玛瑙的痘痘，痒痒难耐，打道回屋，花露水、风油精、驱蚊液伺候。痒止，忍不住于门外昙花之下再聚首，如此三番五次，从初华，大华，到盛华。

从此，昙花的记忆里总有一串痒痒的红玛瑙痘痘。

不疯魔，不成活。

喜欢阳光如簇穿透云海的场面。浩阔的瑰丽，美得奢华，瞬间便是永恒。为昙花命名者，定是眼界开阔之人。一场花事，如朝暾，如日落，云如火，火烧云，日头在火中融化、寂灭、重生。

真实的昙花，并不瑰丽，但妖娆。昙花盛开时，是朗月飘落人间院落时，一个小院，仿若天堂的入口。当然，昙花的花瓣，比月色更白更清，舒卷有致，窈窕绰约，月光下的美人，回眸一笑百媚生。

于无昙花的夜里赏昙花，有天地一人的孤独和浩阔之感。昙花，只在心里，初华，大华，盛华，复又慢慢闭合，跌落。有时候，它只在极远处，忽明忽暗，是如豆的灯火，迷乱的白衣小妖。于是，想起《月光曲》，想起《春江花月夜》，想起《夜深沉》，想起《十面埋伏》，想起蒲松龄干宝一类的人物。诗歌音乐和鬼怪神仙故事，奇奇怪怪地聚拢在昙花的灯火中，又消散于黢黑黢黑的夜深处。

人是需要一点念想的。这念想，无关吃饭穿衣、香车宝马、官位职位，也无关儿孙绕膝、父慈子孝。怎么说呢，像张爱玲的眉心痣和明月光，像贝多芬的《致爱丽丝》。像，但不全像，或根本不是。

母亲是一个昙花爱好者。她的一盆昙花在阳台上，生得顶天立地，枝干纵横。每当昙花开时，母亲到午夜都不肯安眠。守在花边，一脸皱纹尽然舒展，目光朗润。幼年失怙，母亲的母亲跟她说，她的父亲去了远方。每年，八月十五、大年初一，母亲的母亲总在桌子上多放一双筷子、一只碗，在桌旁多摆一个座位。她母女俩的年饭，最不济时是一盆冻白菜帮子拌黄酱，包山芋面饺子。母亲记忆里，那是世界上最美味的食物。因为，五更灯影，她见到了和她一样欢眉大眼的爹。据说，孩童，天眼开着，幻象亦为心念结出花朵。后来，政府送来一纸证明，她的爹1942年牺牲，地点在山西右玉。母亲的心，瞬间天崩地裂，那时她年方九岁。

九岁的母亲开始养花，大丽花、对叶菊、玫瑰花、风信子。年近八旬，她终于找到了昙花。昙花的名字，如云边日出。但昙花，是绝对属于黑夜的，是黑夜之书，是黑夜的精灵，是黑夜里的浩阔和妖娆。

把心里坍塌的缺口补上，是母亲一辈子的事业。她供养昙花，昙花在黑夜里圆满又跌落。

有人管它叫韦驮花，说昙花耗尽一世精神，数个时辰的绽放只为报答韦驮的养育。这像《红楼梦》里的绛珠仙草和神瑛侍者，这个版本，多出的是一点禅意。大千世界，谁是谁的昙花，谁又是谁的韦驮。

话说昙花可食，治便秘、咳血、高血压、高血脂。我央求母亲把开罢的花送我数朵。花细细切丝，清水煮沸，精盐少许，麻油数滴，成昙花汤。趁月黑风高之夜，轻嚼慢饮。缥缥缈缈，有一朵昙花从头顶飞升，比月光妖娆。

饕餮者，以饕餮为禅。

躁动的南瓜

如同一个训练有素的刽子手一样，我很自然地从厨房刀架上取了那柄带尖的屠刀。南瓜早已躺在案板上，通身散发着象牙白的光泽，简直是一件完美无瑕的艺术品，沉静而娴雅。

我已经无限拖延了它的刑期，它亦在无限的拖延中准备好了视死如归的心境。行刑前，我还是在它的身上凝视了三秒钟，大脑依据视神经传输的最后一批数据，迅速做出决策：拦腰横断。刀尖先下去，只二分的腕力便穿越皮层、肌肉和脂肪组织直达腔体，这在我的意料之外。超乎预料的顺利，鼓舞着我加快了进度，左手扶着瓜体并且匀速转动，右手把控刀柄让刀锋随着转动的瓜体沉稳推进。有噗噗噗的声音，微热的气流从刀锋和瓜肉的缝隙里冲出，喷到我的脸上，这也在我的意料之外。可我已经因为过分的顺利，对旁枝末节表现得知觉迟钝。

"那枚白色的南瓜吃掉了吗？""还没。""记得把籽都挖出来，今年还要种一些。余下的你们可以做成零食。""放心吧，我一定将瓜瓤仔细排查，一颗籽都不放过。"这是雨水节之前，我与友人的一段通话记录。今天，已经过了惊蛰。

南瓜横断两截，一截陈于案板，一截蹲在案板旁边的人造大理石台面上。我相信，此刻我正面对地球上的一件刚刚公开的秘密。有半秒钟，我眼神发直，思想停滞，然后进入缺乏处置经验而不知所措的茫然。

南瓜的籽实，已经在一个外表平和、静如处子的南瓜活体内完成了发芽、生根，然后又经历死亡、开始腐烂的生命过程。变黑的叶瓣，半透明的细茎，有着无数触须的嫩根，弃置的籽壳，与粉橙色的瓜瓤盘错纠缠，以白皮粉肉的瓜体为花托，怒放为两盏惊世奇葩。抑或就是两盏熄灭的灯，无数颗灯芯子在经历了极度缺氧的挣扎之后，以一种生命形态的终止，保存下没有机会消耗的能量，并且有意或无意地维持了灯盏（瓜体）体面、圣洁的外形。

瓜体是否为籽实的同谋，根据我可怜的植物学知识，无法进行研判，但在对瓜瓤以及胎死腹内的无数瓜苗的进一步清理中，我还是发现了一场阴谋发生、发展过程的蛛丝马迹。瓜体最内侧的脂肪层，其质地格外松散、绵软，大量的养分已经秘密转化，为籽实的萌动、生长提供源源不断的势能；紧贴脂肪层的瓜肉，也已经没有了当初大理石一般的紧致结构和青春时腹肌、胸肌所可自豪的弹性，松弛无力，垂垂老矣，甚至那股清新引人的荷尔蒙味道，也变成了浑浊浓重的体味。

时令。时令。

时令不等人。时令也让种子躁动不安。万物生长，是春天赋予的权利。

"立春不吃瓜。"母亲忠告过。我却一意孤行地拖延着刑期，又在无限的拖延之后刀起瓜断，踌躇满志。其实，季节早已等不及这样一场迟到的屠杀。无声的呐喊、生命的代序，在一个黑暗的、寂静的活色生香的腔体内悄悄进行。我相信，如果那些幼小的生命足够强大，那枚白色的艺术品般外形完美的南瓜，一定情愿让它的子女们突破自己身体的束缚，直抵一个光明的氧气充沛的世界，安享风雨和泥土的恩泽，展叶，开花，结果。

惊蛰第十三日，院子里三株连翘露出金灿灿的笑脸，一条蚯蚓在灌木丛下的泥土中探出身子大口呼吸。我以一名不尽责的刽子手的身份，安葬了一枚南瓜和它胎死腹中的儿女们。

种子之仁

昨晚，我摸黑儿看向它。影影绰绰的，它提着一盏灯。那灯是绢做的，细长圆儿，顶端掐了几个精致的小褶，然后紧紧地收束，幽幽的有光透出。待我熟睡之后，它将有一夜的路要赶了。

牵牛花就是这样的脾气。它要开花的时候，就必须早晨第一个开花。它的花苞就是它的灯盏，提灯夜行，整宿整宿赶路。它赶路的时候，我却在酣睡，所以无缘见它星夜不眠的样子，是袅袅婷婷凌波微步，还是打马而过一副英雄气。我见它时，是早晨刚刚梳洗过的女儿装，花儿娉婷，叶片翠绿，环佩叮当。

这次又不同。新春第一朵花，它在此生命轮回的第一朵花，亦是这一年我张开眼睛去相遇的第一朵花。花儿是淡蓝紫色的，比夏天的样子纤细柔弱得多，简直是羸弱不堪了，但它见我，还是得意地嘴角上扬，笑成一个极好的弧度。我的全身心里，也是被微笑溢满的，只是，我比它更矜持而狡黠，我不会随便让我的快乐招摇过市。

牵牛花还有一个芳名叫作朝颜。夏天，小区的铁篱笆旁冒出无数棵小藤。这些藤蔓左缠右绕，经纬相织，最终编成一面绿藤墙，而后藤与藤拥抱缠绕着伸向更高远的天空。清晨，粉红、粉白、靛蓝、金蓝、大红、条纹的喇叭花，齐刷刷开放，晃花了行人的眼。若是一天没这番景致，倒生出些许的诧异或不快。

我喜欢牵牛花的种子。这种植物，不单单是花墙编织高手，繁殖力也惊人，几乎一叶一花，它是自花授粉的，一朵花能结出六七粒种子。花籽成熟的时候，包裹种子的外壳呈淡淡的纸白色，捻开，里头是一个一个精致的小房间，每个房间里卧着一粒黑色的种子。这些种子在阳光下闪烁着镔铁的金属光泽，坚硬而饱满，那么精美，是天作的艺术品。

有人总结出这样一个规律：凡是卑贱的草木，总是有着强大的繁衍力量；而所谓金贵的，往往难见其华，即使开花也很少结子，即使结子也多干瘪。牵牛花不仅生在城，更生在野，其黑如铁、坚如石的种子，境遇根本难以逆料，或者与枯藤一起挂在迎风的树杈上，或者被风吹到山坳、河畔、粪土中，也或者被当作一粒粮食收藏在农人的粮仓里。被寒冬觅食的留鸟吃掉，是一种结束；被河水浸泡腐烂，是一种结束；在田畴中生出新苗，被当作野草除掉，也是一种结束。然而，无数种境遇，无数种结束，对于牵牛花的种子而言，都不是结束，而只是生命的一段行程。牵牛花是一种有耐心和仁心的植物，静落天地间的无数颗种子，有一部分就是用来牺牲的，为其他的生灵牺牲，为庄稼牺牲，为河流牺牲。这一切之外，总有种子，幸运活着。只要活着，就一门心思奔赴新的生命轮回，完成新的代际传承。这种轮回和传承，就是它们的使命和福祉。

去年入冬之前，我到郊外挖了一点泥土，准备来暖气之后在阳台冬播叶菜。落地窗内，温度太高太过干燥了，播下去的种子不喜欢，它们宁可腐败在土壤中，也不愿意发芽。又过了很久，盆土终于拱出松软的小土包，有种子被唤醒了。不是菜苗，是牵牛花的新苗。一棵，两棵，三棵，竟也有了些声势。不用说，那些种子是跟着泥土来到我家的。它们早就盘算好了，以黑色胞衣作掩护，藏在泥土深处，随时等待着出发。

种瓜得豆与播下龙种收获跳蚤，不能同理。面对牵牛花的突袭式降临，我决定将错就错。它们在新春第一天的早晨开出第一朵花，这是属于我的小确幸，而对于它们自身，开花结子，则是一种庄严的快乐吧？这提灯夜行者，是永远不会拱手认命的一个植物家族。

以庄严开始，定会有完满的幸福。这是我写给牵牛花的新春贺词。

荸荠恩泽

一

荸荠是颇能入画的。

红艳艳，圆嘟嘟，头顶略平，却哧溜顶出个小小俏俏的犄角。仨俩散在画尾，小孩子一样，横躺竖卧的，随便玩随便耍。最要紧的，是画面当间那棵肥嫩开着明黄色花的白菜、红皮带绿叶的大萝卜。画的题款：菜根香。这么一张画，荸荠倒也不是剩笔，缺了它们，光那些肥腴粉黛，显然少了画者想追求的质朴深意，多了香艳之虞。

也有以荸荠做主角的。盛在提篮、盘碟中，局限、收束之间，天地灵气便藏而不显了。就像一个小孩子，规矩太多，乖巧是有了，自然天性就被磨掉，也让人可怜见的。

读到过一张粉藕、莲蓬和荸荠组合的水墨，张扬、恣肆，有来自泥土之下的勃然奔放。甚合我那一刻的情绪。

冬天，常在菜摊上买十只八只荸荠。没啥大用项，就是嚼着咂摸那个味儿。忙起来半天顾不上喝水，回到家嗓子干得冒烟。冰箱捏个洗净的荸荠，咔嚓一口咬半只，汁水清甜。慢慢嚼着，凉丝丝新泉一般的滋味，顺嗓子眼走下去，像灌田的渠水，水到哪里哪里的秧苗就得救了。

菜摊上的荸荠，跟入画的荸荠，两码事。泥壳裹着，湿腻腻，黑乎乎，纸箱子里堆着，不明白的还以为屎壳郎。北人做菜不善荸荠，半是图稀罕，半是像我一样作为可有可无的辅助食疗。荸荠走肺经，润泽，通便，是我外祖母的生活经验。对这个口传的知识点，我并未求证过，却笃信不移。

三龄，奇馋，如猫。专爱鱼腥之物，咸菜。偷食卤萝卜条，长者稍不留意，连抓三四把，飞速进肚腹，从此落下气管炎的病。风吹犯病，雨淋犯病，大约阳光碎地声音稍大些，也能把我的咳嗽虫引出来。九岁之前，是病最厉害的几年。村里人不知道气管炎和肺痨不同，外祖母又不让我入群去外边疯耍，把我玻璃人似的捧着养，便以为我是林黛玉那样的肺痨，养不大。彼时外祖母也有气管炎的病。只是她一个老寡妇家，素来羸羸弱弱，没人留意罢了。

荸荠就是因着压制咳嗽虫的本领，赢得外祖母待见的。黢黑黢黑的深夜，我的咳嗽猛然间发作，一声响似一声，窗纸、窗棂，房顶的苇箔、椽子，似乎都在共振，老鼠沿着炕边噌噌乱跑。外祖母醒了，窸窸窣窣在枕头底下一通翻腾，一只扁圆的小东西，就精确无误地递到我的嘴边。我知道这是荸荠，我在咬住这精灵的同时，唇边也感觉到了那只皱糙干瘪的手。不知是注意力忽然转移，抑制了呼吸管道的剧烈痉挛，还是荸荠的汁水果真通神，咳嗽虫一

283

时得到震慑。

村里合子社偶或进来荸荠。合子社，就是供销社，村里人都这么叫，我也这么叫。合子社的人，也是社员，挣工分。这活儿不累，甚至有点光鲜，有点地位，但工作时间长，晌午不歇，晚上掌灯老大后方才关门落窗。酱油醋火柴盐巴，针头线脑，暖壶，铁锅，粗瓷碗，这些物升，是每个村合子社必备的。其他就不好说了，进什么不进什么，得看公社里大合子社来啥，也得看本村合子社售货员的喜好和心情。我们村合子社的售货员是肥子舅，一个中等身材，瘦巴巴，大鼻子的人。他进过荸荠，进过酥糖，甚至进过伊拉克蜜枣。有一次，进了一种非常好看的咸鱼，形状有点像平鱼，村人叫燕鱼，我私下琢磨着是水里飞的燕子。

荸荠、酥糖、伊拉克蜜枣、水里飞的燕子，一时间成为男人女人饭后闲唠的题目。我在一旁听着，便知道了我们郭庄之外，还有更多的北方村庄。北方往南，有条大河，叫黄河，黄河的两边，也是村庄棋布的地方。再往南，还有一条更大的河，叫长江。长江那边，也有很多村庄。那里叫南方。南方总下雨，多水田，水田里生稻子，也生荸荠。南方有桂花树，桂花的样子就好似我们的小米，桂花米香香甜甜的，那里村庄的人就做桂花酥糖。耕爷说，伊拉克是外国，离中国老远老远了。水里飞的燕子，是长在深海的。海老深老深的，我们郭庄的所有房子摞起来，也不及海的一半深。彼时，在我心中，耕爷和荸荠、酥糖、伊拉克蜜枣、燕鱼，同样神圣。

有人要种荸荠了。

这个消息，是吃早饭的时候外祖母随便一说的。村人似乎对此并不热心。至少不像肥子舅进来的异方货品，招惹得老老少少对外面的世界怀揣梦想。

种荸荠的人，叫黑炭。他是外祖母的仇人。外祖母私下叫他"黑煞天"。村里人多数都有绰号，比如老菜瓜、馒头刚、小炉匠、万事通。黑煞天是什么意思，五六岁的我实难理解，但也能想象是个凶恶无比的狠角色。黑炭的名字，真是跟他般配，五六十岁的样子，瘦小枯干，一张核桃脸黑得分明就是块烧焦的炭。黑炭走路很轻很轻，根本没有一点点声音。他四季黑衣黑裤，独来独往。因为跟我的外祖母不过话，也就跟我们一家人都不过话。我在村庄的十多年光景，没听到过他说一句话，连了解他的声音怎样都没个机会。仿佛他是来自另一个世界的，一大团黑色的云气呼啦啦坠地，变！黑炭就出现了。

种荸荠不是南方的事吗？黑炭倒是能，在院子里开出一片长方形的地，挖得深深的，施了厚厚的牛粪、沙土、碎麦秸，灌了满满的水，沤着，沤到满院子散发着丝丝缕缕的臭，又沤到撮起鼻子都闻不到臭味，黑炭的荸荠就种起来了。

神神秘秘的黑炭，神神秘秘的荸荠田，除了我，竟真的没人关心似的。黑炭家的木栅栏，常常关着。栅栏那么高大，我踮起脚跟也不过半个围栏高。荸荠种在黑炭家，跟种在南方又有什么不同，想看看怎么长都不能。要是外祖母跟黑炭没结仇该多好！那我就能光明正大跟他提出，看看他的荸荠田。就像我能看李家姑老爷嫁接桑葚，看西院姥爷母芋山芋秧子一样。外祖母怎么就有黑炭这么个仇人呢，她看上去人缘那么好，连黑炭的媳妇、姑娘都亲亲热热的，在一块纺线、刷袼褙、做衣裳。六姥姥说我外祖母是菩萨心肠，来个叫花子，给人家一口，自己留半口。菩萨心肠的外祖母，却诅咒黑炭"不是不报，时辰不到"。在她看来，黑煞天这种十恶不赦的人，根本不配种荸荠，也种不成荸荠。荸荠，是灵物。

黑炭真把荸荠给种成了。起荸荠那天，他喊来肥子舅帮忙。高大的栅栏也打开了，一院子高高大大的树木，把黑炭这个人衬得愈发干瘪。肥子舅，是黑炭的远房侄子，平常也不见来往，起荸荠，却兴冲冲的，他还喊来一街的孩子围观。荸荠肥嘟嘟、圆头圆脑的，原来生长荸荠的植物，却是莎草般蓬乱柔软的。肥子舅代表黑炭，给围观的孩子每人发了一枚荸荠。大家把荸荠捧在手心里，像是捧着一枚勋章。

肥子舅的合子社，卖起黑炭种的荸荠。这荸荠跟南荸荠比起来，又瘦又少汁水，到底是郭庄自产的荸荠。南物北种，黑炭是村里第一人。

后来，合子社还进过清水马蹄罐头。马蹄，就是荸荠的别称。荸荠剥得白白净净，浸在蜜糖水里，即刻高贵了几分。黑炭死的时候，供品里就有个马蹄罐头。村医诊断，黑炭是死于肺癌。给黑炭上供的，是耕爷。耕爷说，黑炭是南方人，年轻时跟着混混们跑过，沦落到要饭吃，在郭庄认了个孤老汉当爹，四十来岁才娶上媳妇，姑娘是带来的，并非亲生。黑炭年轻坐下咳嗽的病根，怕是痨，跟媳妇孩子都不在一张桌上吃，更不在一个屋里睡。这也是个可怜人。

在南方，荸荠既当水果，又当菜蔬。稻田里野生荸荠，疯长，恼人得紧。但野生荸荠，也是下田人解渴的水果，哈腰伸手，顺着匍匐根摸一只，涮涮泥，丢进嘴里，脆脆甜甜。马蹄炖排骨，清香扑鼻。马蹄切碎，可以做馅料，跟鲜肉配在一起，包饺子蒸小笼包儿，上讲究。做四喜丸子，马蹄属于灵魂配料。

荸荠好吃，剥去紫红的外皮，是个麻烦活儿。彼时，赶上外祖母高兴，会在小火炉上煮几只荸荠。煮熟的荸荠，甜津津的，有点糯，是另一种风味。剥荸荠，指甲弄得生疼。不若现在，剥荸荠有专用的工具。榨荸荠汁，也有专用工具。都是小电器，轻启按钮，瞬息齐活。

外祖母跟黑炭的恩怨，到底带到土里去了。就像这世间无数的秘密，未及揭示，已然消逝。荸荠，我还是最喜欢带皮生嚼，汁水在唇齿间汩汩漫溢，带着大地的秘密，回溯至身体的河流。

二

　　赤岸村街边有摆摊的女人，卖鲜杏、黑枣、花椒、酸枣。这倒不算个啥，太行山地，每个旅游点儿都卖这些土产。稀罕的，是编活儿，现编现卖。一种为坐墩，在地上一个一个码起来，又白净又好看。还有一种，摞在荆条篮子里，圆柱形，两三拃粗细，尺余长，一头还带个精巧的提手，不知何物。问那女人，说是枕头。编活的材料为棒裤儿，该是上年存的，一直放到这芒种节气，真用了心思。

　　棒裤儿，棒子的裤子。这个儿化韵的名词，俏皮，形象，舌尖一卷就能把画面拽回孟秋时节大片大片的棒子地里。棒子，学名玉米，我们郭庄叫棒子。棒子的植株叫棒子，棒子的籽粒也叫棒子。整个冀中大平原上，棒子这个称谓，比玉米更有认同度。当然，玉米还有其他名字，比如苞谷、玉蜀黍、玉茭。伏天里太阳毒，植物疯。棒子穗穗上的花粉在海浪般汹涌的风中飘洒，花粉与棒子刚秀出的花线完美结合，棒粒便开始灌浆。这时候的棒子秸秆，像村里正在孕育的年轻媳妇，一两只绿裤红发的棒子别在腰间，满含着荣耀和希冀。

　　棒子不是啥贵重的出产，但会过日子的人，当然也要在一株株棒子身上盘算得满满当当。就比如，用棒裤儿做编活儿。秋后，棒子美人儿头顶的好头发也已枯萎零落，青葱的棒裤儿也走过了青春好年华。成熟的棒裤儿，最外边一层呈霉褐色，粗粗拉拉，爬满风痕雨痕和虫迹。扒掉这一层表皮，靠近棒粒的部分，不妨叫作"衬裤"吧，其柔软而光洁，颇有丝织品的质感。不论白棒子、黄棒子还是花棒子，"衬裤"的质地皆柔韧而舒适。男人们把籽粒饱满的棒子提到房顶，码上房檐，挂在老枣树的树杈上、大门街门的门楣两边，本意是晾晒，一不小心，也为多少年之后的回忆挂上了一垛垛、一串串田园诗般的念想。女人则细腻，精巧，掰棒子的时候，另外动了一点脑子，费了一点工夫，于是，又白又软的棒子"衬裤"就单独留了下来，被一打一打挂在草棚里，晾干收妥。一边收着，心眼儿里已经想好了，用它们做几件什么样的编活儿。只是，干编活儿要等着冬天，场里地里彻底闲下来。

编活儿中，坐墩是最简单，也最常用的。可圆可方，还有小箱子形状的，一物两用，里边盛放东西，东西塞满了，当坐物自然不成问题。编坐墩，最早用蒲草。我们村管草编的坐墩叫蒲墩，名字就来自原料蒲草。蒲草韧如丝，磐石无转移。蒲草编成的墩子，坐起来耐久，像男人女人的情感，一个屋檐下厮磨一辈子，甚或撕扯一辈子，终是少年夫妻老来伴儿。蒲草是生在水边的，村庄的河干了，坑填了，蒲草几近消失。聪明的女人，改用稗子草、麦秸、高粱叶子、棒裤儿。除了蒲墩，也编垫子。夏天，一席草垫子，从东房阴拉到西树凉，垫子上睡着娃娃，老太太旁边摆架纺车，嗡嗡地纺线，时不时还捎出手，拿扇子给孩子赶苍蝇蚊子。

我和外祖母各有过一双棒裤儿做的瓮鞋。瓮鞋就是棉鞋，瓮字该怎么写呢，没有人能告诉我。棒裤儿瓮鞋的外观，真的接近一个瓮，口略收束，厚实实的，膛量挺宽敞。那是外祖母的三妹妹——我三姨姥做给我们的，母亲带着妹妹到青海探亲，大雪天，三姨姥差遣了她的老二儿子从五六里地外另一个村庄送过来。跟瓮鞋一起送来的，还有一盆鲫鱼炖黄豆，一条刚满月的狗。亲戚家的饭，我吃得不多，但三姨姥的鲫鱼炖黄豆，至今想起来余香缭绕。自己挣钱后，我尝试做了好几回，都达不到那番境界。

外祖母和三姨姥是狠狠吵过一架的。母亲去青海的那年清明，她们俩都回娘家上坟，本来亲亲热热的，不知怎么说起孩子的事，好像还提到我，就拉了脸子吵了起来。清明跟着大人上坟，小孩子都欢喜，可以在刚刚返青的麦子地里捉金甲虫，可以采嫩苜蓿，采野花，重点是还能分得一份上过供的供饷。因为外祖母吵架，那个清明，我也很不开心。好长时间，我们家和三姨姥家都没再走动。就连母亲去青海，也没过去告别。

外祖母和三姨姥之间，似乎横亘了一场纷纷扬扬的冬雪。而一场真正的冬雪来临，两双棒裤儿瓮鞋和一盆鲫鱼炖黄豆，却把外祖母心里的雪给彻彻底底融化了。外祖母说，亲人肚里没圪针。也许，她说得对。那时，亲戚、邻里之间吵架，家常便饭一样，吵的时候，唇枪舌剑，天昏地暗，祖宗万代、鸡零狗碎，都要拿出来诅咒、羞辱。过不了多久，红白喜事，过麦过秋，亲兄热弟、姐姐妹妹叫着，你帮我，我帮你，一天乌云全散。亲戚之间，真像棒裤儿做的编活儿，一经一纬，你缠着我，我绕着你，永远撕扯不清楚。

母亲编过一个稗子草的垫子。草是我从河坡地里打来的，说起来真是邪门儿，那块高粱地里竟然一根旁的草都没有，齐刷刷没膝深全是秀着紫红色花穗的稗子。下刀太狠了，一大片的草几乎一棵没留。装筐成了问题，我用膝盖顶着压了好几遭，勉强才系上筐绳儿。母亲说，我那筐草有四十多斤。真不知道哪儿来的神力，大晌午我居然背着那么一筐满是汁水的鲜草，走了三四里路。这些年来，隔一些日子我就梦到自己在打草，无边无际的草，怎么也打不到头儿。但我从来没有梦到过自己背着一个草垛走路。打稗子草的时候，我还不到十岁。母亲喜欢那筐草，她仔仔细细翻晒，半干就收了，坐在树荫下编草垫子。

那个夏天格外炎热，母亲从田里回来，又烧煤火给一家子人做饭，常热得发脾气。草垫子，成了她发脾气之后安歇之榻，或者在大槐树阴凉里，或在胡同口有风的地方。她已经开始发胖，肚腩上一圈圈被汗水腌得绯红，两个巨乳底下，垫着手巾，一会儿就汗溻了。母亲属虎，她躺在垫子上缓神儿的样子，真有点像森林里的睡虎。

我没有睡过那张稗子草编的垫子。除了有种草香气，估计并不舒服。若编个棒裤儿垫子，一定比稗草的好得多。生产队大集体，掰棒子是个单独的活计，在大场院里干。给集体干活儿，往家捎任何东西都是不允许的。那些又柔韧又洁白的棒裤儿，跟棒子最外一层裤衣混着，一堆一堆的，白瞎了。家里分的口粮，也有棒子，在大田里立劈的，带着棒裤儿分，按人口多少直接过大秤。棒子分到家，好棒裤儿留下来，编草鞋，给老人孩子纳鞋底填料，编蒲墩，编篮子，只要你的手够巧，想编成花朵、人物都没问题。不记得母亲用棒裤儿编过什么，弟弟出生后，她找到了一个在西甘河村代课的活计。代课比在大田劳作并不轻松多少。郭庄距离西甘河村三四公里，母亲骑辆红旗牌自行车，一天跑四趟。晌午回家，先做饭，我给她拉风箱，她做揪面片或疙瘩，一边做饭一边讨论课堂上的数学应用题。教辅书开始流行，是我读高中之后的事情了。那时学生的作业和单元测验题，除了课本上稀稀拉拉那几道，全靠老师根据教学进程自己编。母亲的脑子里总在编题，她把编活儿的手艺给废了。

　　大娘会做棒裤儿底的棉鞋，三婶子也会。有那么两年，村里风行那样的鞋子。轻暖，隔潮。反正冬天也不大出门，没有多少重活儿，脚底板不动多少力气。所以，连老爷们儿也有棒裤儿底棉鞋。穿这样轻便的鞋子，走路没有声响。夜里，整条街黢黑黢黑的，后边走路快的人忽然撵上来，唬得人一激灵。

我更喜欢棒裤儿编的草鞋。外祖母给我买过一双，圆头圆脑的，走起路来踏踏踏踏，脚下一快，鞋子就飞了。用棒裤儿做编活儿，先得打小辫儿。棒裤儿鞋的小辫儿又细又匀，一圈一圈打在一起，致密，漂亮。我的棒裤儿鞋，鞋头染了颜色，桃红色的小花朵，像桃花也像梅花。我穿这样一双鞋子，专门到雪地里踩雪，桃红洇在雪上，雪也开花了。

下雪天，我去给外祖母抓药，一双棒裤儿鞋来回八里地，满鞋洞里都是雪，脚指头冻成了一瓣一瓣的梅花趾。外祖母不让我上热炕头，她指使母亲从院子里盛来一盆雪，给我搓脚。整个冬天，我的脚上一直盛开着梅花。

赤岸村的女人，用棒裤儿编枕头，这我是第一次见。棒裤儿柔韧，依其脾性，编个动车或航母的模型都合用。但棒裤儿枕头，枕着舒服吗？我拍了照片，让文友们猜是啥。有人说，是磨痒痒用的。这种猜测，倒挺有趣。我们村的棒裤儿编活儿，早就没人干了。棒裤儿在赤岸村，做成编活儿，也只是卖给游客。比如我，想买个蒲墩或枕头，买了，也不为用。我想，如果挂在墙上，或是很不错的装饰。

石缝里开出的花

蜜罐罐花

黑黢黢的石头，硬生生裂开一点穴隙，一蓬敦厚凝碧的植物从中间挤出来，匍匐着身子，伸展，再伸展，青枝绿叶托起一串颥顸的花骨朵。经由一场雨的点拨，那花骨朵一夜之间绽开美丽的盅状花，紫红的热烈中又含着一种素雅宁馨的神韵。

这是一株蜜罐罐儿花，一种生命力极强的小花。

夏秋两季，在太行山区，到处都能见到蜜罐罐儿花的影子。穿开裆裤的孩童，十一二岁的闺女儿，玩着，耍着，劳作着，顺手摘下一朵"蜜罐罐儿"，放在嘴边，轻轻一嘬，蜜一般的浆汁吸进去，甜美的滋味从舌尖漾开，漾到眼角眉梢，漾到心窝窝里。那是甜的启蒙，地母赐予的初甜，越回味越悠长，越回味越不能释怀。

在万千种野草之中，蜜罐罐儿花总是把自己生命的姿态放得很低很低，不畏贫瘠，匍匐生长，卑微到极致。而正是卑微到极致的匍匐生长，让它拥有最大的福分，去摄取山川大地全息的能量，与大山浑然交融，同根同命，生长得饱满从容。作为甜的启蒙者，蜜罐罐儿花，这种最普通的野草花，在人们心中的位置自然与众不同。

在河北，在太行山，跟人聊起山里的日子，聊起蜜罐罐儿花，即刻就有了说不完的共同话语。似乎，蜜罐罐儿花是一个隐秘的徽记或图腾。

经蔚县文联副主席郭有雷介绍，我结交了一个农民作家，叫刘富琴，我喊她富琴姐。富琴姐的家，在太行山最北部的山沟沟里。家里姊妹多，日子过得非常清寒，别人念大学的时候，她不得不打工、嫁人、生娃了，别人为私家车没处停、衣橱里的衣服太拥挤而发愁的时候，她正租住在车库里，每天工作十多个小时，只为了挣一份果腹的饭菜、攒一点出书的本钱。四十大几岁，她却要圆一个打小的文学梦。打工之余，支撑着病体，每天写作到深夜。近五十万字的长篇小说《山沟沟里的女娃》，一千五百个日子完成。2014年底，书终于出版了。她捧起自己的作品，就像捧着自己的生命，喜极而泣，从黑夜流泪到天明。卖书，她首先想到的不是挣钱脱贫，而是家乡的穷孩子，她不愿意见到他们再走她的老路。她加入了公益组织，每卖一本书就捐出五块钱资助贫困学生。

我不敢说富琴姐就是一株开在太行深处的蜜罐罐儿花，那样说未免太矫情。但我知道，她是吸吮着蜜罐罐儿花的浆汁长大的。有一种力量，总跟这最普通的野草花一样，在最艰难最无望的时候被春风春雨唤醒；有一种情怀，总是跟这最普通的野草花一样，在最甜美最幸福的日子，为善良为慈悲为梦想而燃烧。

省会离一家大医院不远的公交车站，有个小伙怀抱吉他自弹自唱，他面前放着一个纸箱，纸箱中竖一块牌子，毛笔字清清爽爽写着：不为取悦，只为生命，希望朋友们理解！小伙子是为生病的爱人而在街头献艺的。等车者、过路者，纷纷驻足，打开钱夹，往纸箱里放下一元、两元、五元、十元，参与一场爱的众筹。他们中，有羸弱无力的老者，有携妻带子的中年人，也有不少青年学生。有的人，本来已经走过去了，远远地站着，听一会儿歌，又回来，庄重地弯下腰，往纸箱中安顿下自己的一点心意。

这暖心的情景，于石家庄这座太行山脚下的城市，不算什么新奇。可是，刚刚从太行山里看了蜜罐罐儿花，我心里的感动，便与以往有了些许的不同。自然界中，蜜罐罐儿花的甘美，它自己是无法品察的。同样，在人世间，只有以生命体味生命，以生命体恤生命，以生命滋养生命，甘美之味才得以定义，得以诠释，得以弘扬。因为爱的众筹，一朵花和一座城市在精神的场域里，相遇，相契。

蜜罐罐儿花，它的学名叫地黄。地黄，在《本草》中已有记载，可以助心胆气，强筋长志，安魂定魄。从药性上不难看出，地黄属于有风骨、有血性、有定力的植物，元神充盈，内气浑厚。

初夏新雨后，一头钻进明绿的大山里，恣意游走吧，蜜罐罐儿花开在草坡上、山径旁，顺手采一朵，放在嘴边，轻轻一嘬，那甘美，沁人心脾。

舞草

在一帧帧照片上，我重读那些虞美人花。

照片拍摄于阳原县古泥河湾盆地的一个小旅馆院子里。院子四周全是庄稼地，野蔓草顺着铁篱花格探进院子里，生出活泼的花穗。清晨五点刚过，太阳已经爬上东山梁，为远处的村庄、树木和庄稼地笼起一层金色雾霭。眼前的空气却透亮，池塘里鱼刚刚醒来，汩汩的水声，苞谷地里看渠人的咳嗽声，也顺着透明的空气探进院子里。

地面涌起微微的风，虞美人的枝叶、花朵顺着风的方向轻摇曼舞。她们纤碧的花茎高高低低，闪烁着茸茸的光泽，桃红、水红、淡粉又晕着白边的花瓣，轻盈盈跳荡着蕊影，蜜蜂在花间飞停，恍若醉仙。

泥河湾，真是摄影者的天堂。温厚结实的黄土层，自然形成的沟壑和台地，迎风挺立的白杨树，甚至独立垄头的一棵黍子，一株长成老侏儒的供佛杏，皆可构成雄浑、厚重、苍凉之美。许许多多背包客，甚至专门冲着村庄里那些失修的黄泥墙、颓圮的老门楼、坍塌的老窑洞而来。而在两次踏足这片土地之后，我忽然发现，仅仅有这些还很不够，至少是片面的、浅薄的。

我照片中的虞美人花，是小旅馆的老板亲手所植。老板是阳原当地人，夫妻俩搭档开店，老汉儿管账管扫院子管清理垃圾管买菜，女子则负责客房厨房兼传菜跑堂儿，忙得不亦乐乎。去年深秋，不知从哪里淘换了一包虞美人种子，老板便在院子里最好的位置清出一片地，开畦，撒粪，平整，按照别人的经验，在小雪时分小心翼翼下种。见我不停拍照，老板凑过来拉呱："你看，花开得好哩。"我连忙伸出大拇指："开得好哩！你经管得好哩！"

据说，虞美人的种子非常细小，发芽难，幼苗成活更难，经管一畦花，简直就像伺候一群挑食、多病、难养的孩子。在泥河湾这样冬季极寒、干旱少雨的地方，在一个不起眼的小旅馆院落里，居然盛开着如此曼妙的名贵花卉，真得算个奇迹。粗粝的黄土，粗糙的庄户人家旅馆，与纤弱精巧、热情奔放的虞美人花，形成如此强烈的对比。发现虞美人花畦的那一瞬，有什么东西在我心尖上飘忽而过，想要抓住它，却又空无所有。

距离虞美人花旅馆不远，是大田洼村，我们单位的精准脱贫帮扶点。头一次采访，第一书记是老相，去年期满，云旺接力。同事们悄悄议论，去大田洼办事，提老相和云旺他们工作队，忒灵验。这回，我还真试验了一把。大田洼是个大村，从西到东走上一个来回，将近十里。天将黑时，累得几乎迈不开双腿，正巧村里一位老汉骑电动三轮从凤凰山下来，我赶忙搭讪，自报家门说是"老相的同事"，他二话没说，妥妥地把我拉到村西头乡政府。老相在这里待了两年，村里老少爷们儿果然跟他有交情。

大田洼村中央有个臭水坑，那次入户走访，赶上下大雨，老相他们带我绕行。那时，已经有改造规划。这次来，臭水沟变成文化广场。一群刚放学的孩子，在这里玩石头剪子布，见我拍照，嘿嘿笑着逃开，露出可爱的豁牙。他们有的六岁、有的七岁，读一年级和二年级，都是留守儿童。广场北边一户人家，门楣上白底红字镶嵌着"吉祥如意"。我以手机镜头仰角拍摄，"吉祥如意"四个字刚好与广场边上老柳树青翠的枝梢相触在一片飘动的白色云朵里。

云旺介绍我认识了老王。他家是脱贫出列但继续享受帮扶政策户，膝下三个子女，大儿子读高中，老二是个女儿，在塬下另一个村庄读寄宿制小学，老三在大田洼上幼儿园。老王的妻子长年在外打工，她的工资是家庭重要收入来源。在家留守的老王也不轻松，照顾三个子女，也照顾塬上的六七亩地，种大扁杏儿，晒手工杏干儿，有时去考古现场打个零工。老王现在遇到了发愁事，用他的话说，被磨盘压了手。他的发愁事，云旺早对我说了，他也帮老王发愁——老王家读六年级的闺女，这两三年不长个儿，不知是啥怪毛病。孩子读书好好的，能吃能喝，就是个子蹿不起来。恰巧我在省城大医院有相熟的专家，云旺托我联系。我开玩笑说，这是"公事私办"。当然，这样的"私"，多一点儿无妨。大田洼村的脱贫帮扶联盟，就是云旺联络他的故友新朋成立起来的。有能力，有公德心，"私力量"聚合起来，能办大事。

虞美人花旅馆，是个新农村建设的产业示范点。大田洼村帮扶联盟，也办起花卉大棚。我发现，塬上人几乎家家有养花的喜好。从外地淘换来的虞美人花与庄户院里寻常的对叶菊、西番莲、酸浆果，门楼上的门神画、吊挂，玻璃窗上的剪纸窗花，一起组成泥河湾人当下生活中的另一种物象。它们或惊艳超拔或平凡质朴，总归，是属于生活的现场，在贫瘠的土地上生长出来，自自然然，你中有我，我中有你。一朵花中，隐藏了人生的多态、复杂况味，我从中读到一点苦苦甜甜的东西，也读到了一点幽默、狡黠、释怀、和解、和谐的聪慧。

虞美人花，以独特的质感和姿态，征服过世界上许多大画家的画笔。因为项羽和虞姬的故事，还衍生出悲情而美丽的传说。在大词人李煜的手中，它成为一个著名的词牌。但我更爱其另一个名字，舞草。

月舞银钩

一

灯下漫坐，拣豆子。圆圆肥肥的豆子落在青瓷碗里，嗒一声，嗒一声，如更漏，岁月清响。

拣豆子，发豆芽。入秋后的功课。如读书，荒几天，心虚，气短，没着落。

红豆、赤豆、青豆、黑豆、豌豆、花生豆，都可以用来发豆芽。大棚精细菜，还有香椿子、萝卜子种出的芽苗。我独爱侍弄绿豆和黄豆，跟着母亲、外祖母、祖母学的，没有刻意，只是习惯。习惯就是爱。

豆子淘洗干净，水润润，像换了一件鲜亮的外衣。鲜亮的豆子，招人稀罕，如亲人，瞧得眼睛里亮亮的，闪着泪花。

发豆芽，也叫长豆芽，生豆芽。不识字的外祖母，口语里却常掺杂文雅的书面语，长豆芽，她单用一个"发"字。发者，古汉语词典有一种解释：舒也，扬也。甚合我心。发豆芽，把干干净净、圆圆胖胖的豆子，盛于大盆，土陶盆最佳，陶瓷次之，不锈钢又次之。注入清水，没过豆子四指，盖上盖子，避光。黑暗有唤醒灵魂的力量。豆子饥渴，咕嘟咕嘟摸黑儿喝水。喝饱水的豆子，五魂七魄聚齐，雄壮，饱满，印堂闪光。

一颗豆子从豆到芽的第一次飞跃，筋舒骨活，事物由量变到质变的积累，水，是复杂生命过程的媒介。发豆芽，要有眼力见，比如，喝饱的豆子，要及时滗掉盆里多余的水。过犹不及，人吃太撑，有撑死的；豆子喝多水，也会死，沤了，几等于胎死腹中。这时的豆子需要安静，细笼布，过遍水，稍拧，不干不湿，给豆子们盖上一层被子，再盖上盖子。盖上盖子的盆，是间小黑屋子，隔绝，寂寥，有豆子和豆子相互陪伴，相惺相惜，并不孤独。孤独，是人心成长必不可少的境界，在豆子，在植物，还是要来自群体的慰藉和依靠。他们在赶路，比着肩，努着劲儿，喊一二一的号子。黎明来临，尖尖小芽破壁而出，是一颗豆子从豆到芽的第二次飞跃。小小的芽，竖起生命的桅杆，从此水迢迢山千重。

吃芽菜，是不是一种残忍？自己亲手发好的豆芽，又亲手做来吃，戕杀。千百年来的食物链条如此，女娲抟土造人的地方，也是粟的发源地，人吃粟、吃黍、吃豆、吃菽，也吃小的动物，鱼、鸡、羊。黑格尔说，高贵的人不一定是贵族，罪犯不一定是凶手。此处适于此言。把种子发成芽菜，以供食用，是祖先智慧的创造。我们一生，要吃下多少植物的种子，植物的芽，植物的茎叶花果，为生命延续而取食，不是罪过，但我们应该心怀感恩，心怀虔诚，心怀光明。感恩是一种美德，虔诚方有福报。

在我们双楼郭庄，发一手好豆芽是一个女人的本分。那时熬冬，煤火取暖，入夜，止火，连骨头都要结冰。发豆芽，最怕冷。女人把豆芽发在灶火台的后头，暖在火炕的炕头，用最软和的被子蒙着，像是伺候月子，伺候新的生命的启程。发豆芽的晚上，母亲做饭要多加一把柴，外祖母跟瓦盆里的豆子伙盖一个被窝。庄稼人不把感恩和虔诚挂在嘴上，他们只是按照上一辈传授的秘法，安妥行事。发一盆豆芽如此，种庄稼，种菜，栽树种花，无不如此。溽暑，大太阳发疯地烧烤着大地，烤人，烤庄稼。玉米咔吧咔吧拔节，红薯蔓子一宿蹿一米。母亲到玉米地里抓虫子，汗珠子往眼睛里灌，玉米叶子把裸露的胳膊拉出一道一道血红。给红薯翻蔓子，顶累人的活计，蹲踞，猫腰，太阳对着脊背，身上生起火炉，衣服的汗渍湿一遍干一遍，干一遍再湿一遍，开出一朵一朵花儿，汗花覆盖了衣服原本的纹理和颜色。母亲说，人误地一天，地误人一年。母亲内心笃实，我们在她翼下，生得安稳。

豆芽有无数的吃法。清韭炒双脆，双脆，就是绿豆芽和黑木耳，五行占三，颜色也好，不贵，但体贴。绿豆芽，性情敞亮随和，随便搭配，炒饼丝、蒸包子，炝辣椒，炒海米，不轻贱自己，也不攀附巴结。黄豆芽中，最美味的是豆嘴儿。黄豆发起来刚拱出针鼻儿似的小芽，我们管它叫豆嘴儿。卤咸菜炒黄豆嘴儿，是母亲的拿手菜，加一个红辣椒同炒，咸香微微的辣口，好下饭，满满一罐头瓶，刚带到学校第一顿饭就见底，与同学分享，母亲不怪。煮杂面汤，下两把黄豆芽，出锅时再飘一小撮芫荽叶，最简单的饭，我能吃两碗。

发豆芽菜，简称发菜，发在这里是动词，谐音发财。村里娶媳妇聘闺女，都发一盆豆芽，就连丧事也发豆芽。生老病死，生命代序，是人生常态。发财发家，福禄寿喜，是庄稼人很朴素的祈愿。父亲过世，堂嫂给我们做了几天饭，天天黄豆芽炒白菜。那是我一生中最难以下咽，也最难以忘怀的饭食。

夜深，窗外下弦月升起来，银钩似的一弯。想起饭馆儿有道菜，海米银钩，其实就是小虾米拌绿豆芽，名字倒是好听。自个儿发的芽菜，月舞银钩，是真切的人间诗意。

二

郭庄女人的手，都是带魔法的。腌菜、做酱、腌肉、擀面条、压饸饹、炸馓子、蒸年糕、拐豆腐、淋粉条、打凉粉、打片粉，十八般手艺，只需朝天一揖，马上如神在侧，所向披靡。我最爱看外祖母腌菜。大白萝卜、红皮萝卜、胡萝卜、圆辣椒、尖辣椒、芥菜疙瘩、白菜疙瘩、老芹菜、嫩蒜薹，赤橙黄绿诸色，酸甜苦辣诸味道，无所不腌。当然，最隆重的要数入冬腌大萝卜。

这个时候，外祖母一整天都在咧嘴笑，老到门牙掉光的人，笑得开阔而慈祥。白内障加青光眼，几近失明，但刷洗腌菜缸、洗萝卜、加大盐这样的环节，外祖母是不敢轻易放手的。她说，萝卜入缸就如大闺女出嫁，上轿之前都得好好洗个澡，萝卜跟人一样，这也是一辈子一回的大事儿。新挑的井拔水，新绑的炊帚，新洗的抹布，一一准备齐整，外祖母方开始从内到外刷大缸，边边沿沿，一丝不能马虎，像是某种仪式，有庄严的气息。萝卜也要泡在大大的洋铁盆里，一遍一遍洗，根须不留，直洗得皮肤透亮，举到太阳底下，能望见里边细嫩的肌理。外祖母眼睛不行，但她的耳朵、鼻子、嘴巴和双手，似乎都长着眼睛，她的活计细致又利落。往缸里码萝卜也是个技术活，码得要紧，一层萝卜一层大盐花儿，末了加上压缸石。腌菜缸是座新房子，大萝卜安卧其中如新嫁娘，静置南墙下阴凉地，七七四十九天，才能修成正果。

腌萝卜条就着新出锅的贴饼子吃，是郭庄冬季的主打饭。腌透的萝卜，微黄，捞出一根，咸香扑鼻，味道丰腴浑厚。齁死人的大盐出好菜，腌菜没人选精盐细盐，不光是价钱问题，太过精细的东西拿不住大萝卜的脾性。手起刀落，萝卜细细地切丝，点山药、干醋、芝麻油，拌葱丝、芫荽，盘子里便有了几分山水情致。当然，我们是不懂得欣赏山水的，我们在乎它的脆嫩和香辣，咬一口一面焦脆一面金黄的饼子，夹一筷子咸菜，粗菜淡饭，也吃得热火朝天。从冬至到出九，九九八十一天，萝卜一天一天见少，漫长的冬天还未望见尽头。于是，聪明的女人朝腌菜缸里续菜，吃剩的白菜疙瘩，随手往大缸里一丢，十天八天捞起，碎碎切了，那叫脆爽，比大萝卜都好吃。腌菜缸旁边，是大肚小口的腌菜坛子，里头专门腌细菜，豆角、韭菜、辣椒、洋姜、地梨，到什么季节丢进什么菜，四季不闲。腌菜坛子的汤是老汤，沉郁，宽博，什么菜进去都拿捏得住。外祖母爱擀白面红薯面两色的面条，白水煮汤面，出锅撒上一撮腌好的韭菜、豆角，就一碟炸花生米吃，那种顶在舌尖上的鲜，直鲜到骨头缝里，成为一辈子难忘的滋味。

腌菜，腌得时间越长越香。这大概跟酒跟茶是一样的道理，老酒，老茶，还有郭庄的老腌菜，都是人间宝物。腌过一冬的大萝卜，那叫一个透灵，像一个年过耄耋的人，比如我的外祖母，阅尽繁华和凄苦，一切顺天应人，反而挥洒自如，要风得风，要雨得雨。老腌菜卤红咸菜，属于村庄的特产。仲春，东院的海棠花开得红红白白，细细的香气绕墙而来。外祖母捞出老腌菜，切不薄不厚的片，再断成韭菜叶一样宽窄的条儿，晾晒在高粱秆篾子编的席子上。咸菜的香和海棠的香掺兑起来，混合成春天独特的气息。

卤咸菜的过程像炖肉，花椒大料茴香籽，外加一味生姜，最独特的调料是摔掉籽粒的高粱穗头，据说它是给卤咸菜上色的，比酱油好用。晒好的生咸菜条，投到大铁锅里，加水炖煮，狸花猫卧在风箱旁边，风箱响一声，它叫唤一声，馋猫给外祖母撒娇。我也是小馋猫，卤好的咸菜在盖帘上晒起来，外祖母转身如厕，我哗地抓一把填到嘴里，肉一样的香，筋通而不硬，顾不得咸，慌忙咽下肚子。如是，再三。卤咸菜齁坏了我的嗓子，没日没夜咳嗽，每年开春都犯病，四五岁，我已经能自己跑村卫生所打青霉素。咳归咳，那一口卤红咸菜是戒不掉的，入大学读书，小木箱子里有被褥衣服书籍，还有一袋外祖母亲制卤咸菜。如今村里有人开了卤制红咸菜的小加工厂，真空包装的鲜卤菜，外套礼品盒，行走大江南北。但村子里的小孩，再没有人抓起一把卤咸菜当肉吃，更不会因此患上气管炎。他们习惯于到城里读幼儿园、小学、初中、高中、大学，然后到更大的城市打工，他们甚至忘却了方言，或者根本没机会学习家乡话。

红咸菜炒鸡蛋，是待客菜。现在的农家菜馆里，都推这道菜。红咸菜鸡蛋炒饼子，是外祖母的发明。邻居小姨来我家串门，专挑里边的鸡蛋吃。我最爱卤洋姜。洋姜的肉，比白萝卜细腻，卤洋姜吃起来绵绵的，面面的，总让我想起深秋里摇曳的洋姜花，那是一棵植物身体里长出的小太阳，灿烂，温暖。洋姜是多年生草本植物，只要你的手段不够狠，种一年，在一片土地上就会年年繁衍无绝。那时生活粗放，不是每一个孩子都能吃到卤洋姜这般至味。

一碗卤洋姜，藏着外祖母对我的宠溺。

老腌菜是哪天悄悄在郭庄人的饭桌上退席的，我不知道。反正，一户一户人家，很难找到腌菜缸，腌菜坛子或许还在，饭馆里到处打听着淘换，当摆设用。人们不再嗜咸，这是好习惯。咸的东西吃多了，盐分积存体内排不出去，心脏肾脏血管都会出毛病。咸，是庄稼饭的标志。庄稼人处处要动力气，出汗，汗水是咸的，把吃的盐顺汗毛眼排泄出来。而今村子里种庄稼已很少使用人力，一切机械化，打药施肥用无人机。再想出汗，只能到马路上跑步。

明人洪应明写《菜根谭》，是受宋人的启发。有一句话叫作：人常咬得菜根，则百事可做。郭庄的老腌菜，就是以腌菜根为主。萝卜、白菜疙瘩、洋姜，都是植物的根块。离开村庄多年，想一碟老咸菜大快朵颐，但不敢，身子骨不争气，克化不动了。

壶流河食单

蔚州小吃，跟剪纸和打树花一起成名。

蔚县古称蔚州，在京西二百公里，恒山余脉由晋入蔚，分南北两支环峙四周，壶流河横贯西东。这里，在北魏时第一次称蔚州，作为"城"的存在，至今一千四百多年。漫长的历史时期，八百里蔚州战事不断。明清之后，才逐渐安定。八大集镇沿河排布，养育工匠百种。

话说，"天下十三省，能不过蔚州人"。蔚州人的能，除了木匠、石匠、铜匠、锡匠、银匠、画匠、麻绳匠、柳编匠、毡匠、罗匠、靴匠、帽匠、笔匠、油匠、香匠、纸匠、席匠、饼匠……几乎无所不"匠"，再一能，便是能把最普通的粮食变戏法似的变成馋死人的小吃。

绿豆粉坨

荞麦饸饹、苦荞饸饹、绿豆粉坨、山药粉坨、牛肉煎饼、莜面鱼子、莜面窝窝、莜面蒸饺、糊糊面、暖泉豆腐干、暖泉粽子、黄糕、红糕、糖麻叶、甜糊糊……即使本地人，也得掰着手指头数上一阵子，才能将从老祖宗那辈子传下来的小吃，择要紧的介绍一遍，最后咧嘴一乐，操一口哏哏的蔚州话，不好意思地对你说："太多了，俺学不来。"

蔚县小吃，其实多是古蔚州这方水土上的家常饭。就如同老兰州人每天早晨要到小馆子里吃拉面一样。记得前几年农产品涨价，波及拉面价格，兰州市政府曾出台拉面限价令，可见拉面关乎那里的民生。而蔚县人曾以顺口溜总结一天的吃食，"早起粥，晌午糕，黑也（晚上）糊糊溜山药（土豆）"。现今，小米粥、黄糕、糊糊面、土豆，一般人家不再用它们苦熬活，但爱吃糕、爱喝糊糊、爱吃山药的饮食习性依然，不仅自己爱，还把它们做成待客佳品，搞成红火的营生。

从蔚县政府招待所出发一路西行，路两侧，或稠或稀，散布着大大小小无数小吃摊子。从天蒙蒙亮到星斗满天、华灯点亮，摊子总围坐着老老少少的食客。清晨，热乎乎、香喷喷的小米粥、糖麻叶、大烩菜最受欢迎，日头上来暑气上升，饸饹、粉坨摊子便风光起来。饸饹盛得满满的，浇上蔚州特产红辣油、巧媳妇腌的酸白菜丁，忒逗人口水；粉坨盛得浅浅的，先以柳叶刀把事先熬制好的绿豆粉坨或山药粉坨片成两三寸长的条儿，再舀上几勺凉崭崭、清亮亮的酸辣汤，有清溪照月的韵致。

这些年，蔚县的文化生态游很是火爆，京油子、卫嘴子，还有高鼻蓝眼的老外，来看古村堡、代王城、古戏楼，看打树花，看空中草原雪绒花。走在县城街上，一个个被街边的小吃摊子"俘虏"，入乡随俗，要上两样吃食，找个地方一蹲，就忍不住大口大口"呼噜"出声音来。一碗绿豆粉坨下肚不打紧，上瘾了，于是发誓把蔚州小吃尝遍。

糊糊面

那种咖啡色的、只香不苦的食物，到蔚县来寻找东方古老文明的美国背包客为它起了个中西合璧的名字——蔚县咖啡。

在暖泉镇政府的食堂，我第一次喝到了糊糊面。大师傅从隔壁的厨房给每人盛来满满一碗，热腾腾的，淡淡的煳香由鼻孔一路深入到五脏六腑。学着镇长的样子，吸溜吸溜地喝起来，从未经验过的味道让我的味觉神经好生忙碌。忙碌的结果，得出一个笨拙的结论：这如棒子面粥、小米粥一样有些黏性的糊糊，的确是生养我的华北大平原不曾赐予的。很奇怪，其口感还真的多多少少有点像异邦的咖啡。难怪有一个到暖泉镇政府做客的大鼻子，连喝两碗还不过瘾，最后自己端着空碗跑到厨房乱翻，非要看看这神秘的热饮料是如何炼成的。

糊糊就是豆面，有蔚县特产的扁豆，也有豌豆。豆子挑沉实饱满的，一颗颗收拾干净，铁锅文火炒熟晾凉，再到石头磨上一点一点磨匀磨细，过罗。每一个程序，都是人工完成，特别是小石磨，要人一圈一圈推，不厌其烦，不厌其累，推的圈数越多，磨出的糊糊面就越细越香。一个好的糊糊作坊，一天一宿也不过产一二十斤。

熬糊糊，颇有讲究。先舀适量的面，用凉水潲匀（面只可少点，绝不能多），潲好，待用；锅里加清水烧开，转小火，需一手持潲好的面糊糊慢慢倒入锅中，另一手拿筷子或勺子沿锅边轻轻搅动。瞬息，锅里冒起咖色的密密实实的小泡泡，咕嘟咕嘟地叫起来，一锅地道的蔚县糊糊就好了。

并非家家户户都会加工糊糊面。精明的蔚县人早在明朝就有了百业的分工，糊糊面的诞生，也出自匠人的智慧，干这行的，或者叫糊糊面匠。有加工糊糊面的，也有在市集上直接支锅熬糊糊卖的。既然是行当、营生，也就有好坏的差别，据说，暖泉镇有一家最有人气，似乎叫胖子牌，祖上传下来的手艺，要买，得一大早去排队。

朋友张先生是土生土长的蔚县人，不能喝酒，喝起糊糊来，却三碗不过冈。

骡子肉

吃骡子肉，是在蔚县县城的一家农家乐饭馆。

肉是带骨头的，似乎是酱炖，端上桌，香气四溢，盘子码得高高的，直径足有两尺。那阵势，先把人唬得一愣一愣的。

俗话说，"驴肉香，马肉臭，打死不吃骡子肉"。偏偏，在蔚县，骡子肉成了特色名小吃。不仅农家乐饭馆拿它当招牌，街边小肉食摊，也一律挂着"驴骡肉"的幌子。在当地工作的朋友介绍，老年间，蔚县人吃骡子肉，就蹲在蔚州城、暖泉镇或其他什么集市的街边上。右手拿着新出锅的酱骨肉，左手端一碗高粱老酒，就着嗖嗖的小西北风下肚，个个食客都有了些壮士的范儿。卖骡子肉的规矩也很特别，先称一回带骨肉，吃完了再称一回骨头，两个数一减，就是肉的净重，食客照此数买单。而今，街边小摊，只卖剔骨肉；酱大骨退到了餐馆，标价也改成了多少多少钱一盘。生意依然火爆，只是买卖里古朴的风尚没了，食客们大块吃肉大碗喝酒的壮观场面，也被饭馆里屏风、墙壁的婉约挡到了背后。

骡子肉其实很香，它和驴肉的味道属于一类，只是纤维粗大，滋味也更烈罢了。蔚县盛产骡肉，不是出于饮食习惯上的"挺骡贬驴"，而是从一个角度说明骡子在当地生产生活中的重要地位。

骡子上山下矿，驮物拉车，比马皮实，比驴有劲，赶上三套骡车，上市集，走亲戚，威风漂亮不让高头大马。骡子是一种很能吃苦耐劳的牲口。所以，蔚县人爱养骡子。曾经，好多镇子里有专门的骡市，好多乡民以养骡为生。县里小煤矿多的时候，骡子充当着最主要的运输工具。现在，骡子的用项小了，养骡子的人家也越来越少。

在壶流河大草甸上穿行，沟谷、平滩，依然可见三五成群的骡子，枣红的、白的、黑的，悠闲地吃着草，毛色在艳阳的照耀下，格外鲜亮。

骡子变成骡肉，不是衰老不堪重任便是病死或意外死亡的时候。结结实实啃顿大骨头，也许是对骡子的最好纪念方式。

豆汁点豆腐

蔚县豆腐干儿，好吃得叫人一辈子念念不忘。

宋庄镇的萧老师说，蔚县的豆腐是豆汁点的，既不用卤水也不用石膏，真正的纯天然。

豆汁点豆腐，在我想来算古今奇谈了。但世界上的事物，只有我们的思维达不到的，却几乎没有"不可能"。蔚县人用甘洌的暖泉水泡豆子，打成醇香的豆汁，在凉爽的天气里发酵，制成酸豆汁，再以酸豆汁为引子去对付更多的豆浆，也算一物降一物，豆浆在豆汁面前很驯顺地凝结开去，再经过煮、压等程序，就成了风味独特的豆腐。

朋友大刘家住蔚县暖泉镇，胖而风趣。在西古堡的大街上，他为我指点了一家全镇闻名的豆腐坊。半下午的，磨豆浆点豆腐的事早歇了，就连成包的豆腐也不多了，但作坊依然忙碌。屋中间大铁锅里正煮着豆腐干儿，肉桂、小茴香还有一些不知道名字的香料的混合味道，很强势地冲过来。有带小孩的食客正买豆腐干儿，一元钱两块，现捞现吃。大刘说，蔚县有句老话，叫作"豆腐是俺的命啊！"很多人离开家乡到外做生意，最想念的就是家乡的豆腐。也有人试图将豆汁点豆腐的工艺带出去，但屡试屡败。一是外边的水不行，二是气候条件不相同。

受大刘的鼓动，我迫不及待地买了几块"命"，边走边吃，全然顾不上什么斯文。这一吃，还真一发而不可收。后来的几天，一到饭馆，先点香豆干儿。

蔚县人吃卤香豆干儿，就像石家庄人吃麻辣烫。最显风情的，是在街边的摊子旁站着吃。无论晨昏，大街小巷，都能遇到推三轮车卖豆干儿的。除了豆干儿，锅里炖着的还有切得细细的豆皮，酱红的卤鸡蛋，好吃又便宜。

豆腐制品，也是当地名菜"八大碗"的重要食材。"八大碗"有丝子杂烩、炒肉、酘蒸肉、虎皮丸子、块子杂烩、浑煎鸡、清蒸丸子、银丝肚等，烹饪精细考究，是贵重的席面菜。

我吃不惯高汤煨过的"丝子"（豆腐皮），觉得不如素卤的纯粹。但古来蔚县人更看重肉，因为大刘对我们讲的那句老话，说全了是这样的——"豆腐是俺的命啊！见了肉俺就不要命咧！"

蔚县老州衙斜对过有座南安寺塔。看完古塔，从小巷子里穿到景仙门外，常有个推车卖糖糊糊的。摊主四五十岁的样子，清瘦、精明，车上自制的隔冰装置坐着两个厚实的铝盆，盆内盛着糊糊糕，一种糖红色的吃食。摊边，食客一人一个不锈钢小碗、一把短把小勺，吃得津津有味。

"糖糊糊，糖糊糊，又凉又败火的糖糊糊"，单车前边装着电喇叭，悠悠的长韵，不费力气就把广告传送到街巷深处。糖糊糊，主料是黑枣面，好吃的秘密却是最后浇上的那勺杏干水。杏干，蔚州特产供佛杏自然风干而成。兑冰糖、茶熬制成杏干水，凉透喝，解暑，生津，养颜。

蔚州朋友介绍，他们还有一道秘传的小吃——杏干汤。以杏干、山梨、柿饼子切细，混煮，略发酵，酸甜适口，可谓人间美味。

烟火邯郸

豆沫

矮条桌，大板凳，破了边儿的粗瓷老碗外沿一圈蓝釉的那种。叫一碗滚烫的豆沫，两手捧着不住倒腾着碗的方向，吸溜一口，吸溜一口，边喝边抬眼皮扫一下路上的人，看他们梳着光亮的发型，看他们趿拉着人字拖，看他们用电车驮着爱妻稚子，迤逦而过。这样看看喝喝，方喝得更踏实、更香甜。

卖豆沫的说，他是邯郸峰峰人，正宗豆沫，出自他的家乡，配烧饼、馃子，都好。没有烧饼、馃子，就两个玉茭饼子，外加一碟儿糖蒜、韭菜花。豆沫可是个好东西，老时候，女人坐了月子，才能喝上一碗。

一碗好豆沫，半透明，乳黄色，里边稀溜溜跑着花生豆、黄豆碎、细细的海带丝、绿菜叶、红萝卜丝和小粉条，热气袅袅，热气，扑入鼻孔，含着熨帖的香。筷笼旁边碟子里有芝麻盐，随便挖。老板这么说，大家却替他小气起来，挖一点点，顺着碗边撒进去，豆沫菜蔬的醇香遇到芝麻盐的浓香，一碗豆沫都不知道香得如何是好了。

熬豆沫，是个不省心的活计。前一天晚上炒了茴香子、八角，水发了黄豆、粉条，择选了小米，洗净了海带。五更起床，并拔凉水泡小米一小时，煮好花生豆，备好红绿菜丝，海带改刀。用拐子小石磨，将泡好的小米掺上茴香籽和八角打成米浆，黄豆剁成碎。起锅烧水至翻小花，黄豆碎、细粉条、花生豆、海带、红绿菜依软硬次第下锅，将熟，米浆兑水，入锅同熬，边熬边用手勺搅动，二十来分钟方好。豆沫中放的花生米，要选沙土地出产的，香，糯，透灵。

我在邯郸公干，入住一宾馆，餐厅的豆沫，好看，也好喝。在庄里街上找不到豆沫摊已经有年头了，偶然碰上，不是咸得馊嗓子，就是八角茴香放多了气味太冲，反正不对胃口。宾馆的豆沫，豪气，盛在不锈钢大桶里，跟玉米糁子粥、南瓜粥、皮蛋粥并排放着。不同的是，盛豆沫的大桶旁边，格外备了芝麻盐小碟儿。

当地朋友说，古城豆沫曾入选中国地域十大名小吃。看他喝得香，我和同桌禁不住诱惑，每人也来了两碗。这碗秀气，白瓷，薄而透，也是邯郸的地产品。小碗喝豆沫，有更秀气的羹匙，但我不用。我坚持两手捧着转圈喝，大庭广众，不敢吸溜出声音，内心里却一派恣肆。

跟豆沫差不多的另一种小吃，叫菜豆腐，也称豆腐子、小豆腐，邢台的清河、南宫有。有一年，我到清河采访，每天早饭只喝菜豆腐。一桌一盆，我是不喝得勺子碰盆底不罢休。

做菜豆腐的菜，是老干菜。发泡好，切细丝，素油炒透，水发黄豆跟熟花生豆、核桃仁一起用石磨打碎，弄成小米大小颗粒。黄豆末儿、小米、老菜加盐同煮，熟了就是菜豆腐。菜豆腐的工艺，比豆沫更粗粝。但两者用料差不多，都是庄稼饭。

庄稼饭就地取材。邯郸的沁水、漳河，跟邢台的云梦泽，在古时候是勾连在一起的。这一带产粟，也产菽。以小米和黄豆作为主料来吃，有历史。一碗普通的饭，人们也爱找个文化根源。于是有人考证出，豆沫的发明与伯夷叔齐有关。第一碗豆沫，是用来纪念他们的家国气节的。而菜豆腐曾救过刘秀的命，一度成为贡品。

宾馆斜对过，是邯郸博物馆。博物馆再往北走，有丛台公园，东门就开在中华大街上。丛台，也称武灵丛台，相传为赵武灵王时期所建，是为观看歌舞和军事操演而建的。赵武灵王在位时，推行胡服骑射，赵国因而强大起来。这个英雄一世的人物，却在幽禁中被活活饿死，说起来令人唏嘘。朋友说，古赵王城就埋藏在地下七八米深处。古城的历史，仅次于粟和菽的种植史。如果这里不是富产金灿灿的小米和大豆，赵武灵王搞胡服骑射的底气就差多了。这么说起来，赵地的历史，着实离不开一碗好豆沫。

再端一碗豆沫，里边含了文化的情感溢价，沉甸甸的，起了恭谨的仪式感。不过，我还是愿意暂且放下仪式，坐在街边小店，两手捧着粗瓷老碗热豆沫，不住地倒腾着碗的方向，吸溜一口，吸溜一口。

灌肠

太原有种名吃，叫灌肠。邯郸峰峰也有，曾在和村镇北响堂山庙会上邂逅。只是，太原的灌肠一般为凉食，和村的却是煎着吃，名曰煎灌肠，名字里自带着嗞啦啦的欢响和金灿灿的油香。

此灌肠，其实与动物下水毫无瓜葛，主料荞麦面，调成糊状，加花椒粉或十三香，置容器上锅蒸熟，纯素食。盛糊的容器不同，成品形状殊异。我见过小巧的饼饼、半圆的碗坨儿，也见过石条般的大块头。这些饼饼、碗坨儿、大块头，吃时都要改刀为菱形或细长条儿，加老醋、辣子、蒜汁，酸、辣、咸、香，诸味猛烈，食者口腹痛快，却不上火。

太原老营盘的灌肠，知者众多，而名称的由来，则无确凿记载。一说与肉灌肠同属种，源于先秦以前。老祖宗杀牲后将碎肉灌于动物肠中，煮而后食，只管图个方便。明以降，发展为宫廷名菜。山西地处南北通衢，很早就有肉灌肠，后衍生猪血荞面肠，为猪血、荞面掺葱花、姜末、辣子粉、盐、花椒面等调料制成。荞面血肠，在晋中南普及，连猪血、肠衣也省了，如一个素面朝天的女子，出嫁时有老陈醋、油泼辣子、大蒜汁当伴娘，反而更像山西人对待面食的态度和情调。灌肠无肠，叫顺了嘴，也就这么沿袭下来。平遥、忻州等地，则直呼荞面碗坨儿。

峰峰和村镇，以拥有北齐王朝皇家石窟——北响堂山石窟，而颇具文化风韵。方圆五十公里范围，善男信女皆朝拜石窟中众佛菩萨，顺滏口陉过来的山西香客也不在少数。灌肠，是否为香客传播，未见经传。

文友更夫说，他打小就吃煎灌肠，他的父亲，父亲的父亲，就这么一路吃过来。外出时间长了，睡里梦里都念着这口儿，回家当晚必来上几碟，三五人相与煮酒倾谈，一口酒，一口煎灌肠，直至月亮在西山上露出半张酡红的脸。

庙会，煎灌肠更是个不可或缺的角儿。北响堂庙会的正日子是每年农历三月十五。旧时，从三月初一，香客们已经成群成串地前来上香礼佛。至诚者，直接住在石窟内，日夜侍奉于佛菩萨身边，一守即十天半月。这些香客，上山前、下山后，定要饱餐一顿，好有精神去完成一次灵魂的跃升，或重归于俗世的漫漫旅程。现下，香客已不多见，石窟为"文保"也不允许居住，庙会独得一个"逛"字，吃的、喝的、用的、玩的，挤挤挨挨，热闹得不可方物。逛罢庙会逛石窟，逛南响堂寺，逛风月关滏口祠，逛磁州窑古遗址。不管你逛多远，总有林林总总的素食小吃入眼，杂和面饸饹、小米凉皮、红薯凉粉、炒皮渣、煎灌肠。

转角处，一个煎灌肠摊子，由年轻夫妇俩经营着。摊子扎在山门前柳荫外，电动三马车斗里石条般劲朗的荞面灌肠，齐齐垒在洁白大蒸布上，独露出峥嵘气派。这么多的灌肠，不知道花掉两夫妻多少心血，大概头天要忙一整天的。车旁，小煤炉架着个大大的平底锅，切成大方片儿的灌肠，在热油中吱吱歌唱。女人以长竹筷翻动一片片灌肠，动作快得像按了倍速键，还时不时抬头招呼客人，轻轻一笑，一双杏眼里全是热情。挨着炉子，是两三张矮桌，油漆剥落，但算得上利整，醋碗、麻酱罐、油泼辣子瓶、蒜汁盏一溜排布。原来，煎灌肠，也是蘸调料吃的。

我不饿，看着戴凉帽的女摊主锅前忙来忙去，听着那吱吱的曲调，心也就饿了。"尝尝，两块钱六片儿。你是邯郸来的吧，肯定跟你吃过的灌肠不一个味儿。"女摊主招呼人的样子柔柔的，一碟灌肠早为我摆上桌。

果然不冤枉那两块钱。煎灌肠外焦里嫩，和着调料吃，更品出厚实的味道，香、辣、滑、爽，肥而不腻，比之太原的凉拌灌肠，更有一番风味。坐在树荫下，一边吃着灌肠，一边与夫妇俩闲谝，竟莫名喜欢起他们那一口浓郁的峰峰口音。

皮渣

亚荣家新弄了一种吃食，属于烩菜类吧。烩菜也跟一服药一样，食材分君臣佐使，花红柳绿一盘子，在朋友圈发图，让人猜。配菜谁都认识，红椒、青蒜、胡萝卜片、黑木耳、玉兰片，她让人猜的是"君"菜，圆溜溜的大厚片，弹，黏，油汪汪的，看着就香。这种游戏招人待见，无奈没几个人猜对。可见，它还属于小众范畴。我单单在吃的方面眼毒，尤其那些小地方的吃食，几乎过腹不忘。嘴角一撇，砸了她的罐儿。这"君"菜，叫皮渣，十年前，我在邯郸的彭城街边店吃过。

"皮渣，肉皮的皮，渣子的渣。你们猜猜，它是什么做的？"头一次吃皮渣前，文友操着带乡音的普通话，向我们这些外地人卖过关子。

"一定是猪肉皮冻吧？"我的年轻同事快言快语。更夫摇头。

"莫非是一种面食？"自诩厨艺不俗的我，连蒙带唬。

皮渣很快端了上来，一片一片整齐码放于盘中，煎得黄灿灿的，猛一看像是油炸豆腐干儿的兄弟，细细端详，似由一粒一粒的食材黏结挤压而成。大家研究完了，议论够了，文友方才说，做皮渣的主料是红薯粉条。

制作皮渣，很是辛苦，也很有讲究。先将粉条煮透切寸段，放到一个大小合适的容器里，而后加湿淀粉，再拌入葱花、虾皮、盐、味精、花椒粉等作料，放笼屉里蒸。蒸到火候，食材们经过一番水火与共的考验，早就铁了心荣辱相许。这时，从蒸笼里拿出，晾凉，便成了一块儿吹弹有声、瓷瓷实实的皮渣坨。

蒸好的皮渣，可凉拌、热炒、炖大锅菜，最受馋人欢迎的，当数生煎。蒸好的皮渣，切厚薄均匀的方形或菱形，在平底锅中加素油煎，文火武火轮番上阵，直至两面焦黄，葱花、虾皮、花椒粉的醇香随着油烟满屋里窜来窜去。

生煎皮渣，是家常小酌的好菜，也曾是穷苦之家最曼妙的舌尖味道。逢年过节，闹腾丫头，给三两片皮渣，就堵住了她们小鸟一样叽喳的嘴；读书小子，一盘皮渣，就是一年里最高的奖赏。冬日得闲暇，日影西斜，炊烟袅袅，主妇心里甜丝丝的笑，漫过龟裂的双手，均匀而饱满地搅进做皮渣的各色食材里，也漾入围拢在身边的孩子们的眼睛。于是，多少年以后，母亲的皮渣总是游子挥之不去的食物情愫。食物的地域符号，或者就是某种最明亮的情绪遗存。

当地文化名人赵立春介绍说，皮渣，在当地的喜宴上有着至尊的地位。直到今天，村庄里娶亲、过庙，总要有大锅菜上席，而大锅菜最不能缺的食材，就是皮渣。直接用粉条入菜不行？"那是要遭亲戚朋友和乡亲们耻笑的。"赵先生尚年轻便续起胡须，常从胡须下漾出笑意。彭城一带，几乎村村有庙会，过庙的时候，有烧香拜神、民间花会。最忙的，是那些农家。庙会日，也是亲友的盛会，十里八乡，三姑五姨，二表叔四表舅，翻山越岭，风尘仆仆赶来，主家的流水席从起早开到掌灯，席面说简单也简单，烧锅酒、大锅菜、馒头却一样也不能少。过去，为了准备大锅菜用的皮渣，女主人提前几天就得张罗，生怕怠慢了客人。

皮渣也不是什么山珍海味，原料得来容易，为何在饮食文化中有着这般尊贵的地位？我的问题，不但考住了当地文友，也让对民俗颇有研究的赵立春一时语塞。在我一再追问下，赵先生想起这么一说：在峰峰，丧宴也吃大锅菜，不过，里面不放皮渣，而是直接放粉条儿，叫"粉条儿菜"。一来二去，街谈巷议谁谁去世，不再直说，而是拐个弯儿——刚吃了谁谁的粉条儿菜。既然粉条儿直接吃似有一些忌讳，那么，做成皮渣，是否就有种吉祥的味道？此论，无从考。

皮渣，不仅彭城有，后来听说河南安阳也有，河北唐山也有。皮渣的来历掌故，到底未打探出来。其实，很多美食，我们都是"熟吃无睹"的。就像很多嘴边的词语，很多手边的什物，一旦刨根问底，都稀里糊涂。许多人骨子里其实对大明大白不十分感冒，做人"难得糊涂"，做事"水至清则无鱼"，审美常爱朦胧、含蓄。

我想请赵先生考证皮渣事，也就稀里糊涂地取消了，因为没有答案，就是最好的答案。我可以附会这么个小故事，很久很久以前，一位贤良聪慧的主妇，因为家贫买不起肉，灵机一动，用过年吃剩的粉条儿渣渣做成了一碗皮渣，给孩子、丈夫改善生活。她为这种筋道好吃的食物起了一个联想丰富的名字——皮渣。后来，她家里运道兴隆，乡邻皆以为是皮渣的功劳，于是纷纷效仿。

这个故事，平庸，属冥思苦想的结果。智慧，却不是冥思苦想出来的，它是一种内心的灵光闪现。皮渣的诞生，是一种中国智慧。